比较文学与世界文学 研究丛书

主编 曹顺庆

三编 第 **8** 册

头脑清醒的"局内人"
——索尔·贝娄文学创作的"美国性"研究（上）

张 宪 军 著

花木兰文化事业有限公司

国家图书馆出版品预行编目资料

头脑清醒的"局内人"——索尔·贝娄文学创作的"美国性"
研究（上）/张宪军 著 -- 初版 -- 新北市：花木兰文化事业
有限公司，2024〔民 113〕
目 4+154 面；19×26 公分
（比较文学与世界文学研究丛书 三编 第 8 册）
ISBN 978-626-344-807-0（精装）
1.CST：贝娄（Bellow, Saul）2.CST：作家 3.CST：文学评论
4.CST：比较研究 5.CST：美国
810.8   113009367

比较文学与世界文学研究丛书
三编　第八册   ISBN：978-626-344-807-0

头脑清醒的"局内人"
——索尔·贝娄文学创作的"美国性"研究（上）

作　　者　张宪军
主　　编　曹顺庆
企　　划　四川大学双一流学科暨比较文学研究基地
总 编 辑　杜洁祥
副总编辑　杨嘉乐
编辑主任　许郁翎
编　　辑　潘玟静、蔡正宣　美术编辑　陈逸婷
出　　版　花木兰文化事业有限公司
发 行 人　高小娟
联络地址　台湾 235 新北市中和区中安街七二号十三楼
　　　　　电话：02-2923-1455 ／传真：02-2923-1452
网　　址　http://www.huamulan.tw 信箱　service@huamulans.com
印　　刷　普罗文化出版广告事业
初　　版　2024 年 9 月
定　　价　三编 26 册（精装）新台币 70,000 元

头脑清醒的"局内人"
——索尔·贝娄文学创作的"美国性"研究（上）

张宪军 著

作者简介

张宪军，男，1968 年生，汉族，河北省故城县人，经济学学士、文学学士，文艺学硕士，比较文学与世界文学博士。曾从事金融工作 30 年，早期发表多篇经济论文与新闻报道，曾获得"中华大地之光"征文一、二、三等奖。2019 年任教于内江师范学院文学院，从事比较文学、文学传播学、文艺心理学、文学民俗学、中外文论、影视美学等课程教学，在《当代文坛》《名作欣赏》《人文与社科亚太学刊》等杂志上发表文学研究论文 20 余篇，编著有《简明中外文论辞典》《中国文化概论》等。

提　　要

索尔·贝娄将文学艺术与社会直接联系起来，面对战后的美国社会，感时伤事，以"社会的历史学家"的手笔勾勒出了一副现代美国社会生活的真实画卷。他的作品可以说是从二十世纪 20 年代到世纪末的美国社会发展史。因此，他的创作具有鲜明的"美国性"。贝娄文学创作的"美国性"是相对他创作的"犹太性"相对而言的。其创作的"美国性"是指作为创作主体的他是美国公民，他的文学创作观照对象是美国社会，创作素材来源于美国社会，作品内容反映了美国的社会生活，作品在思想上继承了美国传统并反映出了它的重大主题，充分显示出了题材的美国性、思想的美国性和文化的美国性。论著绪论部分对索尔·贝娄研究现状进行疏理，提出自己的论点与研究方法、研究思路，此后用六章的篇目对索尔·贝娄的"美国性"展开论述，主要考察贝娄文学作品表现的三个主要方面：平民生活、知识分子状况和美国的城市。而第七章则研究索尔·贝娄作品的普适性意义是如何产生的，指出世界现代化的肇端倡始是由美国来开启的，因此，索尔·贝娄在美国社会中发现的问题、引发出的思考就超出了个案性和地方性，成为当代西方人类思想的一般焦点，也就对整个西方世界乃至正在步入现代化的东方国家具有了普遍性的指导意义。

比较文学的中国路径

曹顺庆

　　自德国作家歌德提出"世界文学"观念以来，比较文学已经走过近二百年。比较文学研究也历经欧洲阶段、美洲阶段而至亚洲阶段，并在每一阶段都形成了独具特色学科理论体系、研究方法、研究范围及研究对象。中国比较文学研究面对东西文明之间不断加深的交流和碰撞现况，立足中国之本，辩证吸纳四方之学，而有了如今欣欣向荣之景象，这套丛书可以说是应运而生。本丛书尝试以开放性、包容性分批出版中国比较文学学者研究成果，以观中国比较文学学术脉络、学术理念、学术话语、学术目标之概貌。

一、百年比较文学争讼之端——比较文学的定义

　　什么是比较文学？常识告诉我们：比较文学就是文学比较。然而当今中国比较文学教学实际情况却并非完全如此。长期以来，中国学术界对"什么是比较文学？"却一直说不清，道不明。这一最基本的问题，几乎成为学术界纠缠不清、莫衷一是的陷阱，存在着各种不同的看法。其中一些看法严重误导了广大学生！如果不辨析这些严重误导了广大学生的观点，是不负责任、问心有愧的。恰如《文心雕龙·序志》说"岂好辩哉，不得已也"，因此我不得不辩。

　　其中一个极为容易误导学生的说法，就是"比较文学不是文学比较"。目前，一些教科书郑重其事地指出：比较文学不是文学比较。认为把"比较"与"文学"联系在一起，很容易被人们理解为用比较的方法进行文学研究的意思。并进一步强调，比较文学并不等于文学比较，并非任何运用比较方法来进行的比较研究都是比较文学。这种误导学生的说法几乎成为一个定论，

一个基本常识，其实，这个看法是不完全准确的。

让我们来看看一些具体例证，请注意，我列举的例证，对事不对人，因而不提及具体的人名与书名，请大家理解。在 Y 教授主编的教材中，专门设有一节以"比较文学不是文学比较"为题的内容，其中指出"比较文学界面临的最大的困惑就是把'比较文学'误读为'文学比较'"，在高等院校进行比较文学课程教学时需要重点强调"比较文学不是文学比较"。W 教授主编的教材也称"比较文学不是文学的比较"，因为"不是所有用比较的方法来研究文学现象的都是比较文学"。L 教授在其所著教材专门谈到"比较文学不等于文学比较"，因为，"比较"已经远远超出了一般方法论的意义，而具有了跨国家与民族、跨学科的学科性质，认为将比较文学等同于文学比较是以偏概全的。"J 教授在其主编的教材中指出，"比较文学并不等于文学比较"，并以美国学派雷马克的比较文学定义为根据，论证比较文学的"比较"是有前提的，只有在地域观念上跨越打通国家的界限，在学科领域上跨越打通文学与其他学科的界限，进行的比较研究才是比较文学。在 W 教授主编的教材中，作者认为，"若把比较文学精神看作比较精神的话，就是犯了望文生义的错误，一百余年来，比较文学这个名称是名不副实的。"

从列举的以上教材我们可以看出，首先，它们在当下都仍然坚持"比较文学不是文学比较"这一并不完全符合整个比较文学学科发展事实的观点。如果认为一百余年来，比较文学这个名称是名不副实的，所有的比较文学都不是文学比较，那是大错特错！其次，值得注意的是，这些教材在相关叙述中各自的侧重点还并不相同，存在着不同程度、不同方面的分歧。这样一来，错误的观点下多样的谬误解释，加剧了学习者对比较文学学科性质的错误把握，使得学习者对比较文学的理解愈发困惑，十分不利于比较文学方法论的学习、也不利于比较文学学科的传承和发展。当今中国比较文学教材之所以普遍出现以上强作解释，不完全准确的教科书观点，根本原因还是没有仔细研究比较文学学科不同阶段之史实，甚至是根本不清楚比较文学不同阶段的学科史实的体现。

实际上，早期的比较文学"名"与"实"的确不相符合，这主要是指法国学派的学科理论，但是并不包括以后的美国学派及中国学派的学科理论，如果把所有阶段的学科理论一锅煮，是不妥当的。下面，我们就从比较文学学科发展的史实来论证这个问题。"比较文学不是文学比较""comparative literature is not literary comparison"，只是法国学派提出的比较文学口号，只是法国学派一派的主张，而不是整个比较文学学科的基本特征。我们不能够把这个阶段性的比较文学口号扩大化，甚至让其突破时空，用于描述比较文学所有的阶段和学派，更不能够使其"放之四海而皆准"。

法国学派提出"比较文学不是文学比较"，这个"比较"（comparison）是他们坚决反对的！为什么呢，因为他们要的不是文学"比较"（literary comparison），而是文学"关系"（literary relationship），具体而言，他们主张比较文学是实证的国际文学关系，是不同国家文学的影响关系，influences of different literatures，而不是文学比较。

法国学派为什么要反对"比较"（comparison），这与比较文学第一次危机密切相关。比较文学刚刚在欧洲兴起时，难免泥沙俱下，乱比的情形不断出现，暴露了多种隐患和弊端，于是，其合法性遭到了学者们的质疑：究竟比较文学的科学性何在？意大利著名美学大师克罗齐认为，"比较"（comparison）是各个学科都可以应用的方法，所以，"比较"不能成为独立学科的基石。学术界对于比较文学公然的质疑与挑战，引起了欧洲比较文学学者的震撼，到底比较文学如何"比较"才能够避免"乱比"？如何才是科学的比较？

难能可贵的是，法国学者对于比较文学学科的科学性进行了深刻的的反思和探索，并提出了具体的应对的方法：法国学派采取壮士断臂的方式，砍掉"比较"（comparison），提出比较文学不是文学比较（comparative literature is not literary comparison），或者说砍掉了没有影响关系的平行比较，总结出了只注重文学关系（literary relationship）的影响（influences）研究方法论。法国学派的创建者之一基亚指出，比较文学并不是比较。比较不过是一门名字没取好的学科所运用的一种方法……企图对它的性质下一个严格的定义可能是徒劳的。基亚认为：比较文学不是平行比较，而仅仅是文学关系史。以"文学关系"为比较文学研究的正宗。为什么法国学派要反对比较？或者说为什么法国学派要提出"比较文学不是文学比较"，因为法国学派认为"比较"（comparison）实际上是乱比的根源，或者说"比较"是没有可比性的。正如巴登斯佩哲指出："仅仅对两个不同的对象同时看上一眼就作比较，仅仅靠记忆和印象的拼凑，靠一些主观臆想把可能游移不定的东西扯在一起来找点类似点，这样的比较决不可能产生论证的明晰性"。所以必须抛弃"比较"。只承认基于科学的历史实证主义之上的文学影响关系研究（based on scientificity and positivism and literary influences.）。法国学派的代表学者卡雷指出：比较文学是实证性的关系研究："比较文学是文学史的一个分支：它研究拜伦与普希金、歌德与卡莱尔、瓦尔特·司各特与维尼之间，在属于一种以上文学背景的不同作品、不同构思以及不同作家的生平之间所曾存在过的跨国度的精神交往与实际联系。"正因为法国学者善于独辟蹊径，敢于提出"比较文学不是文学比较"，甚至完全抛弃比较（comparison），以防止"乱比"，才形成了一套建立在"科学"实证性为基础的、以影响关系为特征的"不比较"的比较文学学科理论体系，这终于挡住了克罗齐等人对比较文学"乱比"的批判，形成了以"科学"实证为特征的文学影响关系研究，确立了法国学派的学科理论和一整套方法论体系。当然，法国学派悍然砍掉比较研究，又不放弃"比较文学"这个名称，于是不可避免地出现了比较文学名不副实的尴尬现象，出现了打着比较文学名号，而又不比较的法国学派学科理论，这才是问题的关键。

当然，法国学派提出"比较文学不是文学比较"，只注重实证关系而不注重文学比较和文学审美，必然会引起比较文学的危机。这一危机终于由美国著名比较文学家韦勒克（René Wellek）在 1958 年国际比较文学协会第二次大会上明确揭示出来了。在这届年会上，韦勒克作了题为《比较文学的危机》的挑战性发言，对"不比较"的法国学派进行了猛烈批判，宣告了倡导平行比较和注重文学审美的比较文学美国学派的诞生。韦勒克作了题为《比较文学的危机》的挑战性发言，对当时一统天下的法国学派进行了猛烈批判，宣告了比较文学美国学派的诞生。韦勒克说："我认为，内容和方法之间的人为界线，渊源和影响的机械主义概念，以及尽管是十分慷慨的但仍属文化民族主义的动机，是比较文学研究中持久危机的症状。"韦勒克指出："比较也不能仅仅局限在历史上的事实联系中，正如最近语言学家的经验向文学研究者表明的那样，比较的价值既存在于事实联系的影响研究中，也存在于毫无历史关系的语言现象或类型的平等对比中。"很明显，韦勒克提出了比较文学就是要比较（comparison），就是要恢复巴登斯佩哲所讽刺和抛弃的"找点类似点"的平行比较研究。美国著名比较文学家雷马克（Henry Remak）在他的著名论文《比较文学的定义与功用》中深刻地分析了法国学派为什么放弃"比较"（comparison）的原因和本质。他分析说："法国比较文学否定'纯粹'的比较（comparison），它忠实于十九世纪实证主义学术研究的传统，即实证主义所坚持并热切期望的文学研究的‘科学性’。按照这种观点，纯粹的类比不会得出任何结论，尤其是不能得出有更大意义的、系统的、概括性的结论。……既然值得尊重的科学必须致力于因果关系的探索，而比较文学必须具有科学性，因此，比较文学应该研究因果关系，即影响、交流、变更等。"雷马克进一步尖锐地指出，"比较文学"不是"影响文学"。只讲影响不要比较的"比较文学"，当然是名不副实的。显然，法国学派抛弃了"比较"（comparison），但是仍然带着一顶"比较文学"的帽子，才造成了比较文学"名"与"实"不相符合，造成比较文学不比较的尴尬，这才是问题的关键。

美国学派最大的贡献，是恢复了被法国学派所抛弃的比较文学应有的本义——"比较"（The American school went back to the original sense of comparative literature ——"comparison"），美国学派提出了标志其学派学科理论体系的平行比较和跨学科比较："比较文学是一国文学与另一国或多国文学的比较，是文学与人类其他表现领域的比较。"显然，自从美国学派倡导比较文学应当比较（comparison）以后，比较文学就不再有名与实不相符合的问题了，我们就不应当再继续笼统地说"比较文学不是文学比较"了，不应当再以"比较文学不是文学比较"来误导学生！更不可以说"一百余年来，比较文学这个名称是名不副实的。"不能够将雷马克的观点也强行解释为"比较文学不是比较"。因为在美国学派看来，比较文学就是要比较（comparison）。比较文学就是要恢复被巴登斯佩哲所讽刺和抛弃的"找点类似点"的平行比较研究。因为平行研究的可比性，正是类同性。正如韦勒克所说，"比较的价值既存在于事实联系的影响研究中，也存在于毫无历史关系的语言现象或类型的平等对比中。"恢复平行比较研究、跨学科研究，形成了以"找点类似点"的平行研究和跨学科研究为特征的比较文学美国学派学科理论和方法论体系。美国学派的学科理论以"类型学"、"比较诗学"、"跨学科比较"为主，并拓展原属于影响研究的"主题学"、"文类学"等领域，大大扩展比较文学研究领域。

二、比较文学的三个阶段

下面，我们从比较文学的三个学科理论阶段，进一步剖析比较文学不同阶段的学科理论特征。现代意义上的比较文学学科发展以"跨越"与"沟通"为目标，形成了类似"层叠"式、"涟漪"式的发展模式，经历了三个重要的学科理论阶段，即：

一、欧洲阶段，比较文学的成形期；二、美洲阶段，比较文学的转型期；三、亚洲阶段，比较文学的拓展期。我们将比较文学三个阶段的发展称之为"涟漪式"结构，实际上是揭示了比较文学学科理论的继承与创新的辩证关系：比较文学学科理论的发展，不是以新的理论否定和取代先前的理论，而是层叠式、累进式地形成"涟漪"式的包容性发展模式，逐步积累推进。比较文学学科理论发展呈现为层叠式、"涟漪"式、包容式的发展模式。我们把这个模式描绘如下：

法国学派主张比较文学是国际文学关系，是不同国家文学的影响关系。形成学科理论第一圈层：比较文学——影响研究；美国学派主张恢复平行比较，形成学科理论第二圈层：比较文学——影响研究＋平行研究＋跨学科研究；中国学派提出跨文明研究和变异研究，形成学科理论第三圈层：比较文学——影响研究＋平行研究＋跨学科研究＋跨文明研究＋变异研究。这三个圈层并不互相排斥和否定，而是继承和包容。我们将比较文学三个阶段的发展称之为层叠式、"涟漪"式、包容式结构，实际上是揭示了比较文学学科理论的继承与创新的辩证关系。

法国学派提出，可比性的第一个立足点是同源性，由关系构成的同源性。同源性主要是针对影响关系研究而言的。法国学派将同源性视作可比性的核心，认为影响研究的可比性是同源性。所谓同源性，指的是通过对不同国家、不同民族和不同语言的文学的文学关系研究，寻求一种有事实联系的同源关系，这种影响的同源关系可以通过直接、具体的材料得以证实。同源性往往建立在一条可追溯关系的三点一线的"影响路线"之上，这条路线由发送者、接受者和传递者三部分构成。如果没有相同的源流，也就不可能有影响关系，也就谈不上可比性，这就是"同源性"。以渊源学、流传学和媒介学作为研究的中心，依靠具体的事实材料在国别文学之间寻求主题、题材、文体、原型、思想渊源等方面的同源影响关系。注重事实性的关联和渊源性的影响，并采用严谨的实证方法，重视对史料的搜集和求证，具有重要的学术价值与学术意义，仍然具有广阔的研究前景。渊源学的例子：杨宪益，《西方十四行诗的渊源》。

比较文学学科理论的第二阶段在美洲，第二阶段是比较文学学科理论的转型期。从 20 世纪 60 年代以来，比较文学研究的主要阵地逐渐从法国转向美国，平行研究的可比性是什么？是类同性。类同性是指是没有文学影响关系的不同国家文学所表现出的相似和契合之处。以类同性为基本立足点的平行研究与影响研究一样都是超出国界的文学研究，但它不涉及影响关系研究的放送、流传、媒介等问题。平行研究强调不同国家的作家、作品、文学现象的类同比较，比较结果是总结出于文学作品的美学价值及文学发展具有规律性的东西。其比较必须具有可比性，这个可比性就是类同性。研究文学中类同的：风格、结构、内容、形式、流派、情节、技巧、手法、情调、形象、主题、文类、文学思潮、文学理论、文学规律。例如钱钟书《通感》认为，中国诗文有一种描写手法，古代批评家和修辞学家似乎都没有拈出。宋祁《玉楼春》词有句名句："红杏枝头春意闹。"这与西方的通感描写手法可以比较。

比较文学的又一次危机：比较文学的死亡

九十年代，欧美学者提出，比较文学作为一门学科已经死亡！最早是英国学者苏珊·巴斯奈特 1993 年她在《比较文学》一书中提出了比较文学的死亡论，认为比较文学作为一门学科，在某种意义上已经死亡。尔后，美国学者斯皮瓦克写了一部比较文学专著，书名就叫《一个学科的死亡》。为什么比较文学会死亡，斯皮瓦克的书中并没有明确回答！为什么西方学者会提出比较文学死亡论？全世界比较文学界都十分困惑。我们认为，20 世纪 90 年代以来，欧美比较文学继"理论热"之后，又出现了大规模的"文化转向"。脱离了比较文学的基本立场。首先是不比较，即不讲比较文学的可比性问题。西方比较文学研究充斥大量的 Culture Studies（文化研究），已经不考虑比较的合理性，不考虑比较文学的可比性问题。第二是不文学，即不关心文学问题。西方学者热衷于文化研究，关注的已经不是文学性，而是精神分析、政治、性别、阶级、结构等等。最根本的原因，是比较文学学科长期囿于西方中心论，有意无意地回避东西方不同文明文学的比较问题，基本上忽略了学科理论的新生长点，比较文学学科理论缺乏创新，严重忽略了比较文学的差异性和变异性。

要克服比较文学的又一次危机，就必须打破西方中心论，克服比较文学学科理论一味求同的比较文学学科理论模式，提出适应当今全球化比较文学研究的新话语。中国学派，正是在此次危机中，提出了比较文学变异学研究，总结出了新的学科理论话语和一套新的方法论。

中国大陆第一部比较文学概论性著作是卢康华、孙景尧所著《比较文学导论》，该书指出："什么是比较文学？现在我们可以借用我国学者季羡林先生的解释来回答了：'顾名思义，比较文学就是把不同国家的文学拿出来比较，这可以说是狭义的比较文学。广义的比较文学是把文学同其他学科来比较，包括人文科学和社会科学'。"[1]这个定义可以说是美国雷马克定义的翻版。不过，该书又接着指出："我们认为最精炼易记的还是我国学者钱钟书先生的说法：'比较文学作为一门专门学科，则专指跨越国界和语言界限的文学比较'。更具体地说，就是把不同国家不同语言的文学现象放在一起进行比较，研究他们在文艺理论、文学思潮，具体作家、作品之间的互相影响。"[2]这个定义似乎更接近法国学派的定义，没有强调平行比较与跨学科比较。紧接该书之后的教材是陈挺的《比较文学简编》，该书仍旧以"广义"与"狭义"来解释比较文学的定义，指出："我们认为，通常说的比较文学是狭义的，即指超越国家、民族和语言界限的文学研究……广义的比较文学还可以包括文学与其他艺术（音乐、绘画等）与其他意识形态（历史、哲学、政治、宗教等）之间的相互关系的研究。"[3]中国比较文学早期对于比较文学的定义中凸显了很强的不确定性。

由乐黛云主编，高等教育出版社 1988 年的《中西比较文学教程》，则对比较文学定义有了较为深入的认识，该书在详细考查了中外不同的定义之后，该书指出："比较文学不应受到语言、民族、国家、学科等限制，而要走向一种开放性，力图寻求世界文学发展的共同规律。"[4]"世界文学"概念的纳入极大拓宽了比较文学的内涵，为"跨文化"定义特征的提出做好了铺垫。

随着时间的推移，学界的认识逐步深化。1997 年，陈惇、孙景尧、谢天振主编的《比较文学》提出了自己的定义："把比较文学看作跨民族、跨语言、跨文化、跨学科的文学研究，更符合比较文学的实质，更能反映现阶段人们对于比较文学的认识。"[5]2000 年北京师范大学出版社出版了《比较文学概论》修订本，提出："什么是比较文学呢？比较文学是一种开放式的文学研究，它具有宏观的视野和国际的角度，以跨民族、跨语言、跨文化、跨学科界限的各种文学关系为研究对象，在理论和方法上，具有比较的自觉意识和兼容并包的特色。"[6]这是我们目前所看到的国内较有特色的一个定义。

---

1 卢康华、孙景尧著《比较文学导论》，黑龙江人民出版社 1984，第 15 页。
2 卢康华、孙景尧著《比较文学导论》，黑龙江人民出版社 1984 年版。
3 陈挺《比较文学简编》，华东师范大学出版社 1986 年版。
4 乐黛云主编《中西比较文学教程》，高等教育出版社 1988 年版。
5 陈惇、孙景尧、谢天振主编《比较文学》，高等教育出版社 1997 年版。
6 陈惇、刘象愚《比较文学概论》，北京师范大学出版社 2000 年版。

　　具有代表性的比较文学定义是 2002 年出版的杨乃乔主编的《比较文学概论》一书，该书的定义如下："比较文学是以跨民族、跨语言、跨文化与跨学科为比较视域而展开的研究，在学科的成立上以研究主体的比较视域为安身立命的本体，因此强调研究主体的定位，同时比较文学把学科的研究客体定位于民族文学之间与文学及其他学科之间的三种关系：材料事实关系、美学价值关系与学科交叉关系，并在开放与多元的文学研究中追寻体系化的汇通。"[7]方汉文则认为："比较文学作为文学研究的一个分支学科，它以理解不同文化体系和不同学科间的同一性和差异性的辩证思维为主导，对那些跨越了民族、语言、文化体系和学科界限的文学现象进行比较研究，以寻求人类文学发生和发展的相似性和规律性。"[8]由此而引申出的"跨文化"成为中国比较文学学者对于比较文学定义所做出的历史性贡献。

　　我在《比较文学教程》中对比较文学定义表述如下："比较文学是以世界性眼光和胸怀来从事不同国家、不同文明和不同学科之间的跨越式文学比较研究。它主要研究各种跨越中文学的同源性、变异性、类同性、异质性和互补性，以影响研究、变异研究、平行研究、跨学科研究、总体文学研究为基本方法论，其目的在于以世界性眼光来总结文学规律和文学特性，加强世界文学的相互了解与整合，推动世界文学的发展。"[9]在这一定义中，我再次重申"跨国""跨学科""跨文明"三大特征，以"变异性""异质性"突破东西文明之间的"第三堵墙"。

　　"首在审己，亦必知人"。中国比较文学学者在前人定义的不断论争中反观自身，立足中国经验、学术传统，以中国学者之言为比较文学的危机处境贡献学科转机之道。

三、两岸共建比较文学话语——比较文学中国学派

　　中国学者对于比较文学定义的不断明确也促成了"比较文学中国学派"的生发。得益于两岸几代学者的垦拓耕耘，这一议题成为近五十年来中国比较文学发展中竖起的最鲜明、最具争议性的一杆大旗，同时也是中国比较文学学科理论研究最有创新性，最亮丽的一道风景线。

---

7 杨乃乔主编《比较文学概论》，北京大学出版社 2002 年版。
8 方汉文《比较文学基本原理》，苏州大学出版社 2002 年版。
9 曹顺庆《比较文学教程》，高等教育出版社 2006 年版。

比较文学"中国学派"这一概念所蕴含的理论的自觉意识最早出现的时间大约是 20 世纪 70 年代。当时的台湾由于派出学生留洋学习，接触到大量的比较文学学术动态，率先掀起了中外文学比较的热潮。1971 年 7 月在台湾淡江大学召开的第一届"国际比较文学会议"上，朱立元、颜元叔、叶维廉、胡辉恒等学者在会议期间提出了比较文学的"中国学派"这一学术构想。同时，李达三、陈鹏翔（陈慧桦）、古添洪等致力于比较文学中国学派早期的理论催生。如 1976 年，古添洪、陈慧桦出版了台湾比较文学论文集《比较文学的垦拓在台湾》。编者在该书的序言中明确提出："我们不妨大胆宣言说，这援用西方文学理论与方法并加以考验、调整以用之于中国文学的研究，是比较文学中的中国派"[10]。这是关于比较文学中国学派较早的说明性文字，尽管其中提到的研究方法过于强调西方理论的普世性，而遭到美国和中国大陆比较文学学者的批评和否定；但这毕竟是第一次从定义和研究方法上对中国学派的本质进行了系统论述，具有开拓和启明的作用。后来，陈鹏翔又在台湾《中外文学》杂志上连续发表相关文章，对自己提出的观点作了进一步的阐释和补充。

在"中国学派"刚刚起步之际，美国学者李达三起到了启蒙、催生的作用。李达三于 60 年代来华在台湾任教，为中国比较文学培养了一批朝气蓬勃的生力军。1977 年 10 月，李达三在《中外文学》6 卷 5 期上发表了一篇宣言式的文章《比较文学中国学派》，宣告了比较文学的中国学派的建立，并认为比较文学中国学派旨在"与比较文学中早已定于一尊的西方思想模式分庭抗礼。由于这些观念是源自对中国文学及比较文学有兴趣的学者，我们就将含有这些观念的学者统称为比较文学的'中国'学派。"并指出中国学派的三个目标：1、在自己本国的文学中，无论是理论方面或实践方面，找出特具"民族性"的东西，加以发扬光大，以充实世界文学；2、推展非西方国家"地区性"的文学运动，同时认为西方文学仅是众多文学表达方式之一而已；3、做一个非西方国家的发言人，同时并不自诩能代表所有其他非西方的国家。李达三后来又撰文对比较文学研究状况进行了分析研究，积极推动中国学派的理论建设。[11]

继中国台湾学者垦拓之功，在 20 世纪 70 年代末复苏的大陆比较文学研

---

10 古添洪、陈慧桦《比较文学的垦拓在台湾》，台湾东大图书公司 1976 年版。
11 李达三《比较文学研究之新方向》，台湾联经事业出版公司 1978 年版。

究亦积极参与了"比较文学中国学派"的理论建设和学科建设。

季羡林先生 1982 年在《比较文学译文集》的序言中指出:"以我们东方文学基础之雄厚,历史之悠久,我们中国文学在其中更占有独特的地位,只要我们肯努力学习,认真钻研,比较文学中国学派必然能建立起来,而且日益发扬光大"[12]。1983 年 6 月,在天津召开的新中国第一次比较文学学术会议上,朱维之先生作了题为《比较文学中国学派的回顾与展望》的报告,在报告中他旗帜鲜明地说:"比较文学中国学派的形成(不是建立)已经有了长远的源流,前人已经做出了很多成绩,颇具特色,而且兼有法、美、苏学派的特点。因此,中国学派绝不是欧美学派的尾巴或补充"[13]。1984 年,卢康华、孙景尧在《比较文学导论》中对如何建立比较文学中国学派提出了自己的看法,认为应当以马克思主义作为自己的理论基础,以我国的优秀传统与民族特色为立足点与出发点,汲取古今中外一切有用的营养,去努力发展中国的比较文学研究。同年在《中国比较文学》创刊号上,朱维之、方重、唐弢、杨周翰等人认为中国的比较文学研究应该保持不同于西方的民族特点和独立风貌。1985 年,黄宝生发表《建立比较文学的中国学派:读〈中国比较文学〉创刊号》,认为《中国比较文学》创刊号上多篇讨论比较文学中国学派的论文标志着大陆对比较文学中国学派的探讨进入了实际操作阶段。[14]1988 年,远浩一提出"比较文学是跨文化的文学研究"(载《中国比较文学》1988 年第 3 期)。这是对比较文学中国学派在理论特征和方法论体系上的一次前瞻。同年,杨周翰先生发表题为"比较文学:界定'中国学派',危机与前提"(载《中国比较文学通讯》1988 年第 2 期),认为东方文学之间的比较研究应当成为"中国学派"的特色。这不仅打破比较文学中的欧洲中心论,而且也是东方比较学者责无旁贷的任务。此外,国内少数民族文学的比较研究,也应该成为"中国学派"的一个组成部分。所以,杨先生认为比较文学中的大量问题和学派问题并不矛盾,相反有助于理论的讨论。1990 年,远浩一发表"关于'中国学派'"(载《中国比较文学》1990 年第 1 期),进一步推进了"中国学派"的研究。此后直到 20 世纪 90 年代末,中国学者就比较文学中国学派的建立、理论与方法以及相应的学科理论等诸多问题进行了积极而富有成效的探讨。

---

12 张隆溪《比较文学译文集》,北京大学出版社 1984 年版。

13 朱维之《比较文学论文集》,南开大学出版社 1984 年版。

14 参见《世界文学》1985 年第 5 期。

刘介民、远浩一、孙景尧、谢天振、陈淳、刘象愚、杜卫等人都对这些问题付出过不少努力。《暨南学报》1991 年第 3 期发表了一组笔谈，大家就这个问题提出了意见，认为必须打破比较文学研究中长期存在的法美研究模式，建立比较文学中国学派的任务已经迫在眉睫。王富仁在《学术月刊》1991 年第 4 期上发表"论比较文学的中国学派问题"，论述中国学派兴起的必然性。而后，以谢天振等学者为代表的比较文学研究界展开了对"X+Y"模式的批判。比较文学在大陆复兴之后，一些研究者采取了"X+Y"式的比附研究的模式，在发现了"惊人的相似"之后便万事大吉，而不注意中西巨大的文化差异性，成为了浅度的比附性研究。这种情况的出现，不仅是中国学者对比较文学的理解上出了问题，也是由于法美学派研究理论中长期存在的研究模式的影响，一些学者并没有深思中国与西方文学背后巨大的文明差异性，因而形成"X+Y"的研究模式，这更促使一些学者思考比较文学中国学派的问题。

经过学者们的共同努力，比较文学中国学派一些初步的特征和方法论体系逐渐凸显出来。1995 年，我在《中国比较文学》第 1 期上发表《比较文学中国学派基本理论特征及其方法论体系初探》一文，对比较文学在中国复兴十余年来的发展成果作了总结，并在此基础上总结出中国学派的理论特征和方法论体系，对比较文学中国学派作了全方位的阐述。继该文之后，我又发表了《跨越第三堵'墙'创建比较文学中国学派理论体系》等系列论文，论述了以跨文化研究为核心的"中国学派"的基本理论特征及其方法论体系。这些学术论文发表之后在国内外比较文学界引起了较大的反响。台湾著名比较文学学者古添洪认为该文"体大思精，可谓已综合了台湾与大陆两地比较文学中国学派的策略与指归，实可作为'中国学派'在大陆再出发与实践的蓝图"[15]。

在我撰文提出比较文学中国学派的基本特征及方法论体系之后，关于中国学派的论争热潮日益高涨。反对者如前国际比较文学学会会长佛克马（Douwe Fokkema）1987 年在中国比较文学学会第二届学术讨论会上就从所谓的国际观点出发对比较文学中国学派的合法性提出了质疑，并坚定地反对建立比较文学中国学派。来自国际的观点并没有让中国学者失去建立比较文学中国学派的热忱。很快中国学者智量先生就在《文艺理论研究》1988 年第

---

15 古添洪《中国学派与台湾比较文学界的当前走向》，参见黄维梁编《中国比较文学理论的垦拓》167 页，北京大学出版社 1998 年版。

1 期上发表题为《比较文学在中国》一文，文中援引中国比较文学研究取得的成就，为中国学派辩护，认为中国比较文学研究成绩和特色显著，尤其在研究方法上足以与比较文学研究历史上的其他学派相提并论，建立中国学派只会是一个有益的举动。1991 年，孙景尧先生在《文学评论》第 2 期上发表《为"中国学派"一辩》，孙先生认为佛克马所谓的国际主义观点实质上是"欧洲中心主义"的观点，而"中国学派"的提出，正是为了清除东西方文学与比较文学学科史中形成的"欧洲中心主义"。在 1993 年美国印第安纳大学举行的全美比较文学会议上，李达三仍然坚定地认为建立中国学派是有益的。二十年之后，佛克马教授修正了自己的看法，在 2007 年 4 月的"跨文明对话——国际学术研讨会（成都）"上，佛克马教授公开表示欣赏建立比较文学中国学派的想法[16]。即使学派争议一派繁荣景象，但最终仍旧需要落点于学术创见与成果之上。

比较文学变异学便是中国学派的一个重要理论创获。2005 年，我正式在《比较文学学》[17]中提出比较文学变异学，提出比较文学研究应该从"求同"思维中走出来，从"变异"的角度出发，拓宽比较文学的研究。通过前述的法、美学派学科理论的梳理，我们也可以发现前期比较文学学科是缺乏"变异性"研究的。我便从建构中国比较文学学科理论话语体系入手，立足《周易》的"变异"思想，建构起"比较文学变异学"新话语，力图以中国学者的视角为全世界比较文学学科理论提供一个新视角、新方法和新理论。

比较文学变异学的提出根植于中国哲学的深层内涵，如《周易》之"易之三名"所构建的"变易、简易、不易"三位一体的思辨意蕴与意义生成系统。具体而言，"变易"乃四时更替、五行运转、气象畅通、生生不息；"不易"乃天上地下、君南臣北、纲举目张、尊卑有位；"简易"则是乾以易知、坤以简能、易则易知、简则易从。显然，在这个意义结构系统中，变易强调"变"，不易强调"不变"，简易强调变与不变之间的基本关联。万物有所变，有所不变，且变与不变之间存在简单易从之规律，这是一种思辨式的变异模式，这种变异思维的理论特征就是：天人合一、物我不分、对立转化、整体关联。这是中国古代哲学最重要的认识论，也是与西方哲学所不同的"变异"思想。

16　见《比较文学报》2007 年 5 月 30 日，总第 43 期。
17　曹顺庆《比较文学学》，四川大学出版社 2005 年版。

由哲学思想衍生于学科理论，比较文学变异学是"指对不同国家、不同文明的文学现象在影响交流中呈现出的变异状态的研究，以及对不同国家、不同文明的文学相互阐发中出现的变异状态的研究。通过研究文学现象在影响交流以及相互阐发中呈现的变异，探究比较文学变异的规律。"[18]变异学理论的重点在求"异"的可比性，研究范围包含跨国变异研究、跨语际变异研究、跨文化变异研究、跨文明变异研究、文学的他国化研究等方面。比较文学变异学所发现的文化创新规律、文学创新路径是基于中国所特有的术语、概念和言说体系之上探索出的"中国话语"，作为比较文学第三阶段中国学派的代表性理论已经受到了国际学界的广泛关注与高度评价，中国学术话语产生了世界性影响。

四、国际视野中的中国比较文学

文明之墙让中国比较文学学者所提出的标识性概念获得国际视野的接纳、理解、认同以及运用，经历了跨语言、跨文化、跨文明的多重关卡，国际视野下的中国比较文学书写亦经历了一个从"遍寻无迹""只言片语"而"专篇专论"，从最初的"话语乌托邦"至"阶段性贡献"的过程。

二十世纪六十年代以来港台学者致力于从课程教学、学术平台、人才培养，国内外学术合作等方面巩固比较文学这一新兴学科的建立基石，如淡江文理学院英文系开设的"比较文学"（1966），香港大学开设的"中西文学关系"（1966）等课程；台湾大学外文系主编出版之《中外文学》月刊、淡江大学出版之《淡江评论》季刊等比较文学研究专刊；后又有台湾比较文学学会（1973 年）、香港比较文学学会（1978）的成立。在这一系列的学术环境构建下，学者前贤以"中国学派"为中国比较文学话语核心在国际比较文学学科理论、方法论中持续探讨，率先启声。例如李达三在 1980 年香港举办的东西方比较文学学术研讨会成果中选取了七篇代表性文章，以 *Chinese-Western Comparative Literature: Theory and Strategy* 为题集结出版，[19]并在其结语中附上那篇"中国学派"宣言文章以申明中国比较文学建立之必要。

学科开山之际，艰难险阻之巨难以想象，但从国际学者相关言论中可见西方对于中国比较文学学科的发展抱有的希望渺小。厄尔·迈纳（Earl Miner）

---

18 曹顺庆主编《比较文学概论》，高等教育出版社 2015 年版。

19 *Chinese-Western Comparative Literature：Theory & Strategy*，Chinese Univ Pr.1980-6

在 1987 年发表的 *Some Theoretical and Methodological Topics for Comparative Literature* 一文中谈到当时西方的比较文学鲜有学者试图将非西方材料纳入西方的比较文学研究中。(until recently there has been little effort to incorporate non-Western evidence into Western com- parative study.) 1992 年，斯坦福大学教授 David Palumbo-Liu 直接以《话语的乌托邦：论中国比较文学的不可能性》为题（*The Utopias of Discourse: On the Impossibility of Chinese Comparative Literature*）直言中国比较文学本质上是一项"乌托邦"工程。(My main goal will be to show how and why the task of Chinese comparative literature, particularly of pre-modern literature, is essentially a *utopian* project.) 这些对于中国比较文学的诘难与质疑，今美国加州大学圣地亚哥分校文学系主任张英进教授在其 1998 编著的 *China in a polycentric world: essays in Chinese comparative literature* 前言中也不得不承认中国比较文学研究在国际学术界中仍然处于边缘地位（The fact is, however, that Chinese comparative literature remained marginal in academia, even though it has developed closely with the rest of literary studies in the United Stated and even though China has gained increasing importance in the geopolitical world order over the past decades.)。[20]但张英进教授也展望了下一个千年中国比较文学研究的蓝景。

　　新的千年新的气象，"世界文学""全球化"等概念的冲击下，让西方学者开始注意到东方，注意到中国。如普渡大学教授斯蒂文·托托西（Tötösy de Zepetnek, Steven）1999 年发长文 *From Comparative Literature Today Toward Comparative Cultural Studies* 阐明比较文学研究更应该注重文化的全球性、多元性、平等性而杜绝等级划分的参与。托托西教授注意到了在法德美所谓传统的比较文学研究重镇之外，例如中国、日本、巴西、阿根廷、墨西哥、西班牙、葡萄牙、意大利、希腊等地区，比较文学学科得到了出乎意料的发展（emerging and developing strongly）。在这篇文章中，托托西教授列举了世界各地比较文学研究成果的著作，其中中国地区便是北京大学乐黛云先生出版的代表作品。托托西教授精通多国语言，研究视野也常具跨越性，新世纪以来也致力于以跨越性的视野关注世界各地比较文学研究的动向。[21]

---

20 Moran T . Yingjin Zhang, Ed. China in a Polycentric World: Essays in Chinese Comparative Literature[J].现代中文文学学报,2000,4(1):161-165.

21 Tötösy de Zepetnek, Steven. "From Comparative Literature Today Toward Comparative Cultural Studies." CLCWeb: Comparative Literature and Culture 1.3 (1999):

　　以上这些国际上不同学者的声音一则质疑中国比较文学建设的可能性，一则观望着这一学科在非西方国家的复兴样态。争议的声音不仅在国际学界，国内学界对于这一新兴学科的全局框架中涉及的理论、方法以及学科本身的立足点，例如前文所说的比较文学的定义，中国学派等等都处于持久论辩的漩涡。我们也通晓如果一直处于争议的漩涡中，便会被漩涡所吞噬，只有将论辩化为成果，才能转漩涡为涟漪，一圈一圈向外辐射，国际学人也在等待中国学者自己的声音。

　　上海交通大学王宁教授作为中国比较文学学者的国际发声者自 20 世纪末至今已撰文百余篇，他直言，全球化给西方学者带来了学科死亡论，但是中国比较文学必将在这全球化语境中更为兴盛，中国的比较文学学者一定会对国际文学研究做出更大的贡献。新世纪以来中国学者也不断地将自身的学科思考成果呈现在世界之前。2000 年，北京大学周小仪教授发文（*Comparative Literature in China*）[22]率先从学科史角度构建了中国比较文学在两个时期（20世纪 20 年代至 50 年代，70 年代至 90 年代）的发展概貌，此文关于中国比较文学的复兴崛起是源自中国文学现代性的产生这一观点对美国芝加哥大学教授苏源熙（Haun Saussy）影响较深。苏源熙在 2006 年的专著 *Comparative Literature in an Age of Globalization* 中对于中国比较文学的讨论篇幅极少，其中心便是重申比较文学与中国文学现代性的联系。这篇文章也被哈佛大学教授大卫·达姆罗什（David Damrosch）收录于《普林斯顿比较文学资料手册》（*The Princeton Sourcebook in Comparative Literature*，2009[23]）。类似的学科史介绍在英语世界与法语世界都接续出现，以上大致反映了中国学者对于中国比较文学研究的大概描述在西学界的接受情况。学科史的构架对于国际学术对中国比较文学发展脉络的把握很有必要，但是在此基础上的学科理论实践才是关系于中国比较文学学科国际性发展的根本方向。

　　我在 20 世纪 80 年代以来 40 余年间便一直思考比较文学研究的理论构建问题，从以西方理论阐释中国文学而造成的中国文艺理论"失语症"思考

22　Zhou, Xiaoyi and Q.S. Tong, "Comparative Literature in China", Comparative Literature and Comparative Cultural Studies, ed., Totosy de Zepetnek, West Lafayette, Indiana: Purdue University Press, 2003, 268-283.

23　Damrosch, David (EDT)*The Princeton Sourcebook in Comparative Literature*: Princeton University Press

属于中国比较文学自身的学科方法论,从跨异质文化中产生的"文学误读""文化过滤""文学他国化"提出"比较文学变异学"理论。历经 10 年的不断思考,2013 年,我的英文著作:*The Variation Theory of Comparative Literature*(《比较文学变异学》),由全球著名的出版社之一斯普林格(Springer)出版社出版,并在美国纽约、英国伦敦、德国海德堡出版同时发行。*The Variation Theory of Comparative Literature*(《比较文学变异学》)系统地梳理了比较文学法国学派与美国学派研究范式的特点及局限,首次以全球通用的英语语言提出了中国比较文学学科理论新话语:"比较文学变异学"。这一新概念、新范畴和新表述,引导国际学术界展开了对变异学的专刊研究(如普渡大学创办刊物《比较文学与文化》2017 年 19 期)和讨论。

欧洲科学院院士、西班牙圣地亚哥联合大学让·莫内讲席教授、比较文学系教授塞萨尔·多明戈斯教授(Cesar Dominguez),及美国科学院院士、芝加哥大学比较文学教授苏源熙(Haun Saussy)等学者合著的比较文学专著(Introducing Comparative literature: New Trends and Applications[24])高度评价了比较文学变异学。苏源熙引用了《比较文学变异学》(英文版)中的部分内容,阐明比较文学变异学是十分重要的成果。与比较文学法国学派和美国学派形成对比,曹顺庆教授倡导第三阶段理论,即,新奇的、科学的中国学派的模式,以及具有中国学派本身的研究方法的理论创新与中国学派"(《比较文学变异学》(英文版)第 43 页)。通过对"中西文化异质性的"跨文明研究",曹顺庆教授的看法会更进一步的发展与进步(《比较文学变异学》(英文版)第 43 页),这对于中国文学理论的转化和西方文学理论的意义具有十分重要的价值。("Another important contribution in the direction of an imparative comparative literature-at least as procedure-is Cao Shunqing's 2013 *The Variation Theory of Comparative Literature*. In contrast to the "French School" and "American School" of comparative Literature, Cao advocates a "third-phrase theory", namely, "a novel and scientific mode of the Chinese school," a "theoretical innovation and systematization of the Chinese school by relying on our *own* methods" (*Variation Theory* 43; emphasis added). From this etic beginning, his proposal moves forward emically by developing a "cross-civilizaional study on the heterogeneity between

---

24 Cesar Dominguez,Haun Saussy,Dario Villanueva Introducing Comparative literature: New Trends and Applications,Routledge,2015

Chinese and Western culture"(43), which results in both the foreignization of Chinese literary theories and the Signification of Western literary theories.）

　　法国索邦大学（Sorbonne University）比较文学系主任伯纳德·弗朗科（Bernard Franco）教授在他出版的专著（《比较文学：历史、范畴与方法》）*La littératurecomparée: Histoire, domaines, méthodes* 中以专节引述变异学理论，他认为曹顺庆教授提出了区别于影响研究与平行研究的"第三条路"，即"变异理论"，这对应于观点的转变，从"跨文化研究"到"跨文明研究"。变异理论基于不同文明的文学体系相互碰撞为形式的交流过程中以产生新的文学元素，曹顺庆将其定义为"研究不同国家的文学现象所经历的变化"。因此曹顺庆教授提出的变异学理论概述了一个新的方向，并展示了比较文学在不同语言和文化领域之间建立多种可能的桥梁。(Il évoque l'hypothèse d'une troisième voie, la « théorie de la variation », qui correspond à un déplacement du point de vue, de celui des « études interculturelles » vers celui des « études transcivilisationnelles . » Cao Shunqing la définit comme « l'étude des variations subies par des phénomènes littéraires issus de différents pays, avec ou sans contact factuel, en même temps que l'étude comparative de l'hétérogénéité et de la variabilité de différentes expressions littéraires dans le même domaine ».Cette hypothèse esquisse une nouvelle orientation et montre la multiplicité des passerelles possibles que la littérature comparée établit entre domaines linguistiques et culturels différents.）[25]。

　　美国哈佛大学（Harvard University）厄内斯特·伯恩鲍姆讲席教授、比较文学教授大卫·达姆罗什（David Damrosch）对该专著尤为关注。他认为《比较文学变异学》（英文版）以中国视角呈现了比较文学学科话语的全球传播的有益尝试。曹顺庆教授对变异的关注提供了较为适用的视角，一方面超越了亨廷顿式简单的文化冲突模式，另一方面也跨越了同质性的普遍化。[26]国际学界对于变异学理论的关注已经逐渐从其创新性价值探讨延伸至文学研究，例如斯蒂文·托托西近日在 *Cultura* 发表的（Peripheralities: "Minor" Literatures, Women's Literature, and Adrienne Orosz de Csicser's Novels）一文中便成功地将变异学理论运用于阿德里安·奥罗兹的小说研究中。

25　Bernard Franco La littératurecomparée: Histoire, domaines, méthodes，Armand Colin 2016.

26　David Damrosch Comparing the Literatures,Literary Studies in a Global Age,Princeton University Press,2020.

　　国际学界对于比较文学变异学的认可也证实了变异学作为一种普遍性理论提出的初衷，其合法性与适用性将在不同文化的学者实践中巩固、拓展与深化。它不仅仅是跨文明研究的方法，而是一种具有超越影响研究和平行研究，超越西方视角或东方视角的宏大视野、一种建立在文化异质性和变异性基础之上的融汇创生、一种追求世界文学和总体问题最终理想的哲学关怀。

　　以如此篇幅展现中国比较文学之况，是因为中国比较文学研究本就是在各种危机论、唱衰论的压力下，各种质疑论、概念论中艰难前行，不探源溯流难以体察今日中国比较文学研究成果之不易。文明的多样性发展离不开文明之间的交流互鉴。最具"跨文明"特征的比较文学学科更需要文明之间成果的共享、共识、共析与共赏，这是我们致力于比较文学研究领域的学术理想。

　　千里之行，不积跬步无以至，江海之阔，不积细流无以成！如此宏大的一套比较文学研究丛书得承花木兰总编辑杜洁祥先生之宏志，以及该公司同仁之辛劳，中国比较文学学者之鼎力相助，才可顺利集结出版，在此我要衷心向诸君表达感谢！中国比较文学研究仍有一条长远之途需跋涉，期以系列丛书一展全貌，愿读者诸君敬赐高见！

曹顺庆

二零二一年十月二十三日于成都锦丽园

目

次

绪　论

0.1　问题的提出

美国学者爱德华·赛义德（Edward Said, 1935-）曾经说过："一部作品进入民族历史的领域，借用维柯的说法就是一进入世俗的历史的领域，各种各样、变化多端的非同寻常的可能性便都对作品开放着，而作品却不会温顺地退回到一种居于其上并为之解释的概念上。"[1]对于索尔·贝娄文学创作的研究亦复如此。

索尔·贝娄（Saul Bellow, 1915-2005）是第二次世界大战以后美国最重要的作家之一[2]，也是为数不多的如此长久地从各种视点观察美国社会，并不断把它写进作品中去的作家。他于1915年出生在加拿大魁北克省蒙特利尔辛市的俄罗斯犹太移民家庭，9岁时随家人迁居美国伊利诺伊州，在大萧条时期的芝加哥市长大，从此芝加哥成为他的第二故乡，作为家中最年幼的孩子，在这里他想要自己成为一名印第安人——芝加哥唯一的一名犹太印第安人[3]。他1933年考入芝加哥大学，受到过当时左翼思想倾向的影响，毕业后曾做过编辑、记者。此后，他生命中的大部分时间在明尼苏达大学、纽约大学、普林斯顿大学、芝加哥大学、波士顿大学的讲坛上度过，但他的众所周知的身份却是

1　Edward Said, *Beginnings: Intention and Method*, 1975, pp.11-12.

2　索尔·贝娄最早的文学作品是1936年2月19日在《西北日报》上发表的短篇小说《确实不能》（*The Hell It can't*），不过当时并没有引起美国评论界的重视，直到1944年他的第一部长篇小说《晃来晃去的人》出版后，才引起人们的注意，从而奠定了他的作家地位。

3　Anon, *Saul Bellow*. Current Biography, XXVI(Feb.1965), p.3.

一个作家,一个世界知名的伟大作家。作为一个出身于犹太移民家庭的知识分子,他博览群书,具有丰富的历史、哲学、人类学和社会学知识,将文学艺术与社会直接联系起来,面对战后社会问题迭出、精神危机不断的美国社会,小说家索尔·贝娄感时伤事,以"社会的历史学家"的手笔勾勒出了一副现代美国社会生活的真实画卷。在评论家和记者每每强调他的犹太作家身份时,他曾经予以反驳说:

> "我写的是美国","不知道为什么,我无法脱离我的美国生活⋯⋯我从来没有把写犹太人的命运看作自己的职责,我没有必要承担那份义务。除了描写真正令我感动的事情之外,我没有任何义务。尽管如此,我依旧全神贯注于我的美国生活而不能自拔,"[4]

> "我认为,没有什么文学会格外特别,独特得其他宗教人士都读不懂⋯⋯我从来不有意识地作为犹太人去写作,从没有努力让自己有犹太味。我从来不会权力去迎合哪一个群体的口味,也没有想过要单为犹太人写作⋯⋯我把自己看作是一个出身为犹太人的人——是美国人,有犹太血统——有一定的生活经验,其中一部分具有犹太特点。"[5]

他意识到,自从二战中发生犹太大屠杀以来,"犹太人对世界看待他们的形象特别敏感",他们"觉得美国犹太作家这一职业就是写公共关系稿,出版任何说犹太社会好的稿件,并压制其他稿件,要忠诚。"[6]而他不愿意为了公共关系牺牲艺术的真诚,自己"没有任何族裔义务的概念。这不是我的主要义务。我的主要义务是我所从事的职业,而不是某个具体的族裔集体⋯⋯整个犹太作家这个说法完全是一种发明。"[7]但他的这一表述并未引起评论界和研究者的重视,他们过分执拗地关注了作家的民族性和普适性,或是费尽心思地挖掘索尔·贝娄文学作家的犹太民族性,或从普世主义的角度出发,将索尔·贝娄塑造成一个为拯救全人类而捍卫人道主义、努力抵抗异化的勇士,对于作家自己

---

4 Saul Bellow, "Nobel Lecture", *It All Adds Up: From the Dim Past to the Uncertain Future*. London: Secker & Waeburg, 1994, pp.312-313.

5 Ruth Miller, *Saul Bellow: A Biography of the Imagination*. New York: St. Martin's Press, 1991, pp.42-43.

6 Michael Kramer, *New Essays on Seize the Day*. Cambridge: Cambridge University press, 1998, p.8.

7 Michael Kramer, *New Essays on Seize the Day*. Cambridge: Cambridge University press, 1998, p.9.

的声明却置之不理。

对于索尔·贝娄，美国小说家菲利普·罗斯（Philip Roth, 1933-2018）称赞他是美国现代小说史上两大巨头之一，他指出，"20 世纪美国文学的主干是由威廉·福克纳和索尔·贝娄这两位小说家建立起来的，他们是 20 世纪的梅尔维尔、霍桑和马克·吐温。"[8]诺贝尔文学奖作为国际文学界最大的奖项，引起了全世界的关注。该奖授予"不论国籍，但求对全人类有伟大贡献，具有理想主义倾向的杰出文学作品和最杰出、仍健在的作家。"该奖评委会认为，索尔·贝娄作为犹太移民的儿子、美国芝加哥人、著名畅销书作家、芝加哥大学教授，他在美国二十世纪后半叶享有一定的地位，是"福克纳、海明威和菲茨杰拉德的文学继承人"，被誉为"美国当代文学的发言人"并与威廉·福克纳（William Faulkner, 1897-1962）一起被称为"20 世纪美国文学的脊梁。"[9]《纽约时报书评周刊》曾称其为当代"美国首席小说家"，这是因为索尔·贝娄具有强烈的社会担当意识。"我以小说创作为生，但又自认为有点像个历史学家。小说家是一个想象力丰富的历史学家，能够比社会科学家更逼近当代的事实真相。描写公共大事和个人琐事一样容易——需要的只是更多的自信和勇气。"[10]他的创作不仅包含现实，也包含灵魂，作为一个社会人，他有着高度的公共意识，和超越个体生老病死的对外悲悯。并且美国历史环境压力的不断变化影响并决定着他文学创作的本质，使他的小说具有一种历史敏感性，深入到焦虑的历史时代中去探索其中存在的问题。阅读他的作品，可以深切感受到从二十世纪 20 年代到世纪末八十年间美国的历史变迁，他的作品"不仅关系到那些关心美国小说现状的人还关系到那些对美国自身精神状况担忧的人"[11]，"深深地植根于美国都市社会，而这个社会又更深地植根于其产生的历史和意识中，"[12]"如果不读索尔·贝娄，也就不能形成一个关于美国的完整清晰的画面。"[13]索尔·贝娄一生创作有四部中短篇小说集、十部长篇小说、一部剧

---

8 刘翔：《无与伦比的鸡尾酒调和大师：索尔·贝娄》，广州：《南方周末》，2005 年
   4 月 4 日。
9 以上为诺贝尔文学奖评奖委员会对贝娄文学成就的评语。
10 角谷美智子：《索尔·贝娄论索尔·贝娄》，载《深圳晚报》，2007 年 1 月 22 日。
11 Sanford Pinsker, *Saul Bellow: What, in All of This, Speaks for Man?* Ggeorgia Review
    49, No.1(spring 1995), p.89.
12 Malcolm Bradbury, *Saul Bellow's Herzog.* Critical Quarterly, 7(Autumn 1965), p.271.
13 Jose Vazquez Amaral: *Sual Bellow*，转引自《贝娄研究文集》，南京：译林出版社，
    2014 年版，第 129 页。

作、一部回忆录和一部散文集,他曾三次获得美国图书奖和普利策奖,1968 年,法兰西共和国政府曾授予其"文学艺术骑士勋章"。1976 年,瑞典科学院授予他诺贝尔文学奖。1990 年,美国国家图书基金会授予他终身成就勋章,以表彰他对美国文学的杰出贡献。

由于"对当代文化富于人性的理解和精妙的分析"[14],索尔·贝娄文学创作的研究受到了国外和国内评论家和学者的大量关注。二十世纪 60 年代以来,索尔·贝娄"无疑是当代美国小说家中被评论最多的人"[15],相关的评论和著作切入点各有不同,广泛地涉及了心理分析、新批评、超验主义、存在主义、神话与宗教主题、犹太传统、伦理学、修辞与视觉感知、女性主义视角、芝加哥城市研究等等。其中索尔·贝娄的犹太身份与其写作的关系备受学者和批评家的关注,甚至一些经典性的文学史著作也简单地将贝娄的创作归结为"犹太小说",如埃默里·埃利奥特(Emory Elliott, 1943-2009)主编的《哥伦比亚美国文学史》。二十世纪七、八十年代以后,不少西方文学批评家采用"文化研究"的路径,将索尔·贝娄文学创作的研究注意力转至意识形态、种族、性别、阶级等文本外的社会历史语境等议题。90 年代,格哈特·巴赫(Gerhard Bach)在《对索尔·贝娄作品的批评回应》文集的序言中指出,五十多年来,索尔·贝娄一直以自己独特的方式,不屈不挠地记录着美国对自我的探索,我们从他的每一部小说中都能感受到时代的脉动,而对艺术使命的认识与坚持则是理解贝娄本人及其笔下人物的关键所在,贝娄创作的"美国性"开始引起人们的关注。进入新世纪后,日本学者坂口世佳子(Sakaguchi Kayoko)则从总体上考察贝娄的"美国性",认为像索尔·贝娄这样如此长久地从各种视点观察美国社会,并不断把它写进作品的作家是为数不多的,她从这个角度写出《"美国作家"贝娄的诞生——索尔·贝娄的文学与美国社会》一文[16],但由于文章篇幅的限制,只能泛泛地按照年代说明贝娄的文学创作植根于美国社会[17],并以自己敏锐的目光观察美国社会,特别是被幽闭起来的阴影部分,揭露其中的问

---

14 贝娄被授予诺贝尔文学奖的评语。

15 Gloria L. Cronin, L.Hall. ed. *Saul Bellow in the 1980s*: *A Collection of Critical Essays*. East Lansing: Michigan State University Press, 1989, ix.

16 日本宫琦大学《教育文化系学报·人文科学》,2003 年第 10 期,第 9-18 页,转引自《贝娄研究文集》。

17 这篇文章的不足处还在于作者将贝娄作品出版的年代与美国社会现实中的年代机械地等同起来。

题和矛盾，进而努力寻找解决的方法，但其作品的"美国性"这一概念仍未得到明确提出。而中国研究者则在着重形式主义文本性研究的同时似乎比同期西方学者更乐于从某一理论视角来讨论贝娄的作品。但是，一个毋庸置疑的事实是国内在索尔·贝娄研究上出现了选题、观点和论证方法的大量同质性重复的局面，除了连篇累牍地对索尔·贝娄的"犹太性"分析和创作方法、哲学思想分析之外，同样没有人对其"美国性"进行专门的研究，在其"种族性"被刻意放大的同时，索尔·贝娄研究中的"地域性"即"美国性"被有意或无意地忽视了。

鲁斯·米勒（Ruth Miller）曾在《索尔·贝娄：想象力传记》（1991）中曾经指出贝娄是一个努力寻求方案、意义、稳定的自己，以便立足于芝加哥、纽约以及多变、腐败、危险而又冷漠的美国的人。厦门大学的学者周南翼提出"贝娄的关注范围不只局限在个人的内心生活上……他在作品中清醒地审视了美国社会的现状，不断分析生存的苦闷和矛盾。"[18]中国作家邱华栋认为，"他写出了只有美国才有的风景，美国才有的语言、美国才有的问题，和美国才有的文学表现形式。一句话，我觉得他甚至可以就是美国。"[19]本书立足文学研究的创新性，旨在通过美国社会的分析和贝娄文本的解析，指出索尔·贝娄文学的创作是如何"写美国"的，研究索尔·贝娄文学创作的"美国性"，这种"美国性"是与"犹太性"相对而言的，具有地域主义色彩，而且是仅仅对于贝娄自己的创作来说的，是在地性和切己性的。虽然诸多的文学史著作都将索尔·贝娄的文学创作归入"美国犹太文学"之中，但"美国犹太文学"是一个十分含混的概念，因为"美国犹太文学"并不是一个创作流派或者是一种文学运动，美国犹太作家在创作思潮、题材内容、内涵倾向、艺术趣味和审美方式上确实没有形成一种统一的文学特征。如果说"美国犹太文学"概念的界定主要建基于犹太作家的出身背景及其对犹太生活的某种运用和表现的话，那么犹太作家除了具有相同的犹太出身背景外，在对犹太素材的具体运用以及对犹太传统的价值观念等方面均表现出极大的差异，索尔·贝娄之所以公开反对将自己归纳入"犹太作家"行列中，就是因为他认为自己首先是一个美国人，身为一个美国公民，深受美国传统文化和思想潮流的影响，善于从美国的角度去观察社会和生活，因此，美国的社会生活成为他创作中取材的来源。这里的

---

18 周南翼：《贝娄》，成都：四川人民出版社，2003年版，第4页。

19 燕舞：《终结是阅读的开始》，北京：《中国青年报》，2005年4月10日。

"美国性"与马丁·艾米斯（Martin Amis, 1949-）在评论《奥吉·马奇历险记》时所认为的大写的美国性——"因为其非同寻常的包容性、其体验的多样性和从容的混杂性"也是有所不同的，是通过对他所描写的平民和知识分子的生活状态——即小到平民百姓生活中的幽微细节大到时代重大事件的风云变幻都是通过作者娴熟的写作技巧在不经意间表现出来的。他的作品中既充塞着比其他作家更为逼真的置身于其中的社会情态，也有着细致打磨的对美国社会生活的认真审视与深切反思。揭示出他之所以获得各种奖项，并非是因为他的犹太人身份，也非由于他关注某些重大事件或者抽象的人性，而是因为**他将目光投向美国社会的日常生活，从日常生活的点滴变化中反映美国社会的发展变化，以及他对这些发展变化的深刻思考和艺术表现**。他的创作虽然从理念高蹈转向朴素平实生活的描述，但并未脱离时代的疾苦而是紧贴时代发展变化，充满历史承担的勇气和对时代发言的欲望，以及对理想信念、真理的探索，勇敢地承担起社会灵魂工程师的重任，因此，他的作品中鲜活的美国元素、美国生活、美国精神、美国问题等地域性特点构成了贝娄创作内容的"美国性"。

索尔·贝娄创作的所体现的"美国性"特征主要有以下三个方面：首先，他笔下的主人公虽然多为犹太人，但作者通过他们故事的书写所呈现的主要是普通美国市民的生活、知识分子的生活，而不像其他犹太作家那样，仅仅关注作为少数族裔的犹太人的境遇与精神状况。其次，贝娄通过他的作品展现了美国广阔的社会历史画卷，从美国的经济的变迁（二十世纪 20 年代末的大萧条，30 年代"罗斯福新政"在挽救经济危机上所做的诸多努力，40 年代经济逐渐稳定，50 年代进入"丰裕社会"，以及后来逐步发展到后工业时期、后现代消费社会）到美国政治的变迁（二三十年代思想领域的宽松，美国参加第二次世界大战，二战后的冷战，民主的异化，超级大国的核竞赛，美国陷入越南战争的泥潭，60 年代的学生造反，美国开展太空开发和星球大战计划等等），以及美国城市的变迁（二十世纪 20 年代的美国虽然已经实现了城市化，但在此后的岁月中，美国的城市仍处于不断发展的过程中，索尔·贝娄不仅写出了此后的发展情况，还在作品中通过人物的处境与思考回溯了此前的情况，特别是芝加哥城市的整个发展历程），都远远超出了某个特定族裔的狭窄视野。其三，贝娄作品中更多体现的是美国式的理想和价值观：索尔.贝娄认为"美国梦"的核心在于平民理想主义，知识分子对于美国"自由、平等、正义、民主、富裕"思想的捍卫，以及体现在每个个体的言行中的个人主义与实用主义。而犹太民族的宗教信念和道德理想在现实面前往往无能为力，因而常常是他作品中加以反思的对象，而不是像其他犹太作家那样作为坚守的立场与维护的信条。作为一个思想型的知识分子作家，索尔·贝娄并不是深居于象牙塔之中的精神贵族，"他的确有一种超脱性的追求，希望站在割断了利害关系的高处，俯视脚下的混乱与疯狂"[20]，提出了美国社会在当代面临的重大问题，表现出对现实的关切，但他又经常表示要做一名社会历史学家，和那些不愿意沾染现实的"有限性"而沉浸在自我小天地的作家迥然相异，恐怕失掉对日常生活的感觉，所以他才没有理想化地拔高自己作品主人公的形象，而是让他们在坚持自己理想的同时在策略上暂时地与他们所处身的社会进行某种程度的妥协，让他们通过平民理想主义来逐步实现自己的"美国梦"。

　　谈及索尔·贝娄文学创作的"美国性"，就首先要谈到民族性问题，民族性的首要基础是文化的认同，包括某个民族的语言、文字、历史等，而狭义的"民族性"的认知则只指向"种族性"，民族性认知是国家的基础。对于索尔·贝娄的民族性来说，他既是犹太的又是美国的，"美国犹太文化作为犹太文化在美国的变迁，就是在保持犹太精神的同时，吸收了美国文明的诸种要素后而形成的一种新型的犹太文化，也是美国主体文化中的一种新的亚文化"[21]，所以，美国犹太人具有着双重文化身份，他们既是犹太人，又是美国人。对于生活在美国这个新家园的犹太人来说，他们一方面会自然而然地维护和珍惜蕴藏于内心深处的"犹太情结"，另一方面又或多或少地淡化了传统的犹太属性，在他们身上，犹太特性变的空前复杂甚至不确定，许多犹太人特别是第二、第三代美国犹太人已经走出了传统的犹太圈子，逐步汇入美国的统一生活潮流当中，并且在更多的生存问题上与美国社会达成新的契合和一致，更多地与其他人群在社会境遇、生存困惑等方面形成认同和共识，更多地卷入现代生活的整体发展中。对于索尔·贝娄来说，虽然"美国从来也不是一块血性的祖国之土，只是一个理想的祖国，观念化、精神化的祖国。还是金钱的祖国"[22]，也就是说，他血性的祖国在古老的耶路撒冷，而美国则是他现实中的祖国，是他精神

20　陈焜：《西方现代派文学研究》，北京：北京大学出版社，1981年版，第93页。
21　朱振武：《美国小说本土化的多元因素》，上海：上海外语教育出版社，2006年版，第174页。
22　D·H·劳伦斯：《劳伦斯论美国名著》，黑马译，上海：上海三联书店，2006年版，第115页。

的祖国,但他并没有将这块土地理想化,而是冷静地观照着美国的现实,发掘那被层层的美国生活泡沫所有意无意包裹的、遮盖的、深藏于现实的美国现象,并且形诸笔端。所以,同许多美国犹太人一样,索尔·贝娄的民族性并不仅仅只是表现为单一的种族性,也表现为鲜明的国籍性,研究其文学作品中的犹太性固然有其合理的一面,但忽视其作品中"美国性"的一面则不可不谓之偏颇。

另一方面,美国文学研究界早就达成了一项共识,认为美国文学是"民主的文学",其基本精神,或者说它作为一个独立的、独特的文学传统就源于它是一个完全在现代民主社会中孕育出来的文学传统,"它对'好生活'的理解,对于语言和文学体裁的认识和运用,都建立在对民主社会的基本价值的认同之上:平等与自由的天赋权利,个人主义的哲学与文化理念,以及公民参与和批评公共生活的责任和自由等等。"[23]它试图用文学想象的方式去构建一种理想的、民主的生活方式。而且美国文学创作中一直对权威与自由、个体与社会、文明与自然的关系十分关注,而且这些关系随着美国历史的发展也在不断变化着,比如新大陆时期和美国建国初期人们更多地是注重权威、社会集体和文明,而发展到现代阶段的美国,民众更为关心的则是个体、自由与自然。贝娄的文学创作完全符合这种"民主的文学"的要求,他在基本上认同美国民主社会基本价值的同时,对个人与社会的关系,自由与自由的限度,文明发展与自然纯真遭到破坏等问题做出了审视,力求引导社会步入良性发展的轨道,使人们在追求美好生活时尽可能不对社会秩序和文明自然造成破坏。当然,这些观念本身就是对立,要想完全和谐地统一起来无异于痴人说梦,问题在于如何用最小的代价来弥合它们之间的关系,索尔·贝娄要做的就是引起人们对这方面的思考。所以,如果把索尔·贝娄的创作放到美国文学整体大范围来考察的话,从美国文学传统和它的重大主题来看,贝娄的创作无疑与其是相契合的,所以,索尔·贝娄的创作不仅在内容上具有"美国性",而且符合美国文学的一贯传统,创作主题也具有鲜明的美国特色,充分体现了"美国性"。

总之,索尔·贝娄文学创作的"美国性"是指作为创作主体的他是美国公民,他的文学创作观照对象是美国社会,创作素材来源于美国社会,作品内容

---

23 袁明:《美国社会与文化十五讲》(第二版),北京:北京大学出版社,2015 年版,第 223 页。

反映了美国的社会生活，作品在思想上继承了美国传统并反映出了它的重大主题，充分显示出了题材的美国性、思想的美国性和文化的美国性。

0.2 国内外索尔·贝娄研究现状

索尔·贝娄是第二次世界大战以后美国最重要的作家之一[24]。国外对其研究较为成熟，尤其是在美国，早在他获得诺贝尔文学奖之前，就受到了文学批评领域极大的关注，并且，索尔·贝娄的英文传记和研究专著十分丰富。早在二十世纪 70 年代，大量有关贝娄的研究已达到了一个小型产业的规模，格洛里亚·L·克罗宁（Gloria L. Cronin）和霍尔（Hall）编写的《索尔·贝娄：文献书目提要》（1987 年第二版）所提供的书目显示，研究索尔·贝娄的英文著作和文章已经达到 1232 篇，其中专著 36 部，博士论文 91 篇。截至到 2018 年 6 月底，共有研究索尔·贝娄的西文论文 5300 篇（其中研究索尔·贝娄的硕士博士论文 490 篇），研究论著 60 多部。从 1981 年开始，国际索尔·贝娄学会定期出版《索尔·贝娄学刊》（*Saul Bellow Journal*），刊登有关索尔·贝娄的评论和研究文章。从 1998 年开始，该学会通过其官方网站每年出版一期《索尔·贝娄学会研究通讯》（*Saul Bellow Society Newsletter*）。然而直至二十世纪 70 年代末期，中国大陆才首次出现有关其作品的评介。至 2019 年 12 月，中国大陆有关贝娄研究论文 1370 篇，研究专著 14 部（其中 11 部为博士论文修订后出版），评传 1 部。

0.2.1 国外的索尔·贝娄研究

作为世界知名作家，索尔·贝娄的作品在世界上很多国家产生了巨大的影响，对他创作生涯和文学作品的研究在他成名之后不久就开始了。

0.2.1.1 美英国家的索尔·贝娄研究

1944 年，索尔·贝娄的第一部长篇小说《晃来晃去的人》出版后，得到部分评论家的好评。张伯伦（John Chamberlain, 1927-）最先在《纽约时报》上发表了对于这部作品的书评，《党派评论》和《肯庸评论》的批评圈子说，这

---

24 索尔·贝娄最早的文学作品是 1936 年 2 月 19 日在《西北日报》上发表的短篇小说《确实不能》（*The Hell It can't*），不过当时并没有引起美国评论界的重视，直到1944 年他的第一部长篇小说《晃来晃去的人》出版后，才引起人们的注意，从而奠定了他的作家地位。

部小说在揭示现代人的不确定性方面做出了"无懈可击的道德追求"[25]。二十世纪 50 年代出现的索尔·贝娄学术研究文章有罗伯特·潘·沃伦（Robert Penn Warren, 1905-1989）的《不承担任何义务的人》（*Man with No Commitments*, 1953）、莱斯利·菲德勒（Leslie Aaron Fiedler, 1917-2003）的《索尔·贝娄》（*Saul Bellow*, 1957）、马克斯韦尔·盖斯玛（Maxwell Geismar, 1909-1979）的《索尔·贝娄：知识分子小说家》（*Saul Bellow: Novelist of the Intellectual*, 1958）、理查德·蔡斯（Richard Chase）的《索尔·贝娄的历险》（*The Adventures of Saul Bellow*, 1959）等。菲德勒的《索尔·贝娄》一文从宏观的角度高度评价了索尔·贝娄的早期创作，他在将索尔·贝娄与当时其他几位著名的美国犹太小说家比较后，认为索尔·贝娄在主体和母题的表达上远远超过他人，可能是所有小说家中我们最需要理解的一位作家，并且指出索尔·贝娄的成功不只是他个人努力的结果，而含有许多犹太人的艰苦努力。此外，索尔·贝娄的成功也得益于美国犹太人第一步入美国文化中心的历史机遇。菲德勒认为，美国社会有一种诱惑，它会诱使人同化到资产阶级极为庸俗的价值观里，但作为作家的索尔·贝娄毫不妥协地抵制了这种诱惑，他作品的主人公不仅拒绝混同为一般意义上的"小人物"，或者那种多愁善感的自由主义者笔下的"受害者"，而且还被塑造成有意识地抵制自己成为这类人的人物。这种抵制行为的本身实际上就是这些主人公自我意识和自我界定的结果。菲德勒在索尔·贝娄的作品中，不仅看到了自己同胞的身影，还看到了犹太民族两千多年来的苦难。马克斯韦尔·盖斯玛的《索尔·贝娄：知识分子小说家》认为，索尔·贝娄打破或超过了当时的社会主流价值观，《晃来晃去的人》中的主人公约瑟夫生活在丑陋的现代美国城市中，但努力使自己不受制于其生活的环境，不成为生活环境的牺牲品。作品准确流畅地再现了知识分子的内心世界。《受害者》中的利文萨尔的遭遇不是偶然的，它是一则有关受迫害的犹太人拥抱并激活迫害者的寓言。而《奥吉·马奇历险记》则是一部不成功的小说，作品信息量大，描写大萧条期间芝加哥贫民区的贫苦生活，并因此来引起读者的同情，所以，除了真实，一切都写到了。在《只争朝夕》[26]中，索尔·贝娄巧妙地处理了失意落魄的主人公威廉寻求父爱这一主题。50 年代除了专门针对索尔·贝娄作品的评论文章外，还有一些述评和综合报道的文章中也有关于索尔·贝娄的批评，但大都

---

25 Maxwell Geismar, *American Moderns: From Rebellion to Conformity*. New York: 1958, p.210.

26 亦有译者将其译为《勿失良机》或《抓住时日》。

比较简短。其中，在斯坦利·E·海曼（Stanley E. Hyman）的《小说中的某些倾向》（*Some Trends in the Novel*, 1958）一文中，海曼将二十世纪 50 年代以前和 50 年代期间出现的有希望的文学趋向分为三种，他认为值得鼓励的一种是有别于"伪小说"的"真实小说"体，其核心是行动和道德的想象。而《奥吉·马奇历险记》在处理罪恶和人类心灵最阴暗部分时，毫无疑问是属于这种"真实小说"的。作为一部描写贫民窟的自然主义小说，与一般意义上的自然主义小说相比，《奥吉·马奇历险记》更加诗意盎然，象征丰富。伊哈布·哈比·哈桑（Ihab Habib Hassan, 1925-2015）的《受害者：近期美国小说中的邪恶意象》一文纵论文学中的邪恶意象问题时，将邪恶与受害者相提并论，他指出作为美国最重要的作家之一，索尔·贝娄用《一千零一夜》中商人吃枣和丢弃枣核结果遭到杀身之祸的故事作为《受害者》的题记，同样认识到当代人对邪恶的认识伴有一种荒诞和恐怖的成分，只是因为这种认识是一种带有宗教意味的认识，其中心人物是受害者，因此，作家承担起了人类非理性生存的责任，并通过赋予其形式的方式来拯救人类的生存。

进入 60 年代，随着索尔·贝娄文学作品的不断问世，在美国出现了索尔·贝娄文学研究与批评的第一个高潮。1960 年著名文学批评杂志《批评》在夏季号上推出了索尔·贝娄和威廉·斯蒂伦专刊，伊哈布·哈比·哈桑在这一期上发表了《索尔·贝娄：男主角的五副面孔》（*Saul Bellow: Five Face of a Hero*），从总体上评价了《晃来晃去的人》《受害者》《只争朝夕》《奥吉·马奇历险记》和《雨王汉德森》，在哈桑看来，索尔·贝娄小说中的男主人公不断地变换脸庞，他们永远都肩负着沉重的包袱。约瑟夫生活在一个人们追求自由，但最终又不得不放弃自由的世界里，他最终对自己弱点的认识颇具讽刺意义。阿萨·利文萨尔对周边的人有着无可名状的负罪感，一方面，他莫名其妙地营造了一种让自己成为受害者的氛围，然后因自己营造出的这种氛围而感到负罪；另一方面，这种负罪感没有让他消沉、怀疑或孤独，反而让他萌生爱意，促使他维护迫害他的阿尔比。《只争朝夕》中的汤米·威廉则将对自己失败的认识转化为比爱与死的关系更加宽泛的一种接受。而《奥吉·马奇历险记》的主人公奥吉·马奇才是具有喜剧性格、无赖品性和反叛精神的男主角形象。《奥吉·马奇历险记》是关于笑的小说，主人公笑的力量与否定的力量处于一种微妙的平衡状态中。《雨王汉德森》中的汉德森是一个响应内心呼唤、有激情、有紧迫感的追求者，他逐渐意识到仅对生活充满热情是不够的，只有在堂吉诃德式的痛苦施舍中才能获得纯真。通过其作品人物精神境界的不断变化和提升，索尔·贝娄在艺术朝圣的道路上不断前进着。同期发表的利文森（Joseph R. Levenson, 1920-1969）的《贝娄的晃来晃去的人》（*Bellow's Dangling Man*）指出，美国的经典人物形象在索尔·贝娄营造的新环境中得到了重生，而不同于前辈作家。同年，犹太文学批评家拉尔夫·弗雷德曼（Ralph Freedman）在《威斯康星当代文学研究》冬季号上发表《索尔·贝娄：对环境的错觉》，从环境即从政治与社会现实的角度探讨其早期小说创作，认为贝娄的作品承袭了 1930 年代"社会小说"的传统，但又对这一传统进行了改造与拓展。索尔·贝娄早期作品成功地运用嘲讽解剖了自然主义小说中人对人类自身解体的恐惧和象征主义小说中世界变为内在幻象的恐惧，在贝娄的作品中，主人公与外部世界相互关联，处于一种既短暂又稳定、各自都想改变自己主动或被动状态的格局。1968 年，罗伯特·舒尔曼（Robert Shulman）发表的《贝娄的喜剧风格》（*The Style of Bellow's Comedy*）一文指出，索尔·贝娄与前辈伟大作家菲尔丁、陀思妥耶夫斯基、拉伯雷、乔伊斯等人一样，也能写出富有知性的喜剧作品和范围广阔、优美的散文体小说，而且还能创造出独特的写作风格，其创作成就还体现为他深刻地认识到并能像他的前辈作家那样去讴歌当下社会所敌视的人的个性、自发性、勃勃生机以及价值观念。而罗伯特·E·库恩（Robert E. Kuehn）的《小说纪事》（*Fiction Chronicle*, 1965）和詹姆斯·金玎（James Gindin）的《寓言开始分化》（*The Fable Begins to Break Down*, 1967）则在肯定索尔·贝娄文学创作成就的同时提出了不同的看法。库恩认为索尔·贝娄在《赫索格》中让主人公通过写信的方式来表达对现实生活和现代思想的看法，既有新意又取得了成功，但在小说叙述过程中，赫索格的信件逐渐变成了一种偷偷表达和填塞思想的手段，但是作为赫索格的评论存在的信件和存在本身并不吻合。詹姆斯·金玎则认为索尔·贝娄在《雨王汉德森》中过于注重寓言所蕴涵的意蕴和过度使用喜剧性的方式来黏合小说形式所具有的意义，结果不但使小说丧失了对当代人进行更加全面深刻观察的能力，而且还使作品鲜活的生命窒息于形式之中。1962 年以后，宾西法尼亚大学等学校的学生开始以索尔·贝娄为研究对象写作博士论文，第一篇为基思·迈克尔·奥普达尔（Keith Michael Opdahl）的《蟹和蝴蝶：索尔·贝娄的主题》（*The Crab and the Butterfly: the Themes of Saul Bellow*）。这一时期的不少博士论文是从比较文学的角度来研究的，专门研究索尔·贝娄的著作在 60 年代共有八部，此外还有两部兼论著作。

代表性著作是英国批评家托尼·坦纳（Tony Tanner）的《索尔·贝娄》（*Saul Bellow*, 1965），美国批评家奥普达尔的《索尔·贝娄长篇小说论》（*The Novels of Saul Bellow*, 1967）和克雷顿（John Jacob Clayton）的《索尔·贝娄：人之卫士》（*Saul Bellow: In Defense of Man*, 1968）。坦纳分析了索尔·贝娄的生活与创作、索尔·贝娄对物质文明与精神文明的关系和他对当代美国社会的认识，对俄国文学、犹太文学以及美国文学优秀传统的继承和发扬等，并指出他的作品与现代主义文学作品有着明显的区别，表现出了对人的命运一定程度上的乐观与希望。奥普达尔则认为索尔·贝娄所有的作品都表现了同一个主题，即调和向往与现实之间的冲突，克雷顿认为索尔·贝娄的每一部小说都折射出了人性的慈悲与怜悯，道出了美国文化的不确定性、复杂性和悖论性。索尔·贝娄作品中有三种相互关联的矛盾，即贝娄既反对文化虚无主义而同时又恐惧这种生活空虚，他拒斥异化而同时其主要人物又全是受虐狂和异化者，他反对生命个体的贬损而同时他又不得不抛弃个性。在谈及索尔·贝娄作品中文化语境的问题时，克雷顿认为索尔·贝娄是在汇合犹太经验和美国经验两大文化潮流中来捍卫人类的。欧文·马林（Irving Malin）1969 年出版的《索尔·贝娄的小说》（*Saul Bellow's Fiction*）一书的主要特色是提出了物质、精神失常、时间、疯狂以及犹太性这五个索尔·贝娄创作的主题，他认为索尔·贝娄的早期创作具有现实主义风格、荒诞风格和喜剧风格。

　　进入二十世纪 70 年代，特别是索尔·贝娄 1976 年获得诺贝尔文学奖以后，美国文学批评界关于索尔·贝娄及其创作的评介文章和研究著作数量大增，《索尔·贝娄研究》（*Saul Bellow Studies*）学术专刊也应运而生。索尔·贝娄研究开始步入繁荣时期。在这一时期，美国评论界开始关注索尔·贝娄作品中的具体问题，如叙事方法和主题模式等。尤瑟比奥·L·罗德里格斯（Eusebio L.Rodrigues）在《贝娄的非洲》（*Bellow's Africa*, 1971）一文中主要讨论了贝娄的长篇小说《雨王汉德森》，考察了索尔·贝娄笔下非洲的来源，认为作品是作者创作能力与其想象的融合。詹姆斯·尼尔·哈里斯（James Neil Harris）的《〈赛姆勒先生的行星〉的一种批评方法》（*One Critical Approach to Mr. Sammler's Planet*, 1972）文章中详尽地讨论了《赛姆勒先生的行星》，认为在这部作品中，索尔·贝娄自始至终有目的地把讥讽作为主要的主题技巧来运用。李·J·里奇蒙（Lee J. Richmond）则认为《只争朝夕》才是索尔·贝娄故事情节最为紧凑的一部作品，他在小说中对变化的自我，以及对在日益混乱的技术专家治国的世界里挣扎的人所做的研究，很能激发起读者的阅读兴趣。丹尼尔·富克斯（Daniel Fuchs, 1909-1993）的《索尔·贝娄与现代传统》（*Saul Bellow and the Modern Tradition*, 1974）将索尔·贝娄的创作置于西方文学传统中进行宏观的考察，他认为索尔·贝娄是一个知性的小说家，不为某种观念去写作，其作品中的人物是有灵魂的现实人物，贝娄用一种赋予当下以生命的方式，否定刚刚逝去的过去。这一时期，不少批评家围绕着索尔·贝娄的犹太身份和作品的犹太性展开讨论，在《贝娄笔下的汉德森的犹太性》（*The Jewishness of Bellow's Henderson*, 1975）一文中，史蒂文·古尔德·阿克塞尔罗德（Steven Gould Axelrod）甚至在汉德森这个明确不是犹太人的美国白人身上也努力发掘其内在的犹太秉性。鲁思·罗森堡（Ruth Rosenberg）的《〈洪堡的礼物〉中的三种犹太叙事策略》（*The Jewish Narrative Strategies of Humboldt's Gift*, 1979）则认为索尔·贝娄的犹太性不只体现在题材上，而且还体现在作品的深层结构上，这个深层结构是贝娄从意第绪叙事传统那里继承下来的，他包括三个方面：独特叙事视角、独特的事件安排秩序以及独特的结尾安排模式，而这一深层结构在《洪堡的礼物》中得到了具体的体现。1976 年，索尔·贝娄的札记《耶路撒冷去来》出版后，引起许多评论家的关注，克里斯廷·M·伯德的（Christine M. Bird）的《〈耶路撒冷去来〉中的往返旅途》（*The Return Journey in To Jerusalem and Back*, 1979）指出，索尔·贝娄在书中不断探讨何为犹太性，认为犹太人的问题是人类大问题的一个组成部分，观点含混而且悲观。鲁思·R·威斯（Ruth R. Wisse）的《作为开明的人道主义者的傻瓜》（*The Schlemiel as Liberal Humanist*, 1974）指出，在整个索尔·贝娄的创作生涯中，他都在关注人类在现代社会的矮化情况，描述诚实的人物形象和他们在有限的条件下所进行的反抗现代社会矮化人类的斗争。维多利亚·苏利文（Victoria Sulivan）的《贝娄三部小说中的性别之战》（*The Battle of the Sexes in Three Bellow Novels*, 1974）一文则认为，在索尔·贝娄的小说中女性人物与男性人物一样沮丧、疯狂、命运不济，在其作品中的性别之战中，他不仅没有低估女性，而且还能承认她们的复杂性。70 年代贝娄批评专著有十多部，丰富了早期的研究成果，尽管研究方法各异，但总体上说大都认为索尔·贝娄是一位人文主义者，反现代主义者和当代生活的肯定者。布利吉特·什奇尔—什纳兹勒（Brigitte Scheer-Schazler）的《索尔·贝娄》（*Saul Bellow*, 1972）一书首先总结了美、英、法三国批评家对索尔·贝娄文学成就的评价，认为尽管贝娄创作中有强烈的现实主义因素和对日常生活的高度关注，甚至包含有现代生活中野蛮、丑陋的现象，但不应该给索尔·贝娄的创作贴上"自然主义"的标签。他的作品与坚定的自然主义作家作品的分野，就在于其作品具有多维品质，他坚信，在当代美国社会中个人有可能生活得富有意义。吉尔伯特·波特（Gilbert Porter）的《力量源于何处：索尔·贝娄的艺术才能和人道精神》（*Whence the Power? The Artistry and Humanity of Saul Bellow*, 1974）从形式主义的批评角度，结合新批评的细读法，从"对立张力"原则和诗性意象出发，对索尔·贝娄的作品进行了研究，认为索尔·贝娄属于美国文学中悲观与乐观两种传统中的后者。萨拉·柯亨（Sarah Blacher Cohen, 1936-2008）的《索尔·贝娄作品中的笑之研究》（*Saul Bellow's Enigmatic Laughter*, 1974）通过对《晃来晃去的人》到《赛姆勒先生的行星》等七部小说的分析，认为喜剧性因素是索尔·贝娄用以抵抗悲观绝望的重要手段。

从二十世纪 80 年代开始，索尔·贝娄研究批评进入了成熟期，这一阶段评论界开辟了新的研究方向，开始研究索尔·贝娄作品中人物的精神分裂症、作品中的城市、历史、大屠杀等方面的内容。与此同时，批评界也开始尝试改变以前阶段对索尔·贝娄文学作品中的人物、思想的定性和定位。H·波特·艾波特（H. Porter Abbott）的《索尔·贝娄与"失去目标"的人物》（*Saul Bellow and the 'Lost Cause' of Character*, 1980）一文指出，索尔·贝娄《晃来晃去的人》自始至终都有一种明显的智力抑制，直到小说结尾，作者也未说出作品主人公究竟是何种立场。布鲁斯·米切尔森（Bruce Michelson）的《汉德森的思想》（*The Idea of Henderson*, 1981）反对机械地对作品进行推衍，认为应当遵循某种方法找出这部小说最为基本的悖论，《雨王汉德森》是一部研究现代人身份问题和各种思想、意识、世界观、各种主义等在建构身份时所扮演的奇特角色的小说，它有多个主题路线，有时它们同时存在，要想既说清这些主题路线，又避免将其扩大化导致误读，唯一的方法就是将这些不同的甚至自相矛盾的几个方面放到一起审视，找出它们共同关注的核心问题。马克·戈德曼（Mark Goldman）的《〈洪堡的礼物〉与精神分裂的主人公》（*Humboldt's Gift and the Case of Split Protagonist*, 1981）指出，洪堡在作品中像是一个镜中意象，体现了小说的道德指向，但是，作者又没有给他足够的空间和深度，让这位诗人充分表达自己，而是把他留在过往和死亡当中，让他以一个象征性人物出现在西特林的回忆之中，在与西特林当下心境和所遭遇事件的冲突中被召唤出来。米切尔·G·耶特曼（Michael G. Yetman）的《谁不会为洪堡而歌唱？》（*Who Would Not Sing for Humboldt?* 1981）通过考察文学浪漫主义的贡献，将批评的焦点拓展到索尔·贝娄在《洪堡的礼物》中表现出来的另外两个问题：索尔·贝娄用小说中的一个人物来塑造另外一个人物，索尔·贝娄对美国当代作家困境的批评。伊桑·费什曼（Ethan Fishman）的《索尔·贝娄的"似真的故事"》（*Saul Bellow's "Likely Stories"*, 1983）将柏拉图（Plato，前427-前347）的《理想国》与贝娄的《院长的十二月》进行平行比较，指出贝娄作品与古典政治观念复活的关系，认为《院长的十二月》给那些否认灵魂超然、宣扬犬儒主义、忽视兄弟情谊责任以及过分强调政府作用的人上了一课。L·N·戈德曼（L.N. Goldman）的《索尔·贝娄小说中的大屠杀》（*The Holocaust in the Novel of Saul Bellow*, 1986）开讨论索尔·贝娄小说中大屠杀问题风气之先，认为从《晃了晃去的人》到《院长的十二月》，索尔·贝娄始终如一地抨击纳粹主义和那些导致纳粹主义形成的观点。而莫利·斯达克·威廷（Molly Stark Wieting）的《索尔·贝娄小说中的田园意象的象征功能》（*Symbolic Function of the Pastoral in Saul Bellow's Novels*）则认为在索尔·贝娄的每一部小说中都能找到相应的田园因素，即小说主人公实际上或精神上远离喧嚣混乱的城市的远足旅行。除了数量众多的论文外，还有许多部传记、研究专著、论文集出版。马克·哈里斯（Mark Harris）的《索尔·贝娄——德拉姆林的土拨鼠》（*Saul Bellow: Drumlin Woodchuck*, 1980）一书生动记录了作者与索尔·贝娄在1969年至1979年10年间的交往情况。戴维·盖洛韦（David Galloway）的《美国小说中的荒诞主人公》（*The Absurd Hero in American Fiction*, 1981）一书从"荒诞"这个角度研究索尔·贝娄、约翰·厄普代克、威廉·斯蒂伦和塞林格，在有关索尔·贝娄的部分，论者着重讨论了索尔·贝娄作品中的主人公以流浪汉形象出现的荒诞意蕴。坦纳在1965年出版的《索尔·贝娄》中，第一次梳理了俄罗斯文学、犹太裔文学和美国文学传统对索尔·贝娄的影响。和坦纳不同，马尔科姆·布拉德伯利（Malcolm Bradbury, 1932-2000）在《索尔·贝娄》（*Saul Bellow*, 1982）一书中重新考察了欧美思想传统对索尔·贝娄的影响，认为索尔·贝娄并非简单继承旧有传统，而是在吸收传统之后形成了与诸传统不同的独特的自我风格，表现出精神恢复力、对风格和历史的重视、对现成的逻辑和时代要素的挑战。索尔·贝娄站在文学变化和文学运动的中心，他的创作反映了这个时代最为尖锐的艺术问题，是一种发展性的创作。罗伯特·达顿（Robert R, Dutton）

认为索尔·贝娄不再沿袭现代主义文学中的常见主题，即将人看作困陷于各种自然主义力量中的受害者，而是将人看作准天使，因此达顿在《索尔·贝娄》（*Saul Bellow*, 1982）中着力回答了如果作家索尔·贝娄弃离过去文学对生活经验的理解与描述，贝娄又将以什么取而代之的问题，并考察了索尔·贝娄作品中的常见主题。从女性主义角度研究索尔·贝娄是贯穿 80 年代的一个主要方面，女学者约瑟夫·麦卡顿（Joseph F·McCadden）的博士论文《逃离女性——索尔·贝娄小说研究》（*The Flight from Women in the Fiction of Saul Bellow*, 1980）是第一部探讨索尔·贝娄作品中女性人物的专著。L·H·戈尔德曼（L. H. Goldman）的《索尔·贝娄的道德视界——犹太文化影响研究》（*Saul Bellow's Moral Vision: A Critical Study of the Jewish Experience*, 1983）则从道德的角度探讨了犹太传统对索尔·贝娄的影响，认为其影响之深广远远超乎索尔·贝娄所承认的程度。丹尼尔·富克斯（Daniel Fuchs, 1909-1993）在《索尔·贝娄——想象力与修正》（*Saul Bellow: Vision and Revision*, 1984）中对自己 1974 年发表的《索尔·贝娄与现代传统》一文进行了修改与补充，通过比较索尔·贝娄每部小说的不同草稿，分析其创作与修改过程，指出索尔·贝娄与那些流行的小说家不同，他从不把思想看作一种负担，而是在创作中承载着思想，把人物放到所处的现实环境中，进行另外一种艰难的思想探险之旅，因此作品中人物的思想不是僵化固定的，而是随着不可避免出现的情感而流动。朱迪·纽曼（Judie Newman）在《索尔·贝娄与历史》（*Saul Bellow and History*, 1984）中质疑了此前评论界的共识，即索尔·贝娄更多地关注普世而非具体、更多地关注永恒而非历史。纽曼在承认索尔·贝娄作品中的超验性因素极为重要的同时，提出历史在索尔·贝娄小说中以种种不同的形式出现，推动着作品中的情节、人物命运和主题思想的发展。乔纳森·威尔逊（Jonathan Wilson）在《贝娄小说论——另一种解读》（*On Bellow's Planet: Readings from the Dark Side*, 1986）中颠覆了评论界原来的共识，他认为索尔·贝娄小说中的世界是一个敌意世界，在这个世界里生活着的是各色各类的畸形人，他们在欲望与价值观念的夹缝中苦苦挣扎；并认为索尔·贝娄的小说更多地揭示了作者本人而不是他所生活的美国。1989 年出版的由罗伯特·E·基尔南（Robert E. Kiernan）撰写的《索尔·贝娄》（*Saul Bellow*）对索尔·贝娄的所有长篇小说进行了文本分析，其中对《更多的人死于心碎》的分析填补了其他论著的空白。

二十世纪 90 年代，美国学术界的索尔·贝娄研究达到了顶峰，从数量上来说，较 80 年代有了更大的增长。这一时期比较有特色的研究文章收入了戈德曼、克罗宁和艾达·阿哈罗尼（Ada Aharoni）合编的《索尔·贝娄：一位摩西式的作家》（*Saul Bellow: A Mosaic*, 1992）、格哈特·巴赫编辑的《对索尔·贝娄作品的批评回应》（*The Critical Response to Saul Bellow*, 1995）、尤金·霍拉罕（Eugene Hollahan）编辑的《索尔·贝娄和处于中心的斗争》（*Saul Bellow and the Struggle at the Center*, 1996）和米切尔·克雷默（Michael Kramer）编辑的《〈只争朝夕〉新论》（*New Essay on Seize the Day*, 1998）等论文集中。收入第一本论文集的 L·H·戈尔德曼的《索尔·贝娄的犹太观》再次从犹太视角讨论和分析索尔·贝娄的作品。丹尼尔·富克斯的《文学与政治：贝娄／格拉斯在国际笔会上的冲突》介绍并分析了 1986 年国际笔会上发生在索尔·贝娄与君特·格拉斯之间的矛盾冲突，指出君特·格拉斯没有弄懂贝娄在会议上所说的日常政治的含义，两人冲突的核心问题是真理与权力、想象力与行动的关系，而不是代表了两种极端的或不可融合的观点。格罗里亚·L·克罗宁的文章《探寻叙述间距：作者自我反讽与对〈赛姆勒先生的行星〉中西方厌女症的未定的讨论》以贝娄的《赛姆勒先生的行星》为例，分析了贝娄与小说中人物之间的关系。巴赫在《对索尔·贝娄作品的批评回应》文集的序言中指出，五十年多来，索尔·贝娄一直以自己独特的方式，不屈不挠地记录着美国对自我的探索，我们从他的每一部小说中都能感受到时代的脉动，而对艺术使命的认识与坚持则是理解贝娄本人及其笔下人物的关键所在。而霍拉罕的《索尔·贝娄与处于中心的斗争》一书的序言则用归纳总结文集中各篇文章主要观点的方式，提出了"中心"在索尔·贝娄小说中的意义，索尔·贝娄小说中经常出现的"中心"主要是受痛苦煎熬的人类，其作品中的人物通过多种途径在许多地方寻找"中心"。对贝娄来说，人类亘古不变的"中心"是精神追求而非物质追求。克雷默的《〈只争朝夕〉新论》序言把索尔·贝娄一方面抵制犹太作家的称谓，另一方面又在作品中通过各种手段表达犹太情愫或表现犹太因素这一现象，归结为战后犹太人建构自身身份的一种自然现象或必然现象。90 年代，不仅研究索尔·贝娄的专著较前一时期有所增长，一些研究资料性的书籍也得以出版。艾伦·皮弗（Ellen Pifer）在《逆潮流的索尔·贝娄》（*Saul Bellow Against the Grain*, 1990）中认为，索尔·贝娄并不是评论界历来认为的现实主义作家，而是一位极具激进性的作家，因为他的写作一直与当代文化的观念格格不入，想要颠覆由物质主义的价值观和理性思想所建立的"正统"，在他的作品里, 现实中所有已经被接受的东西都受到索尔·贝娄的挑战、瓦解和推翻, 他重视内心或灵魂的"宗教事业", 坚持探寻的是人类的精神本质, 因此, 其作品更能激发读者的深入思考。米切尔·K 格伦迪 (Michael K. Glenday) 的《索尔·贝娄与人文主义衰落》(*Saul Bellow and the Decline of Humanism*, 1990) 观点则与前者相反, 他提出长期以来对索尔·贝娄的"人文主义福音传道者"的评价需要重新审视, 因为索尔·贝娄作品中的主人公均为失败的人文主义者, 他们被美国社会所排斥, 在基本需求无法得到满足时, 无计可施, 只好采取逃避到非真实现实中去的策略。索尔·贝娄通过小说主人公的"退隐"来表达自己对人道主义精神的放弃, 转而强调人类群体的力量和对超自然的重视。皮特·海兰德 (Peter Hyland) 在《索尔·贝娄》(*Saul Bellow*, 1992) 中则认为, 折中主义 (eclecticism) 是索尔·贝娄在美国广受欢迎的重要原因, 这不仅使他得以涉猎各种传统与文化领域, 为他的作品奠定了思想基础, 而且也给他提供了考察现代美国多元特性的工具。金京爱 (Kyung-Ae Kim) 的《追寻救赎——索尔·贝娄小说论》(*Quest for Salvation in Saul Bellow's Novels*, 1994) 从犹太基督教和禅宗的视角考察索尔·贝娄的救赎观, 审视其自我为救赎之源、顿悟为救赎之道的观念。他认为, 索尔·贝娄的小说是在着力探索人类在当代混乱虚无的世界里得以重生与救赎的可能性。二十世纪 90 年代中期, 第一部索尔·贝娄短篇小说研究专著出版。玛丽安·M·弗里德利奇 (Marianne M. Friedrich) 在《索尔·贝娄短篇小说的人物与叙述》(*Character and Narration in the Short Fiction of Saul Bellow*, 1995) 一书中, 从文学整体论原则出发, 通过聚焦人物与叙事形式的关联, 力图对索尔·贝娄短篇小说进行新的定位——独立的艺术作品, 而不是长篇小说的萌芽。瓦尔特·比格勒 (Walter Bigler) 的《索尔·贝娄长篇小说中的疯癫人物》(*Figures of Madness in Saul Bellow's Longer Fiction*, 1998) 一书提出, 索尔·贝娄的小说中充满了"疯癫"、"精神错乱"、"疯狂行为"、"躁狂"等类型的人物, 疯癫不只是在索尔·贝娄小说中担当了重要角色, 而且还构成了贝娄作品中一个重复出现的主题, 因此, 作者探讨了索尔·贝娄在其长篇小说中是如何切入疯癫人物、疯癫人物的类型及其形式、成长中的疯癫人物和英雄人物问题、"疯癫时代"的小说以及在"堕落"世界的叙述者等。这一时期的最早出版的传记是鲁思·米勒的《索尔·贝娄——想象力传》(*Saul Bellow: A Biography of Imagination*, 1991), 该书运用传记批评的方法来解读索尔·贝娄的作品, 作者将索尔·贝娄的生活与他的作品紧密联系在一起进行分析。哈丽特·沃瑟曼（Harriet Wasserman）的《惬意历险，与索尔·贝娄同行》（*Happy Adventure With Saul Bellow*, 1997）以朋友兼经纪人的身份回忆了她与索尔·贝娄相识相交 25 载的经历。

　　进入二十一世纪之后，关于索尔·贝娄的批评和研究的势头不复以前的凶猛，开始有所减弱，对索尔·贝娄的研究论文比较多地集中于他的新作《拉维尔斯坦》，如将《拉维尔斯坦》视为校园生活讽刺小说的论文《虚构的校园：性，权力和绝望》，但没有出现对其创作进行全面研究的著作或文集。2000 年，格哈特·巴赫与格洛里亚·L·克罗宁合编的论述索尔·贝娄短篇小说的论文集《小行星：索尔·贝娄及其中短篇小说的艺术》[27]（*Small Planets: Saul Bellow and the Art of Short Fiction*）出版。这部论述索尔·贝娄中短篇小说的论文集中辑入了近三十篇论述他的中短篇小说的论文。这些论文论及了索尔·贝娄早、中、晚三期创作的多部中短篇小说，例如《寻找格林先生》《将为人父》《离别黄屋》《只争朝夕》《窃贼》《贝拉罗萨暗道》《真情》等。书中所涉及的主要论题有论述索尔·贝娄中短篇小说中的"中断主题"、"女性缺席"、"有关《圣经》的身份与美国文化"、"自我与超越"等。有多篇论文围绕着索尔·贝娄的中篇小说《只争朝夕》，就"贝娄的创作成就"、"对反哈希德讽喻的模仿"、"赎罪"等主题展开讨论。另有几篇论文论述索尔·贝娄中篇小说《贝拉罗萨暗道》中的"大屠杀"主题、《窃贼》中的情爱主题及其反讽等。2001 年，格罗里亚·L·克罗宁出版了研究索尔·贝娄笔下女性人物的专著《他自己的房间：寻找索尔·贝娄小说中的女性》（*A Room of His Own: In Search of the Feminine in the Novels of Saul Bellow*）在该著作中，克罗宁力图证明索尔·贝娄依据西方主流文化固有的心理架构来刻画他笔下的女性人物，他的男性中心文本表现的是对缺位的母亲、情人、姐妹、女性朋友、女性精神等的追寻。这些女性形象躲避着索尔·贝娄小说中的男性主人公，而这些男性主人公们则在西方哲学、伦理学及超验思想中抽象地寻觅他们无法完全理解的女性，因此，其作品的主人公们深陷男性中心主义窠臼，他们每次在建构女性人物的同时，又抹杀了她们身上的女性特点，并借此把她们重构为挑逗性的或病态的，在索尔·贝娄的作品中，她们要么不在场，要么愚昧无知、呆滞刻板或具有破坏力。新时期出现了几部有关索尔·贝娄的传记或回忆录。詹姆斯·阿特勒斯（James Atlas）的《索尔·贝娄传》（*Saul Bellow: A Biography*）（2000）将索尔·贝娄的命运置身于同时代美

---

27 该论文集收入的文章事实上应该属于二十世纪的研究成果。

国犹太移民在美国的文化融合的大背景下进行考察，比较全面地探寻了他的人生轨迹和内心世界。2007 年，安·切洛夫·温斯玎（Ann Cheroff Weinstein）出版了她的《我和我的良师益友：索尔·贝娄》（*Me and My (Tor) Mentor: Saul Bellow*），提供了其他一些传记所缺少的材料。2010 年，本杰明·泰勒（Benjamin Taylor）编辑出版了《索尔·贝娄书信集》（*Saul Bellow Letters*），辑入了索尔·贝娄自 1932 年至 2005 年间写的约有五分之二的书信，共计七百余篇，这部书信集披露了许多有关索尔·贝娄创作等鲜为人知的"史料"。2013 年，克洛宁和李·特雷帕尼（Lee Trepanier）编辑出版了《索尔·贝娄政治指南》（*A Political Companion to Saul Bellow*）一书，收录了研究索尔·贝娄与种族关系、与美国政治、社会问题等方面的文章。同年，索尔·贝娄的长子格雷格·贝娄（Greg Bellow）所著的《索尔·贝娄之心：长子回忆录》（*Saul Bellow's Heart: A Son's Memoir*）出版，这本书从一个儿子的角度真实详细描述了索尔·贝娄作为一个父亲与家庭之间冷酷的距离，当然也描述了他与父亲异乎寻常的痛感。所以，该书一经面世，就受到评论家们的猛烈攻击。2015 年，罗汉普顿大学教授扎卡里·理德（Zachary Leader）的大部头传记《索尔·贝娄的生活：名誉与财富，1915-1964》（*The Life of Saul Bellow: To Fame and Fortune*, 1915-1964）出版，2018 年，这部传记的下卷《索尔·贝娄的生活：爱与冲突，1965-2005》（*The Life of Saul Bellow: Love and Strife*, 1965-2005）出版，成为迄今为止描写最详细的索尔·贝娄传记。

0.2.1.2 其他西方国家的研究情况

除美国外，法国是西方国家中对索尔·贝娄展开研究较多的国家，二十世纪 50 年代，索尔·贝娄的作品开始在法国译介，1968 年索尔·贝娄获得法国政府颁发的"法兰西文学艺术骑士勋章"。1954 年他的《晃来晃去的人》由米歇尔·德翁（Michelle Deon）翻译成法语在法国出版，其后，从 60 年代到 80 年代法国对他的作品的译介达到第一个高峰：伽利玛出版社先后出版的有《雨王汉德森》（1961）、《只争朝夕》（1962）、《受害者》（1964）、《赫索格》（1966）、《赛姆勒先生的行星》（1972）、《莫斯比的回忆》（1984）；弗拉马里翁出版社出版的《奥吉·马奇历险记》（1977）、《耶路撒冷去来》（1977）、《洪堡的礼物》（1978）；LGF 出版社出版有《院长的十二月》（1982）；朱利亚出版社出版了《更多的人死于心碎》（1989）。90 年代以后，法国对尔·贝娄作品的译介达到第二个高峰，朱利亚出版社出版了《贝拉罗萨暗道》（1991）、《窃贼》（1991）；

LGF 出版社出版了《口无遮拦的人》（1992）；普隆出版社出版了《集腋成裘集》（1995）和《不要忘记我这件事》（1995）；伽利玛出版社出版了《真情》（1998）、《拉维尔斯坦》（2004）。期间他的作品还不断再版。法国学术界对索尔·贝娄的研究则始于二十世纪 60 年代，较对他的作品的译介稍晚了一些。皮埃尔·多梅尔格（Pierre Dommergues）在《索尔·贝娄》（*Saul Bellow*, 1967）一书中，通过对其各种作品的分析，指出索尔·贝娄凭借对主人公的人文构思、自身与作品的直接联系以及喜剧形式的文笔选择，从而成为将伦理艺术和现实感性协调一致的一代文坛作家的代表。克洛德·莱维（Claude Levy）在《索尔·贝娄：移位的视角》（2004）一书中指出，索尔·贝娄以其崭新的感性的全新的写作方法，塑造出了一名把苦难喜剧化、幽默看待世界和自己的犹太知识分子的美国印象。让—伊夫·佩尔格兰（Jean Yves Pellegrin）在《重寻美洲：索尔·贝娄作品中的主题线路图》（2010）对贝娄作品的主题进行了梳理和挖掘。保尔·莱维（Paule Levy）的《在索尔·贝娄的周围》（2011）一书提出，索尔·贝娄的作品处于美国传统、欧洲文化和东欧犹太民俗的交叉点上，是美国影响的深度表现，其特征在于现实主义与荒诞离奇同在，严肃与调侃、内省与奔放并行。法国有关索尔·贝娄的学术论文主要集中在博士论文层次，从1977 年起，共有 14 篇博士论文对索尔·贝娄进行研究，其中整体研究的论文10 篇，单部作品研究 1 篇，比较研究 3 篇。这些论文从创作手法、人性、哲学以及美学价值的视角讨论索尔·贝娄创作的作品主题和创作思想。这些论文中最近的当为蒂梅阿·隆阿尔德特（Tima Longardet）的《索尔·贝娄，针对现代性的抗争——1970 年以后发表的贝娄小说和评论文章的对比研究》，围绕着索尔·贝娄"逆流而上"的存在原则与"紧跟时代"的作家责任，从哲学思辨的角度探究索尔·贝娄与"现代性"的复杂、矛盾、模棱两可的关系。除译介和学术研究外，在法国有关索尔·贝娄的评论文章比比皆是，特别是以《读书》《新观察家》和《世界报》为代表的知名报刊杂志，始终关注并及时报道贝娄的创作动态和个人动向，并不失时机地给予评介。

中外学界的大部分学者都有一个共识，他们认为索尔·贝娄文学作品的三大文化来源之一就是东欧的俄国，普希金（АлександрСергеевичПушкин, 1799-1837）、托尔斯泰（Lev Tolstoy, 1828-1910）、陀思妥耶夫斯基（Fyodor Dostoyevsky, 1821-1881）等俄罗斯伟大作家给索尔·贝娄提供了丰富的精神营养，并且索尔·贝娄早年还是托洛茨基的热心拥护者和支持者。但由于意识形态方面的原因，直到苏联解体后的 1990 年索尔·贝娄的作品《赫索格》才首次被翻译成俄文，评论家兹韦列夫（Zverev）为之写了《做真正的人，仅此足矣》的跋文，文中追溯了始于二十世纪 60 年代索尔·贝娄的俄罗斯之根，强调了俄国文学对他的重要影响，认为"俄罗斯文学锤炼了、也许是唤醒了贝娄的才能"[28]，文章介绍了索尔·贝娄的创作思想、哲学倾向、表现风格和创作手法等，用一半的篇幅探讨了《赫索格》的主题——异化和人性的回归、主人公的心路历程、作品的内在对话性、复调手法等，认为《赫索格》是索尔·贝娄的核心作品。此后，索尔·贝娄的其他作品相继被译介到俄国，与广大读者见面。2005 年索尔·贝娄去世后，俄罗斯的《外国文学》杂志在第 12 期上刊登了两篇纪念文章，其中阿兰·列尔楚克（Alan Lelchuk）的《纪念索尔·贝娄》深情回顾了自己与索尔·贝娄的深厚友谊，认为索尔·贝娄是二十世纪后半叶美国最重要的作家，其作品的语言风格和反英雄犹太人形象突破陈规，开一代风气之先，他的作品能够启迪智慧、抚慰心灵。相对于索尔·贝娄作品译介的落后情况来说，俄国学者对索尔·贝娄研究却早已付诸行动，莫洛左娃（Molozova）在 1969 年就推出专著《美国文学中的美国青年形象（嬉皮士、塞林格、贝娄、厄普代克）》，但其后由于历史原因，对索尔·贝娄研究基本上处于停滞状态，直到 1990 年以后随着索尔·贝娄作品的陆续译介，对他的学术研究又逐步重新兴盛起来，但从总体上来看，从事索尔·贝娄研究的人员不是很多，研究成果也相对较少。俄国的索尔·贝娄研究主要集中在两个方面，一是影响研究，寻找索尔·贝娄及其作品与俄罗斯的联系，二是纯粹的诗学研究，重在分析索尔·贝娄作品的艺术特色。前一个方面比较重要的有萨弗琴科（Savchenko）的论文《索尔·贝娄眼中的俄罗斯文学》（2008），布罗尼奇（Bronich）的博士论文《索尔·贝娄创作中对俄罗斯文学和文化的接受》、著作《索尔·贝娄与俄罗斯文学—哲学传统》（2009）以及她发表的一些论文。后一方面较为重要的专著是伊特金娜（Yitkina）的《索尔·贝娄的小说》（2009），文章有布罗尼奇的《索尔·贝娄小说〈奥吉·马奇历险记〉的历史背景和历史哲学》（2008）、雅申金娜（Yashkina）的《索尔·贝娄的"长"短篇小说：体裁和诗学特点》（2009）、肖波洛娃（Chopolova）的《论索尔·贝娄小说〈赫索格〉中的浪漫主义传统》（2010）、布列兹金娜（Brezkina）的《1940-1960 年间索尔·贝娄小说的演变：冲突的特色和个性观念》（2010）等。

---

28 转引自乔国强：《贝娄学术史研究》，南京：译林出版社，2014 年版，第 193 页。

　　作为世界知名作家,索尔·贝娄的作品在西班牙语国家拥有数量众多的读者,从 1962 年《奥吉·马奇历险记》译成西班牙语在阿根廷出版后,他作品的西班牙语版在墨西哥、智利、西班牙等国家相继出版并经常再版。相对于阅读的广泛,学界对索尔·贝娄的研究却不是很多,许多评论文章更像是对其作品的读后感和随笔。1979 年在首届流浪汉小说国际研讨会上,萨拉·M·帕金森·德·萨兹(Sarah M. Parkinson de Saez)发表了《索尔·贝娄的〈奥吉·马奇历险记〉,美国流浪汉小说的起源?》,探讨了《奥吉·马奇历险记》的流浪汉小说渊源。皮拉尔·阿隆索·罗德里格斯(Pilar Alonso Rodriguez)在《实体,关联和过程:贝娄作品中反复出现的基本要素》(1989)中指出,索尔·贝娄的作品中有一系列修辞学方面的要素,它们互为关联,反复出现。从中我们得以从话语语言学的角度出发,把他的所有作品看作一个整体文本,组成这个文本的所有小说都是一个更高层次的大的架构的组成部分,它们互相衔接,贯通一体,共同实现作者想要通过这一系列作品的主人公来塑造一个人物典范的企图。梅赛德斯·蒙麦尼(Mercedes Montmeny)的《索尔·贝娄:纽约的护身符》(1997)认为,索尔·贝娄笔下的那些患神经官能症的知识分子,那些形而上的主人公,已经成为美国现代文坛的一部分。他认为近年来索尔·贝娄坚持写中短篇小说的原因在于展现世界,在青霄白日下细致入微地描述最生动、最混乱的细节,并得出结论。皮埃尔·哈克梅特(Pierre Hackmet)的《赫索格和洪堡的礼物》(2006)认为《赫索格》是索尔·贝娄的巅峰之作,作品通俗易懂,作者借主人公之口对人吃人的社会进行了毫不留情的批判。《洪堡的礼物》是一部使人发笑的喜剧作品,是一场界定在一种喜剧性语言内的宗教讨论。在此,索尔·贝娄批判了美国的资本主义文化,这种文化以一种大男子主义式的对权力、控制欲的渴望,毁灭了爱情、心灵和诗人的情怀。劳拉·巴拉卡(Laura Baraka)在《深海激流和海面微风》(2007)一文中,认为索尔·贝娄的作品展现了男性的主人公由于不得不面对因精神的诉求而产生的内心挣扎,这种对于存在的不确定性是他许多作品的主要特征。多明戈·罗德纳斯·德·梅亚(Domingo Rodenas de Meya)在其著作《二十世纪一百位作家》(2008)中的《索尔·贝娄》一章中认为《奥吉·马奇历险记》这部作品奠定了索尔·贝娄作为美国当代伟大作家的基础,塞万提斯(Miguel de Cervantes Saavedra, 1547-1616)对索尔·贝娄的文学创作无疑产生了一定的影响,他的大部分作品里都渗透着对犹太民族的关注。

0.2.1.3 亚洲国家索尔·贝娄研究情况

在亚洲国家中，除中国外，对于索尔·贝娄在日本、印度和以色列都有一些研究者。他的《晃来晃去的人》在 1968 就被译介到日本，其后他的作品的日译本在日本不断出版，拥有数量众多的读者。1972 年 4 月间索尔·贝娄访问日本，同年 8 月，日本的《英语青年》推出索尔·贝娄专辑，较为全面地评价了其文学创作。1982 年弗朗西斯·波沙（Francis Bossa）在《索尔·贝娄学刊》专门发表了《索尔·贝娄在日本的接受情况》一文，对日本的索尔·贝娄接受情况进行了回顾。1989 年日本索尔·贝娄协会成立，极大地推动了日本的索尔·贝娄学术研究。在日本，最早的索尔·贝娄评论文章是 1965 年斋藤忠利（Tadatoshi Saito）的《索尔·贝娄的〈赫索格〉》（*Saul Bellow's Herzog*），早期的评论文章，大多在介绍索尔·贝娄的文学地位和生平之后，简要评价其主要作品。70 年代以后，索尔·贝娄研究才呈现出多样化趋势：有的从索尔·贝娄的犹太身份出发探讨其作品的犹太性；还有的论文将研究视角扩展到道德哲学、作者对人的认识等方面；再就是对索尔·贝娄的创作技巧进行整体研究以及分析其作品中人物形象。但从总体上来看，对其某一具体作品进行的专题研究占较大的比例。在日本，佛教与佛学的影响十分深远，因此，日本学者在世界上最早开始进行索尔·贝娄作品与佛教思想的相关影响研究。1983 年，市川真澄教授（Masumi Ichikawa）在其论文《索尔·贝娄三部小说中的佛学阐释——〈晃来晃去的人〉〈受害者〉及〈只争朝夕〉》中首次研究了索尔·贝娄与佛学的关系。日本研究者也关注国际同行研究情况的进展，发出自己与众不同的声音，町田哲治（Tetsuji Maehida）的《索尔·贝娄的超验主义》（*Saul Bellow's Transcendentalism*, 1993）就对"索尔·贝娄的超验主义是爱默生超验主义的翻版"的说法提出了质疑。日本最早的索尔·贝娄研究专著是安藤正瑛（Ando Masayuki）的《索尔·贝娄的世界》（1984），作者从东方禅宗的视角探讨了索尔·贝娄的文学世界。田畑千秋（Chizu Tahatake）的《读索尔·贝娄》（1994）则以索尔·贝娄的 10 篇小说为例对其展开了分析。进入 21 世纪后日本又陆续出版多部索尔·贝娄研究专著，坂口佳世子（Yoshiko Sakaguchi）的《索尔·贝娄研究——贝娄的文学与美国社会》（2003）讨论了索尔·贝娄除《拉维尔斯坦》以外的九部长篇小说作品，并论述了他作为一名"社会解放者"的作家的作用与意义。町田哲司（Tetsuji Machida）的《索尔·贝娄——"Soul"的传记序说》（2006）分析了索尔·贝娄早期短篇小说中对死亡意识的超越。片渊悦久（Yuehisa Katabuchi）的《索尔·贝娄的物语意识》（2007）全书分为三个部分，第一部分"回想与冥想"分析了《晃来晃去的人》中的虚拟的自我对话，《雨王汉德森》中的"存在"与"转变"，以及《洪堡的礼物》中冥想的故事学。第二部分"思索的自我探求者"分析了《奥吉·马奇历险记》超越常规的思索，《赫索格》的饶舌与沉默，《院长的十二月》"中空的外部"的迷宫，《更多的人死于心碎》中趋向出轨的强迫观念。第三部分"作为犹太裔小说的修辞手法"分析了等待着犹太人同胞的《受害者》、彷徨的大卫之星——《只争朝夕》、成为摆脱大屠杀文学地平面的《赛姆勒先生的行星》、应该回归的场所《贝拉罗萨暗道》和反映美国犹太人生死的《拉维尔斯坦》。日本的索尔·贝娄研究还表现在一些论文集的出版上，1982 年岩山太次郎（Taijiro Iyama）编辑的《索尔·贝娄》收录了许多有代表性的研究文章，并附有参考文献和年谱，其后有坂野明子（Akiko Sakano）、町田哲司编辑的《索尔·贝娄论文集》（1995）、日本索尔·贝娄协会编辑的《索尔·贝娄研究——人物形象与生存方式的探求》（2007）。

索尔·贝娄同样引起了印度研究者的兴趣，1971 年，印度学者恰兰坦·库尔舍莱斯塔（Chirantan Kulshrestha）在芝加哥大学对贝娄进行了访谈，并将访谈的情况发表在第二年的《芝加哥评论》上。1976 年他在印度用英语出版了《索尔·贝娄的荣耀》一书，1978 年他以《索尔·贝娄：积极态度的问题》（*Saul Bellow: The Problem of Affirmation*）为题完成了自己的博士论文，他认为正是因为索尔·贝娄的乐观积极的生活态度才导致了他作品中的主要人物持续不断的焦虑。M·A·奎亚姆（M. A. Quayum）的《索尔·贝娄与美国超验主义》（*Saul Bellow and American Transcendentalism*, 2006）基本上延续了二十世纪 70 年代以来对索尔·贝娄作品所进行的超验主义解读的思路，详细探讨了索尔·贝娄作品与美国超验主义的相同之处，认为索尔·贝娄的创作思想非常接近美国超验主义的主流思想意识，特别是爱默生和惠特曼的创作思想，所以完全可以称其为新超验主义作家。此外，2000 年他和舒克比尔·辛格（Sukhbir Singh）编辑了一部厚达 594 页的索尔·贝娄研究英语论文集《索尔·贝娄：其人其作》（*Saul Bellow: The Man and His Work*），其中包括索尔·贝娄的生平资料、访谈录、各种批评方法、小说专论和索尔·贝娄对小说未来的展望五个部分的内容，展示了印度学界的在这方面研究成效。

因为贝娄的犹太人身份，所以犹太民族国家以色列的索尔·贝娄研究者大都明确地将他定位于一个犹太作家，探讨其文学作品的犹太性。学者阿摩司·奥兹（Amos Oz）的《赛姆勒先生与汉娜·阿伦特的平庸观》一文曾被收入克罗宁等三人于 1992 年编辑的《索尔·贝娄：一位摩西式的作家》一书，文章认为索尔·贝娄小说《赛姆勒先生的行星》中的人物玛戈特·阿金用自己的话解说了汉娜·阿伦特在《艾希曼在耶路撒冷》的中心思想，并阐释了阿伦特关于"平庸的邪恶"的信条，在她们看来，纳粹对犹太人的大屠杀恐怕所展示的不是什么邪恶，而是现代性。

　　总之，国外的索尔·贝娄研究在广度和深度上都取得了巨大的成就，不过大部分是从普世意义上来认识索尔·贝娄的，虽然少部分著作和论文也谈到了索尔·贝娄与美国文化传统之间的关系，以及与历史的关系，但并未从地域性（美国这一特定的国家）意义上进行深入的研究与探讨，这可能是因为研究者首先将研究对象界定成了"犹太人"的缘故。

0.2.2　中国的索尔·贝娄研究状况

　　国内对索尔·贝娄作品的译介和研究开始于"改革开放"之初。从 1978 年山东大学的陆凡先生在《现代美国文学研究》第 2 期发表《〈洪堡的礼物〉及其作者索尔·贝娄》起，索尔·贝娄开始进入中国读者的视野中。自 1981 年 5 月王誉公翻译的《勿失良机》由湖南人民出版社出版后，相继有山东、湖南、江苏、广西、上海等多家出版社出版过索尔·贝娄的作品，河北教育出版社在 2002 年推出宋兆霖主编的《索尔·贝娄全集》（14 卷本），2004 年译林出版社出版了索尔·贝娄的最后一部长篇小说《拉维尔斯坦》，2006 年上海译文出版社又推出了《索尔·贝娄文集》系列。

　　70 年代末陆凡先生的评介开创了中国学界关于索尔·贝娄研究的先河，紧随其后，陈焜的《索尔·贝娄——当代美国文学的代表性作家》、刘象愚的《试论索尔·贝娄的创作》、毛信德的《索尔·贝娄》、钱满素的《西方精神危机的剖析者》等文章都对索尔·贝娄的生平和主要作品进行简要的述评，属于对这位当代美国犹太作家的普及性介绍。但在 80 年代索尔·贝娄研究的起步阶段，与对索尔·贝娄作品阅读的红火的情况相比，研究却相对沉默，10 年间有关索尔·贝娄研究的文章仅 10 余篇，到 90 年代以后，随着学术思想的日益解放，索尔·贝娄研究开始活跃并呈现出多样化趋势，由第一个 10 年的 10 多篇增长到近 40 篇。2000 年后，无论是发表文章的数量，还是研究方向上都有了长足的进展，研究视角多种多样，如原型批评，女性批评，修辞学批评，文化视角，艺术探讨，主题研究，哲学思想研究，精神分析等等，但总的框架是赞同索尔·贝娄是一位人文主义作家，相较外国对索尔·贝娄研究的成果还是稍有逊色。

从国内索尔·贝娄研究的整体论述方面来看，研究的热点主要集中在：索尔·贝娄作品的犹太文化身份、两性关系、主人公心理模式、存在主义倾向、原型批评、艺术特色、知识分子形象、流浪主题、死亡主题、隐含作者等方面内容上。

在探讨索尔·贝娄作品社会意义的论文中，《格布雷为什么找不到格林先生》和《从摩西·赫索格透视贝娄对社会与人生的探索》等具有代表性。

由于索尔·贝娄的早期创作受到过存在主义的影响，他与存在主义思潮的关系一直是学术讨论的一个重点。代表性论文有《一曲存在者的咏叹调——贝娄小说价值重估》《论索尔·贝娄小说主人公的认识方式》《索尔·贝娄对反理性思潮的反思》《论索尔·贝娄小说创作中的存在主义》《异化时代的家园信心——〈赫索格〉与索尔·贝娄的小说品格》等。

其他角度，如主题研究的论文有《索尔·贝娄小说的主题及其文化意蕴》《论索尔·贝娄小说中的历史主题》《论〈奥吉·玛琪历险记〉的神话母题》《论索尔·贝娄长篇小说中隐喻的"父与子"主题》等；从两性角度出发的论文主要有《性爱与性战——贝娄人物的两性意识》《试论索尔·贝娄小说中的两性意识》；关注人类生存困境和美国文明危机的论文比较有代表性的是《存在困境中的终极关怀》《何索"情歌"的荒原主题》；立足人文主义角度的论文比较深入的是《人文焦灼与民族记忆——〈赫索格〉中人文关怀与犹太民族境遇的关系》和《试析索尔·贝娄小说中的人文主义精神》；作品主人公心理模式分析的论文有《焦虑·探索·回归——论索尔·贝娄小说主人公心理模式》《疯狂世界中的"边缘人"——论索尔·贝娄小说主人公心理模式的形成机制》。

随着国外形式主义理论的广泛传播，中国国内的文学本体论批评开始兴起，因此有一些论者在索尔·贝娄研究中采用了新批评、结构主义、叙事学理论、意识流理论等文学批评方法，如运用结构主义分析研究索尔·贝娄的论文《索尔·贝娄与二项对立》；探讨索尔·贝娄作品叙述技巧的论文如《论〈更多的人死于心碎〉的人称转换和视角越界》《索尔·贝娄小说的叙述信息密度》

《叙述中的自我——对〈赫索格〉自我乌托邦的沉思》等。

此外，针对索尔·贝娄某一作品进行专项研究的论文也很多，所分析的作品主要集中在《奥吉·马奇历险记》《雨王汉德森》《赫索格》《只争朝夕》和《洪堡的礼物》等作品上。进入二十一世纪后，针对索尔·贝娄新作《拉维尔斯坦》进行研究的论文日渐增多。

2003 年周南翼所著传记《贝娄》由四川人民出版社列入"二十世纪文学泰斗书系"出版，该传记以索尔·贝娄的作品为主线，向人们讲述了一个一生致力于超验的、精神追求的作家索尔·贝娄的故事。从这一年开始，国内研究索尔·贝娄的英文专著也相继出版。刘文松所著《索尔·贝娄小说中的权力关系及其女性表征》（*Saul Bellow's Fiction: Power Relations and Female Representation*）2004 年 8 月由厦门大学出版社出版，该论著从福柯的权力关系视角分析了索尔·贝娄作品中的五种权力关系，即夫妻之间的知识和权力关系，婚姻中的经济关系，情侣之间的情感权力关系，母亲的权利，女主人公／叙述者对自己和他人的权力，以及这些权力的女性表征，他认为在索尔·贝娄的作品中大多数女性都很活跃主动，不是被动的受害者。周南翼的《寻找一个新的理想国：索尔·贝娄、伯纳德·马拉默德与辛西娅·奥芝克小说研究》（*Toward a New Utopia: A Study of the Novels by Saul Bellow, Bernard Malamud and Cynthia Ozick*）（2005）则选择了三位著名的美国犹太小说家及其作品，深入研究他们所属的第二代美国犹太移民的经历，并通过细致的文本分析，指出他们在批判美国不同时期的社会弊病时，从他们前辈的犹太文化和美国主流文化吸取了精华，构建了一种新的理想国。中南大学出版的吴玲英、蒋靖芝合著的《索尔·贝娄与拉尔夫·埃里森的"边缘人"研究》（*Marginal Protagonist's Journey: A Study on Saul Bellow and Ralph Ellison*）（2005）一书通过引进美国社会学家罗伯特·帕克（Robert Park, 1864-1944）的"边缘性"理论，对索尔·贝娄的《晃来晃去的人》《雨王汉德森》《赫索格》及艾里森的《隐形人》等四部作品进行了分析。张均的《夕阳尽处是长安：索尔·贝娄早期小说研究》（*Passover from Darkness to Light: A Study of Saul Bellow's Early Fiction*）2007 年由东北师范大学出版，该著作着重考察索尔·贝娄六部作品的相同主题，探索索尔·贝娄作为一个艺术家的成长轨迹。魏啸飞的《美国犹太文学与犹太特性》2009 年由广西师范大学出版社出版，该著作的第五章分析了索尔·贝娄的《愁思伤情》（又译《更多的人死于心碎》）中的犹太精神，认为作家创作的目的在于渴望用犹太精神来保护和珍藏人类生命的火种。同年由外语教学与研究出版社出版的郑丽的《解放潘多拉：贝娄四部小说中的女性形象和两性关系研究》（*Liberating Pandora: A Study of the Female Images and Bisexual Relationship in Saul Bellow's Four Novels*）从后现代主义的视角考察了索尔·贝娄小说中的女性形象和两性关系。2010 年中国社会科学出版社出版的车凤成所著《索尔·贝娄作品的伦理道德世界》从家庭伦理、技术伦理以及犹太伦理三者逐次递进之关系入手，分析美国犹太作家索尔·贝娄作品中的道德形象以及其后潜隐的伦理结构，基本上掌握了索尔·贝娄小说创作的某些重点问题，同时，他对索尔·贝娄作品相关道德现象及伦理结构的分析服务于他对道德批评、伦理学批评特征的再认识及二者间相互关系的新理解，具有创新意味。同年该社出版的白爱宏的《抵抗异化：索尔·贝娄小说研究》从社会历史入手，结合后结构主义思想，探讨索尔·贝娄在其重要作品中所展示出的主人公践行其个体认同的策略，或抵抗"异化"的策略：他笔下的人物采取什么样的策略抵抗异化，这些人物在当代美国社会背景下如何构建他们的身份，这些人物如何对待个体与群体的关系。2011 年华中师范大学出版社出版的刘兮颖的《受难意识与犹太伦理取向：索尔·贝娄小说研究》主要采用文学伦理学批评、原型批评、文化学研究和文本细读相结合的方法，深入分析了美国犹太作家索尔·贝娄的小说，着重探讨犹太知识分子在当代美国社会面临的伦理困惑和精神危机，以及犹太伦理道德现在美国当代社会受到的冲击及其特殊的启迪和指引作用。论者指出，犹太民族特有的受难意识是在索尔·贝娄小说中反复出现的主题，"伦理一神教"的思想贯穿其整个创作生涯，以艺术化的方式得以呈现。对索尔·贝娄笔下的主人公而言，如果生命是神圣的，那么无论遭受怎样的磨难都必须坚持下去，因为活下去是一种道德职责，这正是小说所要传达出的犹太伦理取向。2012 年中国社会科学出版社出版的李学会的《索尔·贝娄小说中的人物形象在时间轴上的展开》通过分析作家自身的时间经验、小说的叙事时间特性及作品人物在时间向度的延展或超越，揭示出索尔·贝娄对现代人生存处境的独特表达。2013 年上海外语教育出版社出版的张军的《索尔·贝娄成长小说中的引路人研究》是一部研究索尔·贝娄成长小说的创新之作，该书创造性地从"引路人"的角度来解读索尔·贝娄的成长小说，给广大学者提供了新的研究角度和思路。籍晓红的《行走在理想与现实之间——索尔·贝娄中后期五部小说对后工业社会人类生存困境的揭示》（2015）从索尔·贝娄作品对后工业时代社会问题的表现这一角度来切入，将其小说置于后工业、后现代语境下来考察，运用丹尼尔·贝尔（DanielL Bell, 1919-2011）的后工业社会理论、鲍德里亚（Jean Baudrillard, 1929-2007）、齐美尔（Georg Simmel, 1858-1918）等人的消费社会理论和拉康（Jacques Lacan, 1901-1981）的符号理论等，来分析索尔·贝娄作品中的消费主义和拜金现象的社会根源、小说所表现的消费社会背景下人们身上所体现出的物质追求和精神追求之间的矛盾，以及由此导致的精神危机。赵霞的著作《城市想象和人性救赎》（2016）立足于犹太人的生存意识，探讨索尔·贝娄是如何通过其小说的主人公呈现现代城市中的人类的生存策略的。

　　尚未正式印刷出版的索尔·贝娄研究博士论文还有祝平的《乌云背后的亮光》（2006）以索尔·贝娄在获诺贝尔文学奖之前的六部小说为研究对象，探讨索尔·贝娄的伦理指向和道德意义，揭示索尔·贝娄小说的肯定伦理观，即个人、群体和人类的不灭信心。汪汉利的《索尔·贝娄小说的文化渊源》（2008）认为索尔·贝娄的创作与多种文化密切相关，犹太文化、美国文化和欧洲文化是贝娄小说的文化源头，同时也为其作品的阐释提供了空间。买琳燕的《从歌德到索尔·贝娄的成长小说研究》（2008）以对成长小说的特征、判断及内涵的思考为内容追诉了从歌德到索尔·贝娄的成长小说发展状况。王玲的《索尔·贝娄主要作品中男主人公的受害特征》（2008）通过对索尔·贝娄的三部代表作《只争朝夕》《赫索格》和《洪堡的礼物》进行主题和人物分析，揭示其所有作品中男主人公的某些最具典型意义的受害特征。高迪迪的《家族伦理与丛林生存法则的冲突——以索尔·贝娄早期小说为例》（2011）认为索尔·贝娄早期小说中的犹太人物在面对有悖犹太文化传统的美国现代社会政治、经济、道德体系和价值观时常感到困惑和失望，这导致他们与周围环境对立，与身边的人产生冲突。对立与冲突的根源在于美国犹太人尴尬的社会处境和与主流基督教宗教文化看似不可调和的对立。车凤成《为被承认而斗争——贝娄作品主题分析》（2011）认为索尔·贝娄作品的主题内涵在一定程度上反映了犹太人为被美国主流社会所承认而奋斗的过程，其早期作品反映了普通犹太人为进入美国主流社会而遭遇的承认困境，中期和后期作品在描述广阔美国社会生活的同时，也分析了美国社会中的技术崇拜风气不但导致人与人之间多层次交往的单一化，也使得知识分子难以在美国社会发挥他们正常的价值与功能。张甜的《索尔·贝娄城市小说研究》（2012）从城市的角度探讨索尔·贝娄不同时期对城市理解的发展变化。采用历时的分析模式、以文本细读为基础,将索尔·贝娄不同时期的小说作品与贝娄对城市态度的变化结合起来,并将贝娄纳入历史语境与犹太传统中。文圣的《索尔·贝娄与菲利普·罗斯大屠杀小说中的记忆政治研究》(2013)通过对著名的美国当代犹太作家索尔·贝娄和菲利普·罗斯的两部大屠杀长篇小说——《赛姆勒先生的行星》(1970)和《反美阴谋》(2004)——中犹太大屠杀记忆的研究,从文学研究与文化研究相结合的视角,探讨美国作家对于犹太大屠杀叙事独特的纪念式书写。纪琳的《论索尔·贝娄女性观的演进》(2014)选取了索尔·贝娄早、中、晚不同时期三部代表作品《晃来晃去的人》《赫索格》和《院长的十二月》来分析他不同时期的女性观及其演变过程。论者提出三个阶段的发展过程,并在每一时期的社会文化背景下,重点分析该时期代表作品中索尔·贝娄对女性形象的刻画及其对女性的态度,并阐述这一发展变化的原因。管阳阳的《声音符码的编识与都市空间的解读——索尔·贝娄城市小说中的芝加哥》(2014)则运用列斐伏尔(Henri Lefebvre, 1901-1991)空间解码的方式,通过"科学的声音""象征的声音""个人的声音""经验的声音"和"真相的声音"这五种声音的编织来分析贝娄小说中的芝加哥,指出索尔·贝娄小说中所呈现出的芝加哥城市空间是人与城市乃至其他城市居民之间的各种社会关系的集合,同时也表现了索尔·贝娄对于大都市所持有的复杂态度。

但是,国内学界对于索尔·贝娄的研究和评论往往流于一般性的人性分析和哲学分析,没有细致地结合美国的时代发展和社会生活及文化特性进行有针对性的分析,除了对索尔·贝娄连篇累牍的"犹太性"分析和创作方法、哲学思想分析之外,没有对其"美国性"进行专门的研究。

此外,还有一些散见于其他专论中对于索尔·贝娄的评述,例如刘洪一的《走向文化诗学——美国犹太小说研究》(北京大学出版社,2002)、毛信德的《美国小说发展史》(浙江大学出版社,2004)和乔国强的《美国犹太文学》(商务印书馆,2008)等,这些著作都是把索尔·贝娄作为一个犹太作家来研究的。特别是乔国强的《美国犹太文学》认为,索尔·贝娄在1976年的获奖"确认了美国犹太文学在世界文学中的地位"。正如前面所说的,在国内研究者将其"民族性"刻意放大的同时,索尔·贝娄研究中的"地域性"暨"美国性"被有意或无意地忽视了。

香港最早发表的对索尔·贝娄评论的文章当为颜元叔为了自己与刘绍铭

合译的《何索》[29]（香港今日世界出版社 1971 年出版）所写的译本前言《浅谈何索》，由于香港当时处于国际自由港的地位，美国出版的新书能很快就可以买到，同时，对其作品的评论也很快便见诸报端。台湾地区的索尔·贝娄研究也要早于中国大陆，1976 年 12 月台湾远行出版社就出版了何欣所著的《索尔·贝娄研究》一书，该书在介绍了当代美国小说主流和索尔·贝娄之后，对从《晃来晃去的人》到《赫索格》的六部小说进行了单独的分析，最后以"都市文明诗人"一章作结，阐述索尔·贝娄的艺术特点和写作手法。1986 年以前，有九部贝娄的作品在台湾翻译出版，索尔·贝娄研究专著 12 部，论文 35 篇，这些文章有从比较文学角度进行研究的，更多的则是对索尔·贝娄单一作品的分析批评。在此后的期刊文章和学位论文中，大多也是以索尔·贝娄的单一作品作为研究对象，不像大陆学界一样，很少从犹太文化的深层架构整体考察索尔·贝娄的创作。但具有特色的是，台湾的研究者受日本从佛学角度进行索尔·贝娄研究的启发，使这个在日本只开了个头却没有后续发展的研究方向不断发展，用"佛学"观点来解读索尔·贝娄作品，可以说是台湾学界对索尔·贝娄影响研究的转型演进。1988 年彰化师范大学褚淑美的硕士论文《以佛学观点解读梭尔·贝娄之〈何索〉》是中国学界中第一部提到佛学和索尔·贝娄有着深度关联的著作，在这篇论文中，作者认为《赫索格》不同于一般的心理分析小说，而是与佛教宗旨相合，作品中所有的现象都是赫索格的心灵的投射，"人生苦"是赫索格痛苦的源头，造成他必须承受的业果。继褚淑美的论文之后，还有两部硕士论文和一篇期刊文章继续在这一视角上探讨和开拓[30]，深化了中国索尔·贝娄研究的本土性。进入二十一世纪以后，台湾学界对索尔·贝娄的研究有所减弱，并且研究兴趣也逐渐转向伦理方面，2002 年林春枝在 *Hwa Kang Journal of English Language & Literature* 第 8 期上发表了 *Ethics as a Lifestyle: Disoriented Subjectivity in Bellow's Seize the Day*（生命的伦理：论贝娄《抓住这一天》的主体认知）一文，从伦理学角度对贝娄作品进行了解析，2015 年 4 月温珏和赖静婷在《哲学与文化》42 卷第 4 期上对于华中师范大学刘兮颖所著的《受难意识与犹太伦理取向：索尔·贝娄小说研究》（Book Review:

---

29 中国大陆将该小说译为《赫索格》。

30 这两篇硕士论文是淡江大学林源庆的《从执着到开悟：以佛学观点探讨梭尔·贝娄的〈何索〉》和蔡惠玲的《从佛学观点探讨梭尔·贝娄〈雨王亨德森〉之主题》，期刊文章是林源庆 1996 年发表于《中兴大学台中夜间部学报》第二卷上的《欲望为受苦之源：贝娄〈何索〉的佛学解读》。

Xi-Ying Liu, On the Consciouseness of Suffering and Jewish Ethical Orientation in Saul Bellow）进行了评介，关注点同样聚焦在伦理意识方面。

0.3 本书研究目标、方法思路与研究内容

由于各个国家对索尔·贝娄的研究已经成为显学，并且业已取得了很大的成效，因此要想继续进行研究，就必须摆脱前人成说，另辟蹊径，确立新的目标，采用新的方法。

0.3.1 研究所要达到的目标

17 世纪到达北美殖民地的首批犹太人，是所谓的塞法迪犹太人，此前的许多个世纪间，他们一直寄居在西班牙和葡萄牙。随后，德国犹太人来到美洲殖民地，到 19 世纪中期，犹太人被接纳为美国社会的一部分。1980 以后，形成了东欧犹太移民的高潮。今天，绝大多数的美国犹太人都是 1880-1920 年从俄国、波兰以及其他东欧国家移民到美国的犹太人的后代，他们的向上流动——跨越广泛的经济、思想、社会和政治领域——是史无前例又无与伦比的。他们拥有较高的经济收入，也表现为受过更多的教育和具有更高的智商等方面，从某种意义上说，犹太人是美国成功故事的典型代表人物，他们在逆境中从一无所有到腰缠万贯，成为了自豪而爱国的美国人。所以，今天的美国犹太人的认同感并不是昔日旧世界那种犹太宗教意义上的认同感，大多数美国犹太人今天并不遵奉传统的犹太安息日，对参加犹太教会的活动也不算热心，虽然存在种族的性质，但他们早已经为美国的文化思想所同化，首先确认的是他们美国人的身份。索尔·贝娄作为东欧移民的后代，在文学创作上取得了举世瞩目的成就。

索尔·贝娄以他卓越的创作给美国文坛带来了"一个移民者的挣扎、一个超级书虫的智慧和一个罗曼蒂克天才的思想"[31]。从中外研究现状来看，视索尔·贝娄为犹太文学大成者众多，亦有对其进行文学创作技巧分析者，有对其"存在主义倾向"肯定者，有认为他是"人道主义卫士"者，却很少人认为是"美国文学"的代表者，因此造成了他在美国文学家的地位一直有些"模棱两

---

31 张宪军：《论索尔·贝娄文学创作的现实主义性质》，武汉：《科教导刊》，2009 年
第 17 期，第 126 页。

可"，一方面他作为"20世纪最优秀的作家之一"跻身于美国，乃至世界文坛；另一方面，他在美国的声誉既不如他之前的几位诺贝尔文学奖获得者——福克纳、海明威以及斯坦贝克，也没有像诺曼·梅勒那样，成为美国的一个偶像人物。这种状况一方面是由于他谦逊的人格和智性的写作风格所致，另一方面更重要的原因则在于评论界一直以来的一个偏见，在研究中一贯性地突出其"犹太性"，从而使索尔·贝娄以一个"犹太作家"的形象深入人心，而忽视了是美国社会现实而非他的犹太出身造就了索尔·贝娄，这样就在某种程度上将索尔·贝娄与美国分离开来。

　　本书的研究目标在于通过索尔·贝娄文学创作"美国性"的研究来确立索尔·贝娄作为一个"美国作家"的鲜明形象。格哈特·巴赫在1995年编辑出版的《对索尔·贝娄作品的批评回应》中曾指出："50年来，索尔·贝娄一直是一位异常坚定的记录者，他记录了美国人对确定自我的不懈追寻，同代人中他最为杰出、最为一致地表达、揭示了美国社会的共同需要与罪恶。他的每一部小说都把握时代脉搏，揭示了当时的社会问题和思想问题。"[32]因此，我们一方面要研究索尔·贝娄与其他美国犹太作家的不同之处，指出其文学创作的重点不在于"犹太性"而在于"美国性"，力求在研究角度上有所创新。另一方面，则从其作品的社会反映和社会思考两方面进行展开，分析研究索尔·贝娄笔下的美国生活，使读者深刻理解诺贝尔文学奖授奖辞中所赞赏的索尔·贝娄"对当代文化富于人性的理解和精妙的分析"倾向，为索尔·贝娄在中国的接受和研究拓展新的思路。

0.3.2　作为象征资本的"美国性"

　　在讨论索尔·贝娄文学创作的"美国性"之前，我们首先要明确的是，索尔·贝娄的创作中是具有"犹太性"因素的，这是一个不可否认的事实，本书的重点在于探讨索尔·贝娄创作的"美国性"，但并不能因为强调他作品的"美国性"，就否认其作品的"犹太性"。学界曾达成过一个共识，那就是在索尔·贝娄的创作生涯中，他经历过三次"犹太性"转向，第一次是在他开始创作的时期，《晃来晃去的人》和《受害者》即为典型作品，第二次是在60年代，他对美国现实极度失望时期，"1970年他应邀在希伯来大学的演讲中也指出，作为

---

32 Gerhard Bach ed, *The Critical Response to Saul Bellow*. Westport and london: Greenwood Press, 1995.

犹太移民的第二代，多年来他一直注重自己的美国化，渴望融入主流，但 60 年代的反文化运动促使他倾向了犹太性。"[33]第三次则是他在最后创作《拉维尔斯坦》时，作品的主人公试图用犹太道德理想来挽救后现代美国社会的堕落。但是第一阶段实际上他更多的是深受萨特（Jean-Paul Sartre, 1905-1980）存在主义哲学思想的影响，表现的是"世界是荒谬的，人生是孤独的"和"他人即是地狱"即"每个人的自我相互为敌，人始终面对着虚无和荒谬的世界；然而人又是自由的，人的自我价值只有通过选择和行动的绝对自由才能体现出来"[34]的存在主义哲学思想，而后来的两次转向也不是像某些批评家所说的是所谓"犹太小说"，而且他的后两次所谓的犹太转向是他对美国社会失望或迷惘时企图从犹太思想中寻求解决之道的一种努力，是由美国现状引发的思考，而非脱离美国现实的纯粹对犹太宗教的尊崇或道德的冥思。索尔·贝娄小说中的主人公往往都会出现最后的妥协，说明现实原则战胜宗教理想。然而不得不说明的是，索尔·贝娄无法否认也无法摆脱犹太民族赋予他的细腻的情感、复杂的道德情操、内省的品质和丰富的方言，而且在索尔·贝娄创作过程中，他多次与具有种族歧视意识的美国新教派作家的"反犹主义"的文学批评观点在杂志期刊上进行过舌剑唇枪的交锋，他曾参观过波兰奥斯维辛大屠杀纪念馆，1967 年 6 月专程考察并报道过六日战争时期的以色列，这一切说明索尔·贝娄并非不关心犹太民族，因此，对于索尔·贝娄来说，我们不能持一种非此即彼的态度，因为要研究其创作的"美国性"就完全否认其"犹太性"。那么什么是文学作品的"犹太性"呢，对此，深圳大学的刘洪一教授是这样解释的：

> 它是以文学方式对犹太文化要素的消解和运用以及由此而体现出的综合的民族性品质，而在犹太文化要素当中具有核心意义的是其民族的客民身份、选民观和末世论等思想、流浪史程及其心理思维、价值观念、民族习俗等。文学中的犹太性是犹太文学的基本标识……在每个具体作家作品中会有不同程度、不同方式甚至不同价值取向的表现。[35]

---

33 武跃速：《索尔·贝娄在 60 年代的保守态度：以〈赫索格〉和〈赛姆勒先生的行星〉为例》，杭州：《浙江社会科学》2016 年第 2 期，第 111 页。

34 张宪军、赵毅：《简明中外文论辞典》，成都：巴蜀书社，2015 年版，第 298 页。

35 刘洪一：《走向文化诗学——美国犹太小说研究》，北京：北京大学出版社，2002 年版，第 27 页。

但是，索尔·贝娄对犹太身份的认同并不代表他对犹太种族和文化的完全同化，对他来说，犹太种族身份并不是像伯纳德·马拉默德纳那样可以用来在世人面前加以炫耀和自豪的标志，也非艾萨克·贝什维斯·辛格那样将它作为一种值得珍惜的生活方式，虽然他不像有些美国犹太人那样将它当成必须逃避和忘却的污点，但他却将它视为自己美国生活中一种偶然性的东西，如果说有对自我身份体认的话，那就是"我是一个美国人"，犹太裔美国作家索尔·贝娄作品中的"美国性"是战胜了"犹太性"而居于首位的，这在他与其他著名的美国犹太作家的比较中可以明确地呈现出来。

谈及美国犹太作家时，人们很容易想到艾萨克·贝什维斯·辛格（Issac Bashevis Singer, 1904-1991）、伯纳德·马拉默德（Bernard Malamud, 1914-1986）、索尔·贝娄、菲利普·罗斯（Philip Roth, 1933-2018）、杰罗姆·戴维·塞林格（Jerome David Salinger, 1919-2010）、阿瑟·米勒（Arthur Miller, 1915-2005）、约瑟夫·海勒（Joseph Heller, 1923-1999）、欧文·艾伦·金斯堡（Irwin Allen Ginsberg, 1926-1997）、诺曼·金斯利·梅勒（Norman Kingsley Mailer, 1923-2007）等。在塞林格、海勒、梅勒和金斯堡等人身上，人们很难发现他们具有所谓的"犹太性"，因此研究界也很少做这方面的考虑。索尔·贝娄的作品中却有着明显的犹太元素，如主人公的身份、宗教、乃至某些思维和行动方式等，而且在他的中短篇小说《口没遮拦的人》《泽特兰：人的证明》《银碟》《堂表亲戚们》中明确写到了犹太移民在美国的归化问题，所以考察索尔·贝娄作品中的犹太性有其存在的合理性，那么，索尔·贝娄本人为什么又说"我从来没有把写犹太人的命运看作自己的职责，我没有必要承担那份义务"呢？这主要是从主体意识上看，贝娄在思想深处是将自己当作一个美国人的，他表现的是他所喜爱的美国生活而非严格意义的上的狭隘的犹太人的生活，"我认为，美国的现实对我们有非常强烈的吸引力，当我们不喜欢作为犹太人面对的某些事情时，我们可以通过变成美国人来寻求庇护"[36]。与四大著名犹太作家中的其他三位相比，索尔·贝娄在作品中很少表现出对犹太文化与宗教的热情，他也不想碰触大屠杀的主题[37]，在《耶路撒冷去来》中对旷日持久的阿以中东战争也保持了客观冷静的态度，而不是偏袒地为以色列人的利益鼓与呼。对于他的文

---

36 诺曼·马内阿：《索尔·贝娄访谈录》，邵文实译，北京：中信出版集团，2015年版，第55页。

37 这一点在马内阿对索尔·贝娄的访谈中明确谈到过。

学创作，他认为评论界一味关心其中犹太人如何如何的言论是对他作品的一种恶意误读和故意曲解，所以他明确地说"我写的是美国"，他的"美国性"是十分明显和突出的。

艾萨克·贝什维斯·辛格是继索尔·贝娄之后获得诺贝尔文学奖的美国犹太作家[38]，也是当代犹太作家中唯一用意第绪语进行创作的人，他认为这是唤起他对犹太民族过去的回忆并抒发激情的唯一手段。这位波兰犹太人移民到美国后，他心中念念不忘的是那已经失去了的过去——东欧犹太人的历史，虽然他的最后阶段的创作以纽约为背景，但他的想象力仍然萦绕着的是波兰意第绪的世界，著有长篇小说《莫斯卡特家族》(1950)、《奴隶》(1962)、《庄园》(1967)、《地产》(1969)、《舒莎》(1978)等；其短篇小说集有《市场街的斯宾诺沙》(1961)、《傻瓜吉姆佩尔》(1957)等。他的作品追溯了犹太人的历史，从波兰的农村和城市聚居区到纽约的西区，从十七世纪契米尔尼基对犹太人的大屠杀到第二次世界大战前夕的浩劫，以移居美国纽约的犹太幸存者的艰辛作为故事的继续，作品富于犹太民俗韵味。在《莫斯卡特家族》《庄园》和《地产》中他以编年史的方式再现了波兰犹太人半个多世纪以来所遭受的压迫、排斥及其不可避免的解体的命运，其中既有对犹太人不幸遭遇的同情，亦有对犹太世界自身的反思——两代人之间的冲突、犹太教义正确与否。在辛格眼中，犹太人是受苦受难的人，对此，评论家欧文·豪说："这简直是一种富有灵感的疯狂行为，一个生活在纽约市中心的人、一个具有第一流技巧的作家还在编写有关弗拉姆波尔、比尔高雷、克里什夫等人的故事，好像这些人还活着似的。"[39]通过其作品，他从一个灾难到另一个灾难，追述了一个民族三百年来的历史。英国学者朱迪·纽曼认为，对辛格而言，"犹太传统就像他自己的皮肤一样附着在身上——非常熟悉它，受制于它，恼怒中抓搔它，愤懑时辱骂它。与此同时，作为犹太传统的信徒和最严厉的批评者，辛格作为一个作家，全部继承了哈西德文化的遗产。"[40]所以说，辛格后期虽然人身处美国，其作

---

38 1978 年，辛格由于"他的充满激情的叙事艺术，这种艺术既扎根于波兰犹太人的文化传统，又反映了人类的普遍处境"而获诺贝尔文学奖。由此可以看出，辛格的获奖是由于他的"犹太性"，而 1976 年贝娄的获奖却不是因为所谓的"犹太性"因素。从诺贝尔文学奖的评比原则来看，评委会是不会在短时期内为同一国家的作家因为同样的倾向而颁奖的。

39 秦小孟主编，《当代美国文学——概述及作品选读》(中册)，上海：上海译文出版社，1986 年版，第 7-8 页。

40 Judie Newman, "Foreword" in Guo Qiang Qiao, *The Jewishness of Isaac Bashevis*

品表现的内容却是关于东欧犹太人的，美国对他来说，仅仅只是一个可以栖身的地方，他的创作与美国无关。

如果说辛格作为移民作家作品具有强烈的犹太性可以理解，那么出生在美国的犹太裔作家呢？伯纳德·马拉默德和菲利普·罗斯都是土生土长的犹太裔美国人，马拉默德出生于纽约布鲁克林，曾多次获普利策奖和美国国家图书奖，被称为本世纪最优秀的短篇小说家之一，犹太文化是他创作的源泉。马拉默德曾说："犹太的经历、历史和文化，以及犹太民族本身是戏剧创作的丰富素材，是意象、思想和象征的有益源泉，通过描写犹太人，我能够更充分甚至更容易地实现自己作为一名美国作家的创作意图。"[41]他善于勾描美国犹太社区贫苦居民的众生相，创造出小店员、杂役、鞋匠、裁缝与潦倒文人等令人难忘的底层小人物形象。马拉默德作品的主人公总是为生活和外部环境所迫，但又为着一定的目的而受苦，从而体现出他们内心的善良，不论是在基辅、罗马，还是在布鲁克林、俄勒冈、佛蒙特，这些人象征着与不可捉摸的命运顽强斗争的人类。他并未区分犹太人、基督徒或人文主义者的伦理道德，反而认为"人人都是犹太人"[42]，所以，他的"犹太人"主要是从精神范畴而非种族意义上加以界定的，这些"犹太人"都是处于一种与大众和社会疏离、错位和无根基的状态。受苦本来在犹太人传统的看法中是由于其特殊命运、特殊身份决定的，因为犹太人是"上帝的选民"，而上帝只有对他所喜欢的人才进行痛苦的考验，使他们为给全人类赎罪而受苦难。马拉默德小说中的人物大都是为了赎罪而经受苦难的，他们往往在开始的时候是自私自利的，但后来却能通过自我分析和践行苦难而成为利他主义的人。小说《店员》中意大利孤儿弗兰克·阿尔派因参与了对莫里斯·博伯的杂货店的抢劫，并打伤了店主，在悔恨之余，他开始自愿为博伯一家无偿劳动，从屈辱中寻求洗涤罪衍，并且在与受害者同甘苦共命运的过程中找到了生活的意义所在，最后，他行了割礼，皈依犹太教，成为一个犹太人，作品表达出的思想就是一切为赎罪而受苦的人都是犹太人。与辛格相比，马拉默德更重视信仰的力量，偏爱用文学形象来传递道德说教，经受苦难而不改初心，他作品中的人物为美国社会中的犹太人增添了尊严。虽

Singer, p.9.

41 Alan Cheuse, *Talking Horse: Bernard Malamud on Life and Work*. New York: Columbia University Press, 1996, p.141.

42 朱振武：《美国小说本土化的多元因素》，上海：上海外语教育出版社，2006 年版，第 168 页。

然他基本融入了这个父辈移民后的国家，但他心中所牵伴的依然是犹太人的生活与信仰，在他的作品所描写的世界里，没有市长、州长，总统这一类的人物，只有一种强烈的救赎性的宗教道德感，他的作品中的环境就好像禁锢人的"监狱"一样，作品中的人物生活在与世隔绝的"隔都（ghetto）"那窄小狭隘的生活和范围有限的眼界中，其作品中的"犹太性"是毋庸置疑的，因此，西德尼·里奇曼说："……如果马拉默德想把犹太人概括成一个代表所有人的典型，那么，正是寓于他对犹太人的戏剧性描述中的那种赎救力量，最终使读者相信，人类会比这些犹太人更完美。"[43]

　　同索尔·贝娄一样，菲利普·罗斯也不喜欢被人称为"美国犹太作家"，他这样表述道：

> 如果我不是一个美国人，我就什么也不是，这就是我所赋予的身份。这种身份不只给与我生命、呼吸、肉体和头脑，美国赋予我生身之地及其源于它的一切……我们的说话方式，我们看待事物的态度……'美国犹太作家'这个称谓没有任何意义。犹太人只是身为美国人的另一种形式。[44]

他的作品中倒是充塞着美国场景，他在写作技巧上也学习索尔·贝娄，善于描绘当地的环境，捕捉人们的街谈巷议和细枝末节，偏爱美国文化中的夸张事例，但是他的作品的内在素质上更接近于马拉默德，他认为犹太人的性格中含有宽宏、关切、节制以及在文明生活中的责任感等特点，他对美国社会中的家庭、婚姻、离婚等一些主要问题的分析，尤其是对犹太人遭到美国文化压力而产生的种种不满情绪以及对人物的心理分析有着独到之处。在长达60年之久（1952-2012）[45]的创作生涯中，他总共发表了28部作品，他的作品常常涉及性欲与犹太传统、艺术与人生的结合、犹太人在当代美国社会的生存问题如同化、异化，身份的背叛与回归，两代移民间的隔阂，道德观、价值观的变异，美国政治与反犹主义等等。与马拉默德不同的是，他描写了年轻一代犹太人对父辈在文化上的反叛，批评了美国保守的犹太社会抱残守缺的自相矛盾的心态："这就是我的生活，我唯一的生活。我生活在犹太人的玩笑当中！在这个

---

43 罗伯特·霍顿，赫伯特·爱德华兹：《美国文学思想背景》，房炜、孟昭庆译，北京：人民文学出版社，1991年版，第624-625页。

44 Debra Shostak, *Philip Roth: Countertexts, Counterlives*. Columbia: University of South Carolina Press, 2004, p.236.

45 2012年10月，菲利普·罗斯在接受法国杂志 *Les Inrocks* 采访时宣布封笔。

玩笑中，我是儿子辈的——可它并不是个玩笑！天哪，是谁把我们害成这个样子？"[46]对于他的创作，文学评论家索罗塔洛夫说："罗斯属于犹太道德主义者的行列，但他却以犹太性的独特思维方式和浑厚的犹太道德经验迈向人类内心世界普遍存在的两难境地。"[47]他不无"悖论地从事着一种道德预言。他一直被社会、他人和自己身上的不合理的东西所激怒。"[48]所以从某种意义上说菲利普·罗斯是反犹太的，但从另一方面来看他更是犹太的，他更关注这个民族在美国社会如何更好地发展，刘洪一教授认为他以与众不同的方式呈现了"犹太性"。

　　与马拉默德执著于犹太精神和罗斯因为犹太人不能很好地融入美国主流而心焦不已不同的是，索尔·贝娄由于受到他父亲的非正统思想的影响，加之从小生活在非犹太人聚居区，经常和其他族裔的移民交往，所以他对自己的犹太身份并没有多大的自豪感和坚定性，虽然他三岁的时候就在拉比的指导下学习《圣经》，但是，"随着我渐渐长大，我看我不那么真挚了。对我而言，它与其说是一种精神现实，莫若说是一次怀旧体验。毕竟，很难让美国人接受耶和华"[49]，他把自己彻底变成了一个现代美国人，虽然他没有否定和解构自己的犹太身份，但在创作中甚至在现实中他明确地对自己的美国身份进行了肯定与建构，《奥吉·马奇历险记》主人公在开篇时所说的"我是个美国人，出生在芝加哥——就是那座灰暗的城市芝加哥"[50]，明确地表明了作者的心声，虽然实际上他没有出生在这里，但他从童年时代起就把一生中的大部分时光与这个城市捆绑在一起了。他自始至终都没有认为自己是美国文化与美国生活中的"他者"，而是真实的自我，他说："我从未意识到自己在文学创作时是犹太人，只知道自己是索尔·贝娄，我也从未努力要使自己犹太化。""出身为犹太人也好、印度人也好，这只是你生活中的一个事实。我就是这样看待我的

46　罗伯特·霍顿，赫伯特·爱德华兹：《美国文学思想背景》，房炜、孟昭庆译，北京：人民文学出版社，1991 年版，第 626 页。

47　袁雪生：《论菲利普·罗斯小说的伦理道德指向》，南昌：《江西社会科学》，2008年第 9 期，第 122 页。

48　Harold Bloom ed, *Philip Roth*: *Modern Critical Views*. New York: Chelsea House Publishers, 1986, p.2.

49　诺曼·马内阿：《索尔·贝娄访谈录》，邵文实译，北京：中信出版集团，2015 年版，第 129 页。

50　宋兆霖主编：《索尔·贝娄全集》（第 1 卷），石家庄：河北教育出版社，2002 年版，第 11 页。

犹太性的。这就是它伟大力量的源泉……这股力量的来源是，在我生命最敏感、最可塑的一段时间里，我是一个完完全全的犹太人，仅此而已。"[51]也就是说，他的犹太家庭出身以及他与其他犹太裔朋友的交往仅仅构成了他写作背景的一个组成部分，而这一组成部分是包括在自己是一个美国人这一事实之中的。

索尔·贝娄认为，评论作家的时候，应将创作者与他的作品分开来看，艺术是没有种族界限的，他首先是个美国人，碰巧才使他属于犹太裔。

> 关于美国的犹太作家，我要再说的一件事是，当犹太作家出现在舞台上时，美国的犹太人群体很高兴，因为他们觉得，这对美国的犹太人来说是件好事。这就把我们放在了一个相当尴尬的境地，让我们不太情愿地为美国犹太人做起了公关活动，为了满足大家的期望，我们还得避免对任何犹太人展开尖锐的批评。这样很不好，我觉得这就像以色列·赞格威尔那样，把其作品主人公的犹太身份特征做得漂漂亮亮的，给大家一个美好印象，这简直就是歪曲真理。其他犹太作家则反其道而行之，就是因为他们身上有这种压力，于是他们就决定要对着干，要真实地刻画犹太人，故意惹大家讨厌。这种指责就曾经落到菲利普·罗斯的头上，他比我都敢写，但他之所以做得这么过头，是因为他感到了这种刺激，或者说是挑战，而我一直拒绝被刺激，绝不接受这样的挑战，只是固执地、倔强地走上我的独木桥，不接受为犹太人搞公关的任务，对这样的要求也不会作出激烈反应。[52]

正因为他将美国犹太人看作是普通的美国人，所以他在创作时并不刻意去反映犹太人的命运，其作品主人公的犹太身份特征及犹太性都较辛格和马拉默德有了较大的消减，**普通犹太人的美国生活成为他写作的观照对象和表现内容**，他"以汉娜·阿伦特可能无法想象的方式，设法坚持了犹太人生活和美国街头生活"[53]。所以，在《奥吉·马奇历险记》出版后，他受到了很多犹太人

---

51 转引自《索尔·贝娄的犹太情结》，天津：《世界文化》，2008 年第 11 期（该篇文章未标明作者）。

52 Ruth Miller, *Saul Bellow*: *A Biography of the Imagination*. New York: St. Martin's Press, 1991, p.43.

53 诺曼·马内阿：《索尔·贝娄访谈录》，邵文实译，北京：中信出版集团，2015 年版，第 75 页。

的谴责，他们认为索尔·贝娄已经美国化了，忘掉了自己的犹太人的身份，他在作品中对第二次世界大战期间德国纳粹对犹太人的大屠杀没有表示出应有的关注[54]，"犹太人对我因此而进行了严厉的批评。人们认为我用了我最好的颜料，去美化美国，这好像是说欧洲发生的一切之所以发生是因为欧洲腐败堕落，问题重重"[55]。与辛格和马拉默德等人相比，他的作品的犹太民族特征是潜在的，犹太性色彩比较浅淡，特别是从《奥吉·马奇历险记》之后，贝娄创作的犹太意识日趋淡薄[56]，作家表现更多的还是美国生活。美国文学评论家莱昂内尔·特里林（Lionel Trilling, 1905-1975）1950 年在他发表的《风格、道德与小说》中曾宣称，美国的社会生活过于浅薄，这给小说家造成了困难，他们无法在如此贫乏的基础上探究现实，从而写出具有分量的社会风尚小说。索尔·贝娄也承认许多作者在其作品中无非是堆砌有关家庭、等级、大学、时尚、公众人物的话题，而真理和想象则无处可觅，但他并不想流俗，因为他知道"人们出于这样或那样的生理原因而与自身矛盾不断，就像一只笼中兽，无法理解自己身处的困境，渴望被告知原因（原因总是令人宽慰的），渴望被麻醉，于是他最终必定要求助于一个了解隐情的人，"[57]但是"对于我们这些生活在错综复杂的美国社会的公民，很少有人愿意树起良知和责任感的大旗。因此，整个社会都显得很浮躁"，他想改变这种"当代失语症"状态，为此，他用创作实践对特里林的这些观点进行了挑战，他以文运事而非因文生事，遵照"作家可以创造一个世界，但这个世界必须不同于我们共同生活的世界——我们或者挑战它或者深入探究它"的原则，对自己和身边其他人的生活经历和现实遭际加以勾勒加工，用他那细腻生动的语言、富于幽默感的文字和思想深邃的笔触写出了当代的美国"世情小说"。乔纳森·威尔逊（Jonathan Wilson）认为索

54 在大多数人看来，贝娄的前两部长篇小说《晃来晃去的》和《受害者》的犹太性是比较明显的。

55 基思·博茨福德：《索尔·贝娄——美国的骄傲》，张群译，北京：《外国文学》，1990 年第 6 期，第 72 页。

56 贝娄在早期创作的两部长篇小说《晃来晃去的人》和《受害者》中，犹太性还是比较突出的，虽然这一时期他的创作受到存在主义影响比较明显，在作品中表现出了"世界是荒诞的，人生是虚无的"、"选择"、"他人就是地狱"等思想，但其中主要显现的则是犹太人的"无根的漂泊感"和"受难"的主题，所以，贝娄在接受马内阿的访谈时声称他没有受到存在主义的影响（《索尔·贝娄访谈录》第 52 页。）

57 Nietzsche, *The Gennealogy of Morals*. Trans by Francis Golffing, New York: Doubleday Anchor, 1956, p.277.

尔·贝娄的小说最终告诉读者更多的是关于他们的作者而不是作者所生活的国家，他从自传性角度研究索尔·贝娄并没有错，但他得出的结论我们却不能完全同意，从作品里确实可以看出人——作者自己的影子，但我们从索尔·贝娄作品中看出的更多的是作者所生活的国家——美国，在他的初期作品中，二十世纪 20 年代末开始的那场经济大萧条得到了鲜明的表现，美国参加第二次世界大战也隐约提到，而越到后期，他对美国表面的物质繁荣之下的精神危机的观察就越深刻，他在自己创作的一系列作品中通过边缘人物、知识分子、艺术家和世界公民的视角描写了美国社会，以"少数派"[58]的立场，让我们看到了美国社会的另一面。至于传统犹太文学创作的一些主题，如"苦难"在他的笔下沦为美国公民日常琐事中的困境的描写，"流浪"也不再具有失去家园的无根的痛苦的意义，而是当代美国人为生存进行的现实的或精神上的奔波与劳碌，"父与子"不再是两代人在宗教信仰或思想观念上的激烈冲突，而表现为双方为了维护各自的利益，在金钱和物质上产生的分歧与冲突。所以，索尔·贝娄的文学创作已经日益美国化，美国属性是其作品的另一大特征，而且是比其"犹太性"更加重要的特征。在美国犹太文学这一场域中，索尔·贝娄是以其"美国性"为象征资本并取得占位的，他的作品是通过二十世纪美国的阶级和社会变迁来展开对人类命运思考的。

0.3.3 深刻的社会观察家：社会学研究思路的引入

作为一个对美国社会深入观察和进行批评的作家，索尔·贝娄在创作中有着强烈的社会学的眼光，为此，从社会学的角度研究其创作是有一定的必要性的。那么，为什么要从社会学的角度展开研究呢？这也许要联系到索尔·贝娄的学缘关系来考虑。贝娄从十岁起就立志从事创作，但大学时所学的专业却是社会学人类学，1937 年毕业于美国西北大学社会学与人类学系，曾在威斯康星大学攻读硕士学位。索尔·贝娄求学期间芝加哥社会学派仍处于其全盛时期，特别是 1933 年他在芝加哥大学学习的时候。虽然索尔·贝娄的理想是当一个作家，通过艺术的途径寻找一种有意义有价值的生活，但是毋庸讳言的是

---

58 1999 年在接受马内阿的访谈时，贝娄说"当我决定了自己的生活方式时，我知道，社会将不容于我。我也知道我会获胜。"所以，他敢于冒天下之大不韪在《赛姆勒先生的行星》中抨击美国 60 年代的各种政治风潮，在《洪堡的礼物》中攻击 50 年代美国政府，在《院长的十二月》中开罪所有芝加哥人，在公开演讲和文章中抨击政府、大学和评论家的同事和同行。

他的学习经历特别是他的专业使得他以后的创作或多或少受到了芝加哥社会学派的影响。

芝加哥社会学派的影响首先表现为他对美国社会的批判态度。芝加哥学派的社会学研究是基于对美国资本主义现实生活中各种社会问题的关注，他们对美国的批评性观察和分析，不仅仅是对于某些具体社会现象的描述，而且经常涉及到美国当时主流社会的某些基本价值观，从文化、文明和人性的角度进行研究分析。索尔·贝娄提出："假如他是一个小说家，他自己写的书也是他对同时代人的一种评论，表现出他支持某些倾向而反对某些倾向。"[59]他的作品细致地描述了美国社会的人文生态，被认为"融合了对人的理解和对当代文化的精妙分析"，这与芝加哥社会学派可谓在不同的领域殊途同归。

其次，芝加哥社会学派的研究内容决定了索尔·贝娄作品的内容。在研究的内容方面，从社会实际出发，城市以及城市中出现的种种社会问题，成为美国社会学家关注的主题。所以芝加哥社会学派将关注的重点放在了移民与种族的关系、芝加哥的非法团伙、有组织的犯罪、青少年犯罪、职业盗窃、婚姻、家庭等方面。他们在观察美国社会的深层危机时，更关注于人格方面的东西，主要是在寻求理性化和效率的努力与追求个人幸福的努力之间的紧张状态和冲突，而这种冲突正是美国社会一直以来所标榜的自由主义所产生的悖论。世情小说以描写日常生活为主，它是以"极摹人情世态之歧，备写悲欢离合之致"为主要特点的一类小说。所谓世态，指的是整个社会状况和各种社会矛盾冲突，也是宏观层面上的社会氛围与社会风气；所谓人情，指的是影响甚至决定人们如何处理各种矛盾、各种人际关系的微妙的情感、心理愿望和理想，也就是微观层面上处于特定环境中人们隐秘的精神世界。索尔·贝娄终其一生都保持着敏感的好奇心，仔细观察着美国社会的人情世态，在他的作品中美国下层犹太平民的日常生活、现代社会中知识分子的沉沦与挣扎、大城市中人们追求财富与名利的欲望以及形形色色的犯罪活动都生动地呈现在读者的眼前，对于这一切，部分是由于社会的原因造成的，但更多的是由于个体的性格使然。

再次，芝加哥社会学派的社会学思想深刻地影响了索尔·贝娄文学作品的哲思。芝加哥社会学派不仅关注社会现实"是什么"的问题，更特别关注"应该如何"的问题，他们认为，社会学研究的实际作用，就是探索一个社会"应

---

59 宋兆霖主编：《索尔·贝娄全集》第十三卷，王誉公、张莹译，石家庄：河北教育出版社2002年版，第203页。

该如何"的知识，然后将这些知识作为一种未来社会发展的指南输灌到社会中，因此芝加哥社会学派注重社会心理学研究。在社会学家看来，人并非一经出生就符合人的本性，他们只有在理性指导下才能够认清自我德性，也就是说，没有经过理性审视的生活是没有意义的，一个人只有真正地认识自我，才能实现自我本性，完成自我使命，成为一个有德性的人。与之相应，在索尔·贝娄的作品中，反省、回忆和意识流推动着故事情节的进展，而这些反省、回忆和意识流中占很大比重的是作品中人物对社会的思考、对现实生活的看法。"贝娄的作品在开初可能试图讲述有关美国的伟大事件，或关注一些特定的美国问题，但如果它们在结束时也是如此的话，那是因为这些在小说缺席。因为贝娄的小说越来越显示出其对个人怪癖、个体头脑的思考更为关注。"[60]有的学者认为索尔·贝娄的作品中思考的内容比较多，有时甚至超过他叙述的内容，这是他作品的缺点。殊不知，索尔·贝娄以社会学家的眼光观察美国的社会生活并对之思考判断，不顾政治正确或者当下潮流说出自己的想法，并通过作品主人公表现出来，这是他曾经受过的社会学训练培养出来的习惯，如果说思想家以思想作为自己的生活方式，那么索尔·贝娄则以思想作为自己的创作方式。这种方式将繁细的沉思角度指向纷纭复杂的美国社会现实，"不仅致力于记载外界的现实"，而且"致力于为社会发展的进程找到一种相关性"[61]。

最后，芝加哥社会学派的研究方法极大地影响了索尔·贝娄的文学表现手法。芝加哥社会学派为了保持其研究的实效性和客观性，倡导使用生活史、自传、个案研究、日记、信件、非结构性访谈和参与观察等一系列定性研究路径。受芝加哥社会学派的影响，索尔·贝娄"倾向于把虚构的小说看成是向周围社会作调查的一种工具。小说家应该是富于想象的历史学家。"[62]他借鉴芝加哥学派社会调查的方法，为显示其作品反映生活的客观性和直接性，索尔·贝娄在从事创作时多使用了第一人称，作品仿佛是主人公的自述传，在作品中作者保持沉默，让他的人物自己设计自己的命运，或讲述自己的故事，因此，回忆、日记、书信成为索尔·贝娄经常使用的文体。索尔·贝娄作品所刻画的一系列

---

60 乔纳森·威尔逊《贝娄的行星·引言》，转引自《贝娄研究文集》，南京：译林出版社，2014 年版，第 123 页。

61 萨克文·伯克维奇主编：《剑桥美国文学史》（第 7 卷），孙宏主译，北京：中央编译出版社 2004 年版，第 66 页。

62 崔道怡等编：《"冰山"理论：对话与潜对话》，北京：工人出版社，1987 年版，第 144 页。

的生动的人物，是对美国生活的个案研究，并通过对这些个案研究的综合，用他的系列作品完成了对美国社会的总体研究。

从上述方面可以看出，美国芝加哥社会学派对索尔·贝娄产生了深刻的影响，尽管他的导师曾告诉他，他不适合从事社会科学方面的研究，因为在他每次写学科论文时，其最后的成品都变成了小说，因此，他的才智只有在富于创造力和想象力的领域才能取胜，但谁又能否认索尔·贝娄的文学作品具有丰富的社会性，我们为什么不能将其视为象形的社会学报告和社会学思辨呢？

0.3.4 小说家是一个想象力丰富的历史学家：新历史主义的分析方法

新历史主义实质上是一种与历史发生虚构、想像或隐喻联系的语言文本和文化文本的历史主义，对历史和文本进行重新阐释的"文化诗学"，带有明显的批判性、消解性和颠覆性特征，强调主体对历史的干预和改写。它于二十世纪 80 年代诞生于英美史学界，源于当时历史学领域中的文艺复兴研究，针对诠释学的语境依赖进行批评。而文学研究中的新历史主义方法则是一种不同于旧历史主义[63]的批评方法，是对"新批评"学派关于文学文本自足性的一种否定，对形式主义、结构主义等"为了文本而放逐历史"的批评理论的一种反驳，因为"文学和人文科学所具备的功能最有用的功能就是支撑对现实的感觉，确保能看清真实和虚伪的差别，并帮助我们在物质上或精神上不受其影响，这些影响能将谎言变成普遍原则"[64]。因此，形式主义把作品中的世界和现实世界截然对立起来的做法是很令人怀疑的，新历史主义文学批评将被形式主义所颠倒的传统重新颠倒过来，一改原来将文学限定在文本自律小圈子里和对政治厌恶的做法，表现出强烈的政治倾向性和意识形态性，向历史、政治、种族、性别和意识形态倾斜，将文学与人生、文学与历史、文学与权力话语的关系视为需要分析的中心问题，打破了形式主义诸流派文字游戏的解构策略，而使历史意识的恢复成为文学批评和文学研究的重要方法论原则。

新历史主义者认为，任何表达（包括作品）都是处于一定的社会历史之中的。意大利学者维科认为书写历史是一件个体与集体的自我肯定及自我创造的活动，受维科使用多种修辞格来描述人类意识诸模式做法的启发，新历史主

---

63 传统历史主义采取的是与研究对象保持"距离"中获得对对象的所谓"客观真理性"的把握，是一种单向的、封闭式、简单化的思维方式。

64 杰拉德·格拉夫：《自我作对的文学》，陈慧、徐秋红译，石家庄：河北人民出版社，2004 年版，第 14 页。

义学者海登·怀特（Hayden White, 1928-2018）在《元历史》中发展出一种转义（tropes）理论以探究历史书写的"深层结构"，由于叙事是历史与虚构作品的共有形式，各种转义修辞塑造着意义，各种修辞技巧施用于说服性论证，所以他认为，转义生产或"制造"历史实在，因为它预构（规定）了语义场，而在语义场中，它们必然得以实现（显明）。所以，历史是一个延伸的文本，文本是一段压缩的历史，历史和文本构成生活世界的一个隐喻。以前的史学家把历史看做客观实在的，而文学研究的工作就是要最大限度地再现作者的原意，是一种"历史再现"工作。但是新历史主义者则认为历史并不是对过往事件的真实描绘，人们在历史编排中会产生各种各样的偏差，比如在历史撰写中，会在不同的甚至是相互冲突的资料中进行选择。由于人是历史的阐述者，所以历史是被人们写出来的主观历史，文本是当时社会文化和历史的产物，所以对文本的解读与批评，必须关注那些与文本的产生相关的文化的和历史的因素。

正是由于历史文本具有主观性，所以，历史是多种多样的话语，有些新历史主义者就另辟蹊径，注重发掘边缘化的话语，反对单一的中心叙事，试图对历史进行重构。即新历史主义把过去所谓单数大写的历史（History）分解成众多复数小写的历史（histories），从而把那个"非再现"的历史（history）拆解成了一个个由叙述人讲述的故事（his-stories），并且对历史进行重新审视和重建。在索尔·贝娄的绝大多数文学作品中，都有着作为大背景的文化和社会历史。

> 历史或为庞大的叙事符号架构，或为身体、知识与权力追逐的场域，唯有承认其神圣性的解体，才能令文学发挥以虚击实的力量，延伸其解释的权限；文学或为政治潜意识的表征，或为记忆解构、欲望掩映的所在，只有以历史的方式来检验其能动向度，才可以反证出它的经验的有迹可寻[65]。

所以，作家在他的创作中描述自己记忆中的历史的同时也在与美国历史进行着对话，但同时他的创作又是对正统的历史的反对与悖谬，摧毁了固有的成见，在他的许多作品中，他都是与主流的历史观唱反调的，提出质疑的，具有反正统的意识形态性。如《洪堡的礼物》中他从美国人所标榜的"丰裕社会"中看出了这个社会对人的个性自由的抹杀，在《赛姆勒先生的行星》中对于许

---

65 季进、余夏云：《英语世界中的中国现代文学研究综论》，北京：北京大学出版社，2007 年版，第 31-32 页。

多人欢呼的 60 年代"学生造反运动"却去描写它的造成社会秩序巨大破坏的另一面。

另外，从读者接受与反应的角度来看，新历史主义者认为，"历史"不是既往完成性的，而是一个开放的对话过程，延续至今并影响人们的认知和行为。格林布拉特（Stephen Greenblatt, 1943-）说，他的目标是"尽可能找回文艺文本最初创作与消费时的历史境遇，并分析这些境遇与我们当下境遇之间的关系"[66]。那种持不参与的、不作判断的、不将过去与现在联系起来的态度的写作不仅是不可能的，也是没有任何价值的。无论对于读者还是对于批评家来说，阅读索尔·贝娄的作品，必须将其置于与其平行的历史时期当中去，与其展开对话，有所思，有所感，思考生活的意义，发掘社会的真相。而索尔·贝娄的作品也确实发挥了启发智慧、引领思想的作用，激发了人们对当代社会生活和文化的深入思考，通过与文本对话去寻找生命存在的诗性意义，推动人们自我重塑和自我启蒙，在对话中参与和建构未来。

在《索尔·贝娄与历史》一书的引言中，英国诺丁汉大学教授朱迪·纽曼（Judie Newman）指出，众多的评论家都一致认为索尔·贝娄是一个书写普遍意义而不是个别现象、关注永恒主题而非历史语境的作家。即使人们发现了索尔·贝娄小说中的历史因素，他们通常也认为这仅仅是小说的次要内容。然而，在索尔·贝娄的作品中，"历史成为个体敏感的载体，一方面为了文化的发展需要将历史综合，同时历史也必须被超越才能满足内心最深层的需要。"[67]索尔·贝娄的作品关注"历史和环境决定论的相对状态"，还有它对"个人自我概念"的影响，这一点从《奥吉·马奇历险记》开始的许多作品中都可以见出来，所以，马尔科姆·布拉德伯利（Malcolm Bradbury, 1932-2000）认为正是这种本质表明和揭示了索尔·贝娄小说的"根"[68]。

> 作为文化实践，文学和历史把不同的技能和预期带入游戏中，并且在社会中，在故事的流传中扮演着截然不同的角色……最好的文学也许有助于解释在这个世界上已发生了什么和正在发生什么，但重要的是，它提供了生活的新理由和希望的新依据；反之，历史

---

66 朱冬梅：《新历史主义文学批评的批评策略和方法》，武汉：《湖北教育学院学报》，2007 年第 9 期，第 1 页。

67 Sanford Pinsker, *Saul Bellow's Cranky Historians*. Historical Reflections, 3, No.2(1976), p.35.

68 参见 Malcolm Bradbury, *Saul Bellow's Herzog*. Critical Quarterly, 7(Autumn 1965).

学家的角色，不多也不少，就是去解释事情是如何发生的，并且让这个被误解的世界明晰起来：一个更具批判性而非保守性的角色。但是，两者都是必需的，并且把一个还原为另一个对任何一方都是不公正的。[69]

一般情况下，文学创作如同社会史一样，在那些有着充分自我意识的政治家、军事家、外交家和企业家算计或裁断并决定着无数人命运的地方，文学文本则寻求揭示普通人的轨迹、经历和所受的影响，通过社会阶层中某些人的工作与休闲、家庭与日常生活、心态与习俗、犯罪与惩罚、骚乱与革命、城市空间等大众活动来反映历史的变迁。新历史主义的文学批评原则是将作家所创作的文学作品（文本）与其同一时代的历史背景、社会文化、意识形态等因素联系起来进行平行的解读分析。英国作家约瑟夫·康拉德（Joseph Conrad）曾经指出：

小说是历史，人类的历史，否则，它什么也不是。但是，小说又不仅仅是历史，它有比历史更为充足的依据，它基于形态各异的现实和对社会现象的观察；而历史文献只基于对印刷／书写符号的阅读，即对第二手资料的阅读。所以小说更接近于真实。撇开这点暂且不说，历史学家也可以是个艺术家，小说家则是个史学家——是人类经验的保存者和阐释者。[70]

新历史主义者一反传统将文学文本当成历史背景产物的做法，将文学文本看作是与历史叙事同样重要的"同质文本"（co-text），将文学作品（文本）与其发生的时代背景并置起来，以求在当时的历史语境下解读文学作品（文本）。虽然新历史主义者将历史叙事与文学文本界限完全抹除的做法未必正确，但他们能够在一定历史语境中解读文学作品（文本）的做法对形式主义和新批评学派完全局限于文本分析的观点无疑具有纠偏的作用。

作为社会历史的积极介入者，当作家面对一段历史时，他们不是无穷地迫近和事实认同，而是要消解所谓"客观历史"的神话，用自己的心灵去浸染历史。索尔·贝娄曾要求作家成为历史学家，但作家却不能完全与历史学家划等号，即使是创作历史小说，也要对构成作品题材的历史素材进行选择和增删，

---

69 南希·帕特纳、萨拉·富特主编：《史学理论手册》，余伟、何立民译，上海：上海人民出版社 2017 年版，第 269 页。

70 Joseph Conrad, *Notes on Life and Letters*. J.H. Stepe, ed. Cambridge: CUP, 2004, p.15.

以达到表现作品主题和突出作品人物形象的目的。至于索尔·贝娄的创作被视为社会小说，是因为他描写的都是前不久刚发生过的事件，他要面对的是客观的现实生活，反映的是社会存在的问题，并通过艺术形象的塑造提出自己对社会的看法，他的"作品所刻画的一系列生动的人物，是对美国生活的个案研究"[71]。一般说来，在艺术领域和文学创作中，人们最为珍视的创作原则之一就是作家对历史的敏锐感，**索尔·贝娄的作品虽然不能称为历史小说，但却在点滴中折射出美国的历史发展，其文本的意义在于作者和作品及作品所反映的历史的"协商"，从"微历史"中引出"大历史"，这就要求我们在研究他的作品时不能只按照形式主义和新批评的原则进行纯文本的解读，因为文学是能够陈述、能够帮助人们理解事情的真相的，而不仅仅是文本自我意识的表现。所以，要恢复文学研究中的历史维度，强调重新关注文学与历史、文学与意识形态之间的联系，从整体意义上把握他的作品，我们既要"用文学的方法研究历史"，也要"用历史的方法研究文学"**，关注文学文本和它产生于其中的文化的互动关系，在美学、文化和历史的张力之中探究其作品存在的意义。与索尔·贝娄相似的是，菲利普·罗斯也善于"将一个普通人的人生历程置于宏大的美国历史事件之中，将个人小写的历史与整个美国大历史并置"，但他凸显的是"重大历史事件对普通人生活的冲击和影响"[72]，反映的是个人的命运与悲欢，而索尔·贝娄将作品中的人物置于大历史环境中则是通过人物的生活和命运来思考社会应该如何发展的大问题，把美国的历史发展演绎成他独具个性的情节叙述，即把美国的 history 变成了 his stories。

　　当然了，在索尔·贝娄创作的主要阶段，新历史主义理论并没有流行甚至还没有产生，如果说他的创作是受新历史主义思潮影响才产生的那只能是无知妄说，本书之所以运用新历史主义的方法来分析贝娄的作品，是因为：（1）索尔·贝娄对于美国历史的认知在某种程度上与新历史主义思想有所契合，并通过文学创作的形式表现出来；（2）索尔·贝娄作品在打破"正统历史观"的同时，引发了人们（读者）对于历史的思考，在与社会历史的对话中推动了人们的自我启蒙。（3）只有把索尔·贝娄的作品与具体的历史语境联系起来，恢

71　Jonathan Wilson, *On Bellow's Planet*. London & Toronto: Associated University Press, 1985, p.26.

72　高婷：《超越犹太性——新现实主义视阈下的菲利普·罗斯近期小说研究》，北京：光明日报出版社，2011 年版，第 116 页。

复其历史维度，才能更好地理解他的那些"历史不在场"作品的内蕴。

0.3.5 本书的研究内容

中国当代文学批评家王干曾提出"文学要有思想的力量、整合的力量、人格的力量"[73]，从索尔·贝娄的创作实践来看，其作品完全充斥着这三种力量。他作品的内容基本上可以概括为讲述老百姓的故事和描绘知识分子生态两大基本类型，而他作品中的人物又都生活在城市中，因此，对城市的描写也构成了他作品的重要特色。他从民间理想主义出发，将关注的视野投向平凡社会城市中的普通人和事，透过细节折射出整个社会的发展变化。此外，前人研究论文中屡屡提及索尔·贝娄的作品中的文化超越性，这也说明了作家的创作绝非狭隘地立足于"犹太性"的叙事，这就为我们研究和分析其创作的"美国性"提供了可行性。

本书用六章的篇目对索尔·贝娄的"美国性"展开论述，主要通过索尔·贝娄的几部长篇小说考察索尔·贝娄文学作品表现的三个主要方面：平民生活、知识分子状况和美国的城市，因为，"通常，小说会促使读者相信，它们在被理解为对有争议的热门话题的反应时可能是最好的。"[74]第一章《20-40年代：大萧条岁月中的平民生活浮世绘》主要根据贝娄的长篇小说《奥吉·马奇历险记》，分析他是如何围绕作品的主人公奥吉·马奇的经历来描写二十世纪20年代末的美国经济危机爆发后，芝加哥这个美国第二大城市的人生百态的，写出了经济危机对社会各阶层造成的影响，美国梦的破灭感，面对破产和失业大潮这些人是如何抗争和他们为改变自己的命运做出的巨大努力，小说主人公在困顿的境地中是如何一面挣扎一面坚持自己的理想和信念的。第二章《50年代：丰裕社会中的美国悲剧》通过小说《洪堡的礼物》中的洪堡和西特林两个人物的不同命运告诉人们，随着世异时移，原来不择手段追求个人发迹的人在今天已经成为英雄和成功者，成为人们效法的榜样，以苦为乐、生气勃勃的时期，充满浪漫主义和理想主义精神的时期已告结束，粗俗的物质主义的风气熏染了整个美国社会，甚至已经渗透到社会的神经末梢，而被美国社会所毁灭的则是不与社会苟合、热爱善与美、坚持理想的知识分子和诗人。社会整体对浪

---

73 张宪军、赵毅：《简明中外文论手册》，成都：巴蜀书社2015年版，第203页。

74 诺曼·马内阿：《索尔·贝娄访谈录》，邵文实译，北京：中信出版集团，2015年版，第1页。

漫主义、对诗的激情、对诗人和艺术家的戕害才是今日"美国的悲剧"。第三章《60年代：时代的耶米利哀歌》通过赫索格的经历，指出在60年代初期麦卡锡主义造成的恐怖仍在威胁着一些知识分子，他们害怕动辄得咎，所以只好把自己的思想看法保留在内心里，而不是直接与他人交流。为了改变美国当时的面貌，青年人发起造反运动，但在造反运动中，由于青年人的冲动和偏激，将这场运动引入了歧途，虽然年轻人想要摆脱现代社会体系的束缚，把现实社会变成自己心目中理想的社会，但运动中的大部分人追求的是自我表现和发泄，而非自我控制，造反运动的挫折和失败感使得不少青年人失去了信心，他们怀着沮丧的心情或消极避世，或沉沦堕落。索尔·贝娄通过赛姆勒在纽约的见闻对极端主义思想进行了强烈的抨击。第四章《70-80年代：民主的反讽》通过《院长的十二月》和《更多的人死于心碎》两部作品的分析，说明美国社会虽然对外向来是以标榜自己的民主而著称，但在现代社会中，美国民主的价值体系遭到严重破坏，它对国内的种族贫富差距视而不见，听而不闻，对于要打破这种现状的行为反而予以打击和压制，为的是维持社会表面上的和谐。在美国，宪政的根本作用在于防止政府权力的滥用，维护公民普遍的自由和权利，但实际情况却往往相反，当今的美国政府机关以公平正义之名行破坏公民权利之实。第五章《美国后现代：生命个体的不断游移》考察了索尔·贝娄的最后的长篇小说《拉维尔斯坦》，说明在后现代社会中，人们从现代性的噩梦以及它的操控理性和对总体性的崇拜中苏醒过来，进入后现代浅表层松散的多元化中，生命个体也成为不断游移的存在，他们在性别认同、宗教信仰与性取向、理性思想判断等诸多问题上表现出异质的、不稳定的性格特征，沉溺在消解精神、反主流姿态和渎神的狂欢之中。第六章《美国双城记：芝加哥与纽约》则从横向对索尔·贝娄作品中对美国城市的描写进行了研究，指出索尔·贝娄作品的发生地基本上都是在芝加哥和纽约，是因为他亲身经历了这两个城市的历史变迁，目睹了它的繁荣与衰败，对它们有着一种爱恨交织的感情，更因为纽约和芝加哥是现代都市生活的代表和典型，是美国当代文明、当代都市文明的象征和缩影。所以，在他的揭示下，从大萧条时期城市破败的景象到二十世纪后期美国大都会多彩缤纷的场景一一呈现在了我们的面前。

而第七章《从"美国性"到"普适性"——索尔·贝娄作品引发的世界性思考》研究索尔·贝娄作品的普适性意义是如何产生的，考察在世界各国走向现代化过程中出现的共性问题,世界现代化的肇端倡始是由美国来开启的,它也因此成为整个西方世界的风向标,影响所及,遍及整个西方社会。因此,索尔·贝娄在美国社会中发现的问题、引发出的思考就超出了个案性和地方性,成为当代西方人类思想的一般焦点,也就对整个西方世界乃至正在步入现代化的东方国家具有了普遍性的指导意义。说明只有在具体针对性的前提下,才能谈及其"普世性",离开"在地性"就无所谓"世界性"。

第 1 章 20-40 年代：大萧条岁月的平民生活浮世绘

在以往美国历史上，经济恐慌算不上什么新鲜事物，但 1929 年末爆发的经济危机却给美国带来了巨大的危害，它不仅重创了美国经济，还对美国人的生活方式、思想观念产生了深远的影响。作为重大历史事件，大萧条在历史学家和社会学家的著作中多有反映，不过这次经济危机在美国文学中却声响寥寥，只有索尔·贝娄、约翰·斯坦贝克（John Steinbeck, 1902-1968）和纳撒尼尔·韦斯特（Nathanael West, 1903-1940）在他们的小说作品中对此有过描述，只是韦斯特的长篇小说《寂寞芳心小姐》是通过《纽约时报》专栏作者阅读和回复读者来信的方式反映这一时期的社会情况，一颗颗空虚而无依的心灵，向作为专栏作者的"寂寞芳心小姐"发出一声声来自生命底层的呼求，虽然反映了生活的多个方面，但总有一种支离破碎的拼贴感；斯坦贝克则将目光投向农业，他的中篇小说《人与鼠》以美国经济萧条时代为背景，讲述了当时恶劣的经济状况使大批像乔治和列尼一样的农业工人成为牺牲品，他们对土地的追求被个人无法左右的残酷而强大的力量所扼杀的故事，但作者在描写造成他们悲剧的社会因素时，却又将他们悲剧的原因归之于他们自身的命运和性格。长篇小说《愤怒的葡萄》以经济危机时期中部各州农民破产、逃荒和斗争为背景，记述了约德一家十二口人从中南部的俄克拉荷马州向西部加利福尼亚州逃荒的艰难经历，路途中，经不起颠簸的爷爷奶奶死了，吃不起苦的年轻人独自出走了，到了加州，一家只剩下八个人，而等待他们的依然是未可知的明天，情节真实感人，但是在这部作品中，斯坦贝克存在着把美国联邦政府的收容所理想化的缺陷。以上两个作家的创作以全知视角展开故事,虽然也反映了大萧条时期的社会生活,具有一定的现场感,具有情景体验性,但不像索尔·贝娄的作品那样具有角色体验性,角色体验是指作家在想象中进入其笔下人物的角色位置,置身于人物的角色情境中,从而对人物的角色心理进行把握、体验和表现的全部心理过程,索尔·贝娄的作品无论是长篇还是短制,都通过主人公在大萧条岁月中的亲身经历,为读者描绘出了这一时期城市平民生活真实的历史画卷,像隐藏了访问者的口述历史一样娓娓道来,讲述了主人公童年的经历、少年的经历、青春期的经历和成年的开始,第一人称限制视角的叙述者作为作品中的一个人物,只能了解到自己见到、听到和想到的东西,虽然也反映出一定历史时期的意识形态和公众记忆,但更多地表现出的是个人立场和情绪偏向,更具有真实性和亲切感。1941 年 5 月,他的短篇小说《两个早晨的独白》在《党派评论》杂志上发表,以"被驱赶者"的视角观察大萧条时期的美国社会,开始其文学生涯。他的长篇小说《奥吉·马奇历险记》是他确立自己创作风格的代表作品之一,也是他作品中最刻意美国化的。小说借鉴了马克·吐温的《哈克贝利·费恩历险记》的写作模式,体现出了明显的"美国气质"和"美国精神",因而一经出版就获得了作家伯纳德·马拉默德、评论家莱斯利·菲德勒和特里林的好评。但也因此,他不仅招致了许多犹太人的批评,即使一些专家学者也对他的这部作品颇有微词,萨克文·伯科维奇(Sacven Bercovitch)在其主编的《剑桥美国文学史》中就认为:"尽管对于贝娄来说,撰写这样一部以流浪汉冒险事迹为题材、思路敏捷、采用本地语言的小说是一个重大突破。该书仍是他所有作品中最有拼凑而成之嫌、最缺乏可信性的一部小说。"[1]无论是将这部作品视为流浪汉小说还是成长小说,这种论调都不免流于偏颇。贝娄曾经说过,他的新小说《奥吉·马奇历险记》就是要考察一些广阔而基本的问题,解释美国社会里的马基雅维利哲学——为达目的不择手段[2]。可以说,这部作品的最重要的意义就在于它对主人公奥吉·马奇大萧条岁月经历的描写,是索尔·贝娄从社会学的视野出发写出的一份关于大萧条的社会学调查报告,只是这份报告能够更加细致生动地为那一段灾难岁月留影存照,比起那些学术性的著作更生动形象一些罢了。他的两个短篇小说《寻找格林先

1　萨克文·伯科维奇:《剑桥美国文学史》(第七卷),孙宏译,北京:中央编译出版社,2008 年版,第 287 页。
2　周南翼:《贝娄》,成都:四川人民出版社,2003 年版,第 102 页。

生》和《记住我这件事》在描写大萧条方面同样具有深刻的社会意义。

新历史主义学者海登·怀特曾挑战活的叙事（lived narratives）观念，他认为历史话语通过赋予真实事件某种特殊意义结构——即一个属于某种特殊类别的故事（因为没有像一般叙事那样，使得某个故事仿佛能够被完全剥去惯常结构的东西）——从而情节化了它们，虽然这是历史话语的外在的建构行为，但不可否认的是在真实生活与故事之间的假定相似性中，当我们对历史事件进行回溯时，故事具有十分重要的作用。所以索尔·贝娄通过文学创作制作着他的美国历史，从 20 年代直到世纪末，从事实见出意义。而且在他的"制作历史"（making history）中，"英雄人物"、"政治领袖"或隐身或成为微不足道的配角，普通人成为历史发展中的主要角色，下面我们就让他的叙述带着我们走进美国的大萧条岁月中去游历一番吧。

1.1 美国的"福斯塔夫式背景"

"福斯塔夫式背景"是恩格斯（Friedrich Engels, 1820-1895）1895 年 5 月 18 日在致斐·拉萨尔（Ferdinand Lassalle, 1825-1864）的信函中提出来的。莎士比亚在他的剧作中通过破落骑士福斯塔夫的一系列活动，给人们呈现了上至皇室宫廷下至市井餐馆旅店、妓院等广阔的社会背景，再现了"五光十色的平民社会"，为塑造人物和展开戏剧冲突提供了广阔、生动、丰富的社会背景，恩格斯称之为"福斯塔夫式的背景"。恩格斯之所以称赞这种背景，是希望作家在广阔复杂的社会背景中塑造典型、再现生活[3]。索尔·贝娄则在他的关于大萧条的长篇小说《奥吉·马奇历险记》，短篇小说《寻找格林先生》和《记住我这件事》中通过主人公的生活历程为我们呈现了这么一副现代美国社会的"福斯塔夫式背景"。特别是《奥吉·马奇历险记》，他为我们描述的不仅仅是二十世纪上半期一个普通美国人的成长经历，也展示出一幅波澜壮阔的美国生活画卷。

从 1923 年到 1929 年，是美国资本主义发展相对稳定的阶段，在这期间，国民生产有了大幅度的提高，因此美国的 1920 年代又被称为"繁荣的年代"。面对这种繁荣局面，胡佛在 1928 年的总统竞选演说中夸口说："人类最古老的

---

3 参见张宪军、赵毅编著《简明中外文论辞典》，巴蜀书社，2015 年版，第 16 页"福斯塔夫式背景"条目。

迫切愿望之一就是消灭贫穷。所谓贫穷，我指的是营养不足、挨冻受饿、害怕失业，没有受教育的机会等等。今天的美国比世界上任何一个国家都要接近于消灭贫穷，美国已经没有任何贫民救济所。"[4]在他看来，仿佛征服贫困已经是毋庸置疑的现实，但却没有认识到潜在的危机，所以贝娄说："二十和三十年代之间，美国发生了一场变化。这变化既是经济方面的，又是人们心里想象出来的"[5]，"二十年代，美国领导人讲述的美国神话，是这个国家有史以来取得的一个最为辉煌的成功。"[6]在经济危机将要爆发前，芝加哥这个移民城市的气氛十分平静，然而大萧条来了，这种平静立即被打破，工厂瘫痪了，冒不出烟来，汽笛也销声匿迹了，银行破产了，门前排满了希望能够将存款取出来的人们，他们心存侥幸却收获失望。"包不住的私人的悲惨迅即充斥了大街小巷。抵押品赎回权的取消、住房的回收、贫民棚户区、施粥处的长龙，等等，不一而足。"[7]此刻，芝加哥往日的繁荣已经不复存在，留给人们的是冬日的蓝天、棕色的黄昏和冰冷的寒霜，一幕幕的人间悲剧开始上演，而众多的小人物在这湍急的历史洪流中无能为力地苟延残喘着。

1.1.1 二三十年代的芝加哥众生相

在奥吉·马奇的童年时期，他是不幸的，因为他们母子四人被自己的父亲抛弃了，作为家庭支柱的父亲已经不知所踪，但他又是幸福的，他有疼爱他的母亲，有哥哥弟弟的陪伴，还有一天到晚唠唠叨叨的房客劳希奶奶，她虽然觉得自己高人一等，但还是真诚为这个家庭谋划，居住在这里的邻居们也十分善良，他们当中有秃头的社会福利调查员鲁宾先生，他对这个家庭的收入情况的核实一直不那么严苛，后来弟弟乔治和母亲进福利院也都是他帮的忙。贩卖私酒的克雷道尔，他通过当实习医生的儿子考茨给马奇家打听消息，经济危机爆发后，他还让考茨在诊所药房的小卖部里给奥吉·马奇找了一份卖冷饮的工作，虽然他一心想把自己的内侄女嫁给五产，但没有成功，后来却做媒使西蒙的女朋友塞西与五产结婚，为此，得罪了西蒙，即使这样，他还是暂时安顿了

---

4 曹德谦：《美国通史演义》，北京：中国社会科学出版社，2002年版，第1171页。
5 宋兆霖主编：《索尔·贝娄全集》（第14卷），石家庄：河北教育出版社，2000年版，第27页。
6 宋兆霖主编：《索尔·贝娄全集》（第14卷），石家庄：河北教育出版社，2000年版，第30页。
7 宋兆霖主编：《索尔·贝娄全集》（第14卷），石家庄：河北教育出版社，2002年版，第31页。

无家可归的奥吉·马奇母亲。其他还有肉店老板、杂货铺店主和卖水果的小贩们，他们都同情奥吉·马奇一家的境况，尽量给予照顾。由于居住在波兰人聚居区，所以童年的奥吉·马奇对波兰移民的习俗感到十分好奇，还和爱偷东西的斯泰舒·考派克斯交上了朋友，甚至被他设下圈套，遭到一群波兰移民孩子的殴打，为此惹得母亲担心，还受到了劳希奶奶的责怪。

十二岁那年的夏天，经由劳希奶奶的牵线，奥吉·马奇受雇为赛维斯特明星电影院散发广告传单，但这个电影院的生意极为糟糕，经常性的没有观众，赛维斯特不得不将其关闭，妻子也离他而去，他本打算重新回到阿穆尔学院读完工程学学位，所以为筹措学费卖掉了自己的家具和电影放映设备，但因为离开学校太久，他对一本正经地上课已经适应不了，只好接受他人的雇佣，站在米尔沃基大街上向行人兜售商品。他原来曾设想过读完学位后就去周游世界，但这个愿望落空了，由于考试不及格，他从阿穆尔学院退学。他在经济危机时期成为一名激进的共产党人，并企图劝导西蒙也接受他的信仰。在芝加哥混不下去的他后来去了纽约，在第四十二大街的地下铁路做绘图员，因左派幼稚病被共产党组织开除，转为托洛茨基党成员。

第二年夏天，在奥吉·马奇受雇于考布林给订户送报时，考布林的妻子安娜表姨深表同情地对奥吉说："我会像对待自己的孩子一样待你的，"甚至打算让他成为自己的女婿。她虽然整天叫穷，舍不得在自己身上多花钱，却给奥吉买了一双冬天穿的长筒靴和一把大折刀。她是一个爱记仇的女人，由于儿子霍华德被殡仪馆老板的儿子乔·金斯曼拉走参军，她把金斯曼一家看成是丧门星，上街买东西时，宁愿绕弯多走好多路，也要避开金斯曼家的殡仪馆。她的厨房脏得要命，每个星期五的下午才拖一次地板，但她能够准时为男人们开出三顿饭，督促女儿弗丽德练琴和朗诵。当考布林不能亲自处理生意时，她就得核对收来的钱以及处理新的订单。而她哥哥五产，那个臂长背驼的高个子曾经参加过第一世界大战，把一车车的俄军和德军的尸体运到波兰农场埋掉，现在他开着一辆送牛奶车，每天把牛奶送到那些波兰移民的小食品杂货店后，就和这些老板自在的打闹着开玩笑，这个外表粗壮的汉子内心是十分精明的，靠着自己的努力，他在银行里有存款，牛奶场里有股份。而考布林先生则是一个自有主张的人，虽然外表看上去十分温顺，但他做事容不得别人干涉。他一心扑在生意上，不赶时髦，晚上早早入睡，以免耽误第二天早上四点钟开始送报。他没有不良嗜好，炒股票是为了做买卖，玩扑克，但输钱决不超过口袋中的零钱。经济危机爆发后，考布林的送报生意也受到了影响，只有一条线路保持下来，让他不至于沦落到赤贫的境地。

被伍尔沃思百货商场辞掉后，奥吉·马奇在和吉米·克莱恩一起找工作时，结识了他的家人。吉米的母亲身宽体胖，整天无忧无虑，像个教皇似的，乐于对人迁就和宽容。他的四个兄弟和三个姐姐中，两个人离了婚，一个姐姐成了寡妇。而他那个还没有结婚的姐姐艾丽诺虽然长得有些胖，患有风湿和妇女病，脸色苍白，但心地十分仁慈，待奥吉很好。她患病之前，曾在城北一家肥皂厂的包装车间干活，生病以后则在家陪伴妈妈，做一些能打发时间的事情，越来越深地陷入一个久坐少动的女人心境中，经济危机爆发后，她离开家投奔墨西哥的亲戚，希望破灭后重返芝加哥，到生产棒棒糖的扎罗皮克工厂上班。在克莱恩的劝诱下，奥吉常在应该上课的时候逃学去闹市区，或做生意、或逛街、或听歌看演出。克莱恩家人似乎需要很多东西，这些东西他们全用分期付款购买。而分期付款这种预支购买力的方式则是使20年代末美国垄断资本主义社会的基本矛盾尖锐化，刺激经济危机爆发的原因之一。经济危机造成的全面性的失业极大地打击了克莱恩一家，汤米失去了市政厅的工作，克莱恩要赶很多的活，晚上还要学簿记，结婚后在卡森百货公司做暗探，并在奥吉到该公司书籍部偷书筹钱以拯救咪咪的生命时救他脱险。克莱恩的舅舅丹波和克莱恩的家人一样，花钱大手大脚，他是所在选区共和党政治圈里的大红人，并由此取得部分利益，有时候他经营售卖无人招领的失物或破产者抵押商品的生意，而他的几个儿子又都不愿意给他干活，于是，赛维斯特、奥吉·马奇和吉米·克莱恩就成了他的雇员。他的儿子克莱姆·丹波非常看不起学校，也不去工作，把尽可能多的时间用来躲在床上读影视新闻，看刊登有赛马消息的杂志，渐渐变成了一个十足的懒汉，在丹波去世后，克莱姆继承了他的部分遗产，注册了大学心理系，可是却像个付学费的游客一样经常逃课去赌博，他经常到奥吉那里闲坐聊天，为的是追求和奥吉租住同一幢房子的咪咪。

中学三年级时，奥吉·马奇第一次开始为艾洪充当助手，这时经济危机的脚步已经越来越近了。艾洪的弟弟丁巴特个子矮小，粗野好斗，脾气十分倔强，经常与人打架，可他并不是一个做生意的好手，而他想要证明自己能力的努力一次又一次地以失败而告终。相对于丁巴特的健康，艾洪的两腿完全丧失功能，只有两手还能活动，但也无力驾驶轮椅，但他记忆力好，办事有条不紊，每一件事都要做得地道，他虽然身体残疾，但精力充沛，不仅有他父亲那种凌驾一切的权力，而且还有政治家的风度，精明的手腕，帕西人的头脑，高深莫测的密谋本领和教皇亚历山大六世那种藐视习俗的态度。就是这样一个精明的人也逃脱不了经济危机的打击，受到严重损失，家财几乎丧失一空，只保留下了属于他弟弟名下的台球厅，并以此为基础，逐步东山再起，然而属于他的辉煌时代却再也不复存在了。而他的太太蒂莉尽管完全不了解他，却十分崇拜他、顺从他，按照他的吩咐东奔西走，做这样或那样的事情。在艾洪破产后，她积极有为地对付生活上发生的变化，一天到晚地坐在台球厅的便餐柜台旁烧菜、煎蛋饼、煮咖啡，后来还忍受着艾洪把另一个女人米德丽德搅和进来，三个人在一起生活，毫无怨言。他们的儿子阿瑟在大学里学的是文学，根本帮不上家里什么忙，经济危机爆发时，他还没有毕业，后来毕业了，却不告知家人就在外地结婚生子，因患病回到芝加哥后，爱上了女工咪咪，他一直拖着不去工作，希望花时间去写一本伟大的著作。

在埃文斯敦[8]推销奢侈品时，奥吉·马奇被伦林先生看中，成为其鞍具店的实习店员。由于上手很快，得到伦林太太的青睐，她不仅要奥吉成为一个好的骑手，还鼓励他报考西北大学的晚间课程，想要把他塑造的十全十美。身材矮小的伦林太太出生于卢森堡，对于自己和贵族世家有亲戚关系深以为荣，她与各地的贵族妇女书信往还，还和一个与德国皇室有关系的妇女交换烹饪法，这是因为她很擅长烹调食物，她主办的晚宴十分出名，除在家宴请朋友外，她有时还在别的地方请与她交往的那些夫人太太们吃饭，兴之所致，什么都拦不住打不断。她的精力比其他任何人都充沛，只要高兴，她会给你烧饭，指点你，教导你，和你打麻将，但在麻将晚会上，她对其他人关于佣人、失业和政府等的言语完全听不进去，观点十分专断。伦林先生则是个冷漠圆滑的人，虽然他在生意场上是个个性突出的高手，但在这种场合，即使他太太的看法有失偏颇，他也不予打断，以维护她的领导权。他是一个爱啃硬骨头的人，喜欢本领高强的人，喜欢打破困难和阻力，他崇拜耐力，凡是关于耐力和体力奇迹的表演，比如拳击、长期的自行车赛、跳舞马拉松、绝食比赛等，不论多远，他都要开车去看个够。伦林夫人精心塑造奥吉·马奇是有着自己的小算盘的，她打算收养奥吉，使之成为自己家庭的一员，所以听闻别人说奥吉和女招待威拉搞在一起后，就直白地劝他打消这个荒唐的念头，为此不惜带他去本顿港度假以

8　埃文斯顿位于伊利诺伊州东北部，是芝加哥的卫星城，在密歇根湖畔，芝加哥北24公里处。

把两人分开来。在收养奥吉·马奇的事情上，伦林太太和伦林先生达成一致意见，然而他们却没有想到奥吉会拒绝这个成为富人的机会，威胁恐吓都没有使他妥协退让。

在芝加哥期间，除了上面提到的弗丽德和艾丽诺外，和奥吉·马奇接触时间较长并产生了纠葛的还有几个女孩子，她们分别是西亚·芬彻尔、咪咪·维拉斯、露西·麦格纳斯。西亚·芬彻尔是奥吉·马奇在本顿港度假期间结识的，他本来喜欢上她的妹妹，却被无情地拒绝了，而西亚本人反而喜欢上了年轻帅气的奥吉，由于后来奥吉拒绝了伦林夫妇的收养建议，两人分属于不同的阶层，就断了联系，在这期间西亚也结了婚，然而她过得并不幸福，所以，在几年后奥吉从事工会工作时，她又闯入他的生活，找到了租住在芝加哥南区的奥吉·马奇，并带着他离开芝加哥去往墨西哥，因为这时她还没有离婚，她要在去墨西哥离婚之前让她那个富豪丈夫大大地破费一番。但是对奥吉·马奇来说，他只不过是她婚姻不顺利的替代品，出于对妹妹埃丝特的嫉妒，她与埃丝特同时结婚，婚后又不满意那个秃头老男人，这时她又想起了那个曾经对她妹妹单恋型痴心爱慕的帅小子奥吉。充满嫉妒、任性惯了的她固执己见、刚愎自用，一直是想要什么就有什么，所以奥吉·马奇就成了她的捕获物，陪着她到墨西哥冒险，然而两个个性非常强的人是很难生活在一起的，尽管奥吉已经十分忍让了，可是一旦稍有不顺，西亚乖僻的性情就大为发作，特别是在奥吉救了斯泰拉之后，矛盾已经不可调和，最后只得以分手告终。咪咪·维拉斯是和奥吉一起租住在南区那幢房子里的女工，她性格开朗、大大咧咧，她来自洛杉矶，原本在芝加哥念书，由于在格林厅的休息室有越轨行为被学校开除，她有一个做政治学专业助教的研究生情人胡克·弗雷泽，然而这个气度不凡的家伙并不是咪咪可以托付终生的人，弗雷泽已经结婚了，在咪咪怀孕后他也未能离婚和她在一起，使咪咪不得不跑到私人诊所去堕胎，结果没有成功，不得已第二次到医院做手术，出院后又发生了大出血的情况，再次被奥吉送往医院，因而被同是租户的凯约散布流言，致使奥吉·马奇与露西·麦格纳斯的婚事告吹。恢复健康后的咪咪不再与弗雷泽来往，而是结识了阿瑟，对于有知识的人的看重一直是咪咪的一个心结，所以她在阿瑟既没有钱又患病的情况下，对他悉心照顾。露西·麦格纳斯是在西蒙带奥吉去参加麦格纳斯家人的聚会时看上他的，当时她被奥吉的容貌和气质所吸引，西蒙和夏洛特也从旁帮忙想要促成这两个年轻人的婚事。他们订婚后，奥吉·马奇白天在西蒙的煤场干活，夜间就陪露西周旋于各种舞会和晚宴的场所中，然而，由于奥吉热心帮助咪咪，被人误解，谣言传到麦格纳斯家时，露西的父母坚决要求她与奥吉断绝关系，否则，她将不会得到一个子的金钱。面对亲情和金钱的双重压力，露西选择了放弃。这些人都是奥吉·马奇生命过程中的过客，有的是情人，有的是朋友，还有的从未婚妻变成了陌生人。

当然了，在二三十年代大萧条前后的芝加哥，奥吉·马奇的生活中还有更多的人出现过，但他们都是以配角的形式出现的，是奥吉·马奇生命中的匆匆过客，对他的影响不是很大，他们自身的经历反映时代风云的内容也微乎其微，因此在此不做详细的叙述，但不能否认的是，他们也是时代大潮的一滴水花。

1.1.2　大萧条时期黑人聚居区场景

在美国社会发展过程中，黑人既是个局外人，又是早期来到美国的移民，他们经历过数百年的被歧视、被剥削和被殴打的命运。在二十世纪上半叶，白人遗弃的城区中黑人聚居区仍然存在，大萧条岁月里种族歧视造成失业的黑人和白人之间存在着令人痛心的差距，所以白人与黑人之间很难顺利沟通。在《寻找格林先生》中，白人青年乔治·格里布是在十一月底感恩节前一个寒气袭人、烈风吹刮的日子里，开始其在芝加哥市格罗夫村和阿希兰之间的这个残破的黑人居住区送救济金支票的工作的。

为了找到那位图弗利·格林先生，他按照登记簿上的地址首先找到了黑人聚集区一幢楼房，这幢楼房一边是踩得乱七八糟的冻硬的空地，一边是堆废旧汽车的场子，再过去是一眼望不到头的市内高架火车的架子工程，周围到处燃烧着一堆堆的垃圾。格里布通过水泥阶梯下到地下室中，一扇门接一扇门地敲门以打听格林先生的住处，当终于有一扇门被推开时，他发现自己却是在锅炉房当中，站在他面前的是一个络腮胡子、背有些驼的矮个子男子——锅炉工，他的黑衬衫和当作围裙系在腰上的麻袋散发着汗水味和煤灰的臭味，面对格里布的问询，他说因为有四幢楼房需要照料，并且房客换的频繁，每天都会有人搬进来搬出去，所以他不可能认识生活在这一区域的每一个房客。在地下室锅炉房中没有打听到自己需要的消息，格里布不得不爬上地面继续自己的找寻之旅，在寒冷和暮色中上到三楼过道时，寒气比街道上还袭人，冷的有些彻骨。过道的厕所里马桶像泉水一样向外涌。他在黑暗擦了一根火柴，在墙上胡涂乱抹的字迹中寻找姓名和门牌号，当他敲响过道后面的一个角落里的一扇门时，一个像孩子似的年轻黑人女子把门开了一条缝，她冻得直打哆嗦，对于格里布的问询，她神情冷漠，只是回答自己上星期才租了这间屋子，所以帮不上什么忙。和她道过谢之后，格里布便去其他地方试着找一找，这次让他进了门的屋子十分暖和，里面有十多个人也许二十多个，男人和女人们穿得都十分臃肿，屋里有床铺和被褥，发黑的炉灶、钢琴以及上面堆的快到天花板的报纸，一张芝加哥繁华时代才能见到的老式餐桌，这些繁华时代的用品显然对这些扎堆在这个房间的黑人没有什么用处，他们这群人只不过是将这里当作临时的栖身之所，也许明天他们为了温饱就会离开这里踏上流浪的路程。在这儿，他虽然受到了笑脸相迎，但他的工作仍然没有什么进展，因为这屋子里的人从来没有听说这个叫格林的人，但他们还是向他提供了这所房子的管理公司——格里特哈姆公司。

当他再次走上街头的时候，空中飘起了雪花，他穿过马路进了地下室里的一家杂货铺。店主是个意大利人，正将手插在围裙里取暖，他很健谈，情绪激动，表示自己不认识格林，警察也不知道，多半也不在乎，即使有人被枪杀或捅死，他们也只是将尸体搬走，也不找杀人凶手，事情就此了结，他们就是想要把事情弄个水落石出，也办不到。所以有些人就杀人、偷东西，为所欲为，什么坏事都干得出来。格里布打心底里认为他的话有些荒诞离奇，店主却坚持说自己在这个地方已经住了六年了，他所说的情况是真实的。这个白人杂货铺店主也许有夸大其词的地方和看不起黑人的种族优越感，但不可否认的是美国黑人区的犯罪率一直高发，特别是在大萧条时期，酗酒、偷窃、斗殴、凶杀、卖淫等犯罪情况变得日益严重起来，"在三十年代，每个人都是罪犯，真是该死！你总得活下去。从晾衣绳上偷衣服，从后门廊偷牛奶，偷面包……你从别人那里抢东西，你不得不这么干。"[9]

由于时间紧张，格里布将格林的支票放在了后面，开始寻找名单上的下一个人温斯顿·菲尔德，他很快就找到了后院的一所平房。通过院子里篱笆旁一条比街面低的多的木板便道，一个小男孩将他领进厨房，温斯顿·菲尔德坐在桌旁的轮椅上，这是一个认真的老人，当格里布将支票掏出来时，他将自己的证件——社会保险卡、救济证、州立医院的信件，海军退役证明等全部摆出来，

---

9 斯特兹·特克尔：《艰难时代》，王小娥译，北京：中信出版社，2016年版，第XV页。

他的神情仿佛为自己的过去而自豪。由于没有人和他说话而憋的慌，他向格里布说起了自己小孙子在煤厂买到的煤质量不好，当格里布答应将情况报告上去，看看有什么办法可想时，老人认为是不会有什么办法的，头痛医头，脚痛医脚是不行的，惟一可行的办法是有钱，黑人一定要有自己的有钱人。他谈起了通过认捐的办法每月在黑人中制造一个百万富翁，而这个制造出来的富翁要签一个合同，保证将这些钱用在兴办黑人做工的企业上。谈话时老人仿佛神话里的地下国王米诺斯一样，但他的愿望能实现吗？

在经过院子往回走时，他看到有人在棚子里小心翼翼地护着一支蜡烛，另一个人卸一辆婴儿车上的劈柴，两人在热烈地交谈着。当他来到人行道上，他看到了不远处的河面上和工厂顶上几百英尺高的空中高压线架上的像针眼一样小的红灯，在微弱的灯光照射下，四处充满着荒凉感。想到还有六张支票没有送出，他又开始在几个黑漆漆的街区奔走着，空地、待拆的房子、旧的基地、关闭的学校、黑暗的教堂、土墩，他意识到原来经济繁荣时期人口的增加使这个地方人为地发展起来，而由于经济危机的爆发，庞大的人口流失又使它垮了下来。丑恶、痛苦与苦难是此时芝加哥南区这个黑人居住区呈现出的生存状态。

紧接着，他到了二楼找到了一扇门就开始打听，应门的男人将门打开了一道缝，光线里满是烟雾，空气中充满了猪油烧糊了的味道。格里布将支票挪到亮处给这个男人看，对方的答复却是从来没有见到过这个名字。当格里布问起是否有人使用拐棍时，那个人想了片刻，说自己偶尔在楼下看到过一个驼背的小老头，有可能是他要找的人，但具体到楼下那个房间就不清楚了。但一楼没有任何人应门，他在过道的尽头找到了一条通往院子里的出口，院子里小巷附近有一所平房的窗帘里透出一线灯光，破旧的邮箱卡片上写着格林的名字。他兴高采烈地按响门铃，门打开后，一个女人跌跌撞撞地摸索着走下来，她全身一丝不挂，喝醉了酒，一边走下阶梯，一边自言自语，格里布想要将支票交到格林本人手里，但这个醉酒的女人纠缠不清。想到格林也有可能喝醉了，全身赤裸，他不忍心再让那个醉酒的女人暴露在寒风中，让她替格林签收了支票。

对于《寻找格林先生》这一短篇小说的主题，众说纷纭，有人根据作者的题记"凡你手当做的事，要尽力去做……"，将它归结为对上帝的寻找，还有些人根据小说中三楼楼道里的胡乱涂鸦，将作品的意义指向人类学。其实，作者在这里要表明的是，格里布考虑到自己在大萧条期间找一份像样的工作实在不容易,因此希望把它做好,以免自己沦落在再次失业的境地,为了做好工作,所以他才和区救济站的其他人不一样,不嫌工作辛苦劳累。其次是真心体谅被救济者,考虑到救济对象在这个艰难时期一定着急等钱花,所以他才坚持要把支票送到格林先生手上,而不是放弃寻找,把支票放在救济站,等待格林本人上门来领取。

1.1.3 中产阶级的破产

二十世纪后期中产阶级构成了美国政治上所谓的"有理性的大多数",他们生活有节制,信仰坚定,行为不失检点,同时保持着自己独特的个性。但在大萧条时期的二三十年代,中产阶级还是占较小比例的,面对经济大崩溃,陷入困境中的他们和普通人一样为了生存而花样百出,施展各种手段以使自己度过难关。对于奥吉·马奇来说,艾洪虽然是个残疾人,两腿完全丧失能力,经常需要有人在身边,但他是自己所认识的第一个伟人,他极有头脑,掌握着许多事业,不但有真正的指挥能力,而且还颇具哲学才能。他记忆力极好,看新闻十分仔细,感兴趣的事还专门存档,办事有条不紊。在穿戴上也尽显豪华:高档丝袜、银行家穿的那种裤子,"顺风牌"的皮鞋,印有哥特体自己姓名的皮带等。作为这一地区最大的地产经纪人,艾洪家拥有和控制着许多产业,其中包括他家住的那幢有四十套公寓房的大楼。当然这些产业大多是他的父亲老艾洪挣得的,但作为家庭继承人之一的艾洪也显示了他的精明之处,他的脑袋瓜子能别出心裁地干出许多让人惊叹的事情,他的疾病并没有使他的才能丧失,反而使他比许多正常人更有才能。

艾洪敛财的手段之一就是在许许多多的小骗局中搞花样,例如订购不打算付钱的各种试用品——打印机、小瓶丁香香水、亚麻布香粉袋、在水里会展开的日本纸玫瑰以及星期增刊最后几页上做广告的各种东西,他会让人用假名写信去订购,而以后收到的催款信则一丢了之,他认为那些人早已把这些损失算进定价之中了。凡是免费赠送的东西,他都写信去索取,这些免费的东西包括食品、肥皂和药品的试用品,各种各样的商业宣传品,美国人种局的报告书,史密森学会和夏威夷毕晓普博物馆的出版物,美国国会记录,国家法律条文的小册子,新出版的图书简介,美国大学概况一览表,蒙人的保健书籍,长寿术,饮食手册,瑜伽修行、降神招鬼和反对活体解剖的小册子等。他必须对一切事物都有所了解,而且所有这些资料他都妥为保存。有些资料绝版后,他便将它们卖给书店或图书馆，有的盖上艾洪的印记转寄给自己的客户以示友好。为了解决太太想要一套新家具的问题，他故意让家中失火，烧毁起居室，然后向保险公司索赔。

艾洪敛财的第二个手段就是充分利用自己瘫痪的机会。他从卖轮椅、撑拐、矫正架和其他残疾人用品的店家那里收购购物人的名单，按名单邮寄他编写的《困居者》油印报纸，靠这拉到了很多保险业务，因为他在自己的姓名后面注有"街坊保险经纪人"的头衔，而且《困居者》出版费则是由各家保险公司支付的。他对那些大机构的负责人摆出一幅要人的架势，千方百计地耍花招让各家保险公司作竞争性投标以提高他的佣金。让艾洪引以自豪的是，他和别人一样善于利用机器时代所提供的方法，而不是让自己关在一个小屋子中，木乃伊似的任人摆布，或靠别人帮助在教堂门前乞讨为生，活的像个僵尸似的，时时刻刻担心自己死去之前要受到的各种活罪，"要是换一个人，像我一样，也许早就完蛋了……我连活动都不自如，不灵活。你可以说，像我这样一个人，应该乖乖地躺下来撒手人间，可是如今我反而在主持大买卖，"[10]他意识到人不能悲观厌世，做一个要吃要喝的酒囊饭袋，所以他不甘心于自己是个残疾人，用最小的代价甚至不用付出任何代价就取得了最大的利益。

在他父亲奄奄一息的日子里，艾洪停止了他的那些旧的生财计划，开始忙着做生意，他事事都要抢占上风，按照老父亲的日程表完成交易和开展业务，在郊区买地皮、开杂货店和人谈判合伙或拆伙的事，从急需头寸的人那里低价买进二次抵押，向一直和他父亲称兄道弟的水管、暖气或油漆承包商们收取佣金，即使得罪人也不在乎。对于要执行的协议，不拖到宽限期的最后一天，他决不付款。然而在老头子去世后不久，经济全面大萧条的寒流就袭来了，许多被这场危机严重波及的人在芝加哥和纽约的摩天大楼上纵身一跃结束了自己的生命。艾洪也成为最先垮台的人之一，一部分是由于他父亲生前借钱给人的办法不当，一部分是他自己经营不善。由于股票市场的崩溃。他成千上万的钱财，都在发行额超过实际价值而又连续投机的英萨尔公用事业股票上亏的一干二净。他又把自己、弟弟丁巴特和儿子阿瑟继承的遗产，统统投入了那最后也没有能保住的建筑业，结果只剩下新辟区和机场附近的几块荒芜的空地，有几块还要因为付税而脱手。他自己居住的那幢大楼，本是老艾洪在生前花费十

---

10 宋兆霖主编：《索尔·贝娄全集》（第 1 卷），石家庄：河北教育出版社，2002 年版，第 108 页。

万现金建起来的，也因店铺关门，楼上的房客不付房租，他停止了暖气供应，被人告到法院，官司打输了，还得付诉讼费，引进雨衣厂却违反了市政府的消防和分区法，在拆卸机器的过程中和厂商产生纠纷，又被告上法庭而败诉，最终连整幢大楼都输掉了，他不得不去经营那个硕果仅存的台球房，这时，四周凝结着机器停开后浓重的沉寂，空旷而又凄凉。

但是经济大萧条也使得艾洪有所改变，在他父亲还活着的时候，由于受到身体条件的限制，以他的年龄来说，他还不够老练，并且在某些方面上也欠成熟。现在，面对忧患，他不能再优柔软弱，而是表现出了其硬实坚强的一面，摆脱了昔日的繁华生活和别人的呵护照顾，凭着自己的小聪明，他在大萧条的岁月中顽强地生存了下来，没有步那些自杀以求解脱者的后尘。"股票市场的大崩溃，等于是艾洪的居鲁士大帝，银行倒闭是他的火刑柴堆，台球房是他被逐出吕底亚的流放地，"[11]在这个流放地，陷入破产境地的艾洪勇敢地面对现实，在短时间内迅速成长起来，并逐步改变着自己的命运。

1.1.4 失业、流浪与反抗斗争

1929 开始的经济危机对美国经济的破坏和美国民众所遭受的经济灾难是空前绝后的。在大萧条期间，大量的失业和在业工人工资的严重下降，使全美有 3400 万工人失去任何收入，他们难以糊口，因此不少人靠吃野草或从垃圾箱里寻找腐烂的食物，"我看见有 50 来个大人和小孩，在为一桶垃圾而争吵，这是一个餐馆后门的一个垃圾桶。我们美国人已像饿狗似的为挣食而打架了。"[12]许多人失去了工作、失去了存款、失去了房子，大量的无家可归者流落街头，在饿死的边缘徘徊着，长期的营养不良使他们很容易感染疾病，不知道什么时候就丧失生命。连吃的问题尚且不能很好解决，穿和住更无从保证，靠失业救济维持生存的家庭成员常常是衣衫褴褛。由于交不起房租，几乎每天都有许多新增加的人流落街头，寄身墙角、废弃的破汽车里、桥洞中、下水道管道里，一到冬日，可谓是饥寒交迫。

"没错，在市政厅和华盛顿都有饥饿游行和示威，但当数百万人拿到解雇通知书时，内心是觉得羞愧的……于是，父子背离，正在找工作的母亲一言不

---

11 宋兆霖主编：《索尔·贝娄全集》（第 1 卷），石家庄：河北教育出版社，2002 年版，第 152 页。

12 曹德谦：《美国通史演义》，北京：中国社会科学出版社，2002 年版，第 1173 页。

发。"[13]经济危机把许多人抛入失业大军的队伍中，有许多人昨天还在工作，今天就不得不为生计而流落街头，许多焦虑的人们排队等待着临时的工作机会，等待着一碗汤或一块隔日的旧面包。或许是看惯了大量失业的情况的存在，所以《记住我这件事》的主人公——在1932年还是高中生的路易就认为："职业对我没有用，一点用处都没有，在慈善机关门口排队讨汤喝的穷人中也找得到会计师或工程师。在这个世界性萧条年代，职业一无用处。"[14]有一个稳定的职业对当时的人们来说无疑是一种奢望，许多人为谋生被迫去从事自己不喜欢的工作，而能找到赖以糊口的工作是很不容易的，对于个人来说，失业最糟糕的副作用是反复被拒绝，还加上随之而来的屈辱和失败的压力。《寻找格林先生》中的格里布曾在一九二六至一九二七年间担任过芝加哥大学古典语言研究员，但在经济危机期间却失去了相对固定的工作，为生存却不得不去卖窗帘、卖鞋子、在地下室卖罐头肉，等了一年时间，他才通过市政厅顾问办公室一个老同学的门路谋得了区救济站的工作。"他想做好工作，仅仅是为了做好工作，像样地完成自己的任务而已，因为他很少有机会找到一个需要花费这种精力的工作。"[15]而那些失业的人则从一个城镇流浪到下一个城镇，"公路上却走着这班流浪汉。在他们心目中，没有耶路撒冷或基辅之类的神圣目的地，没有圣徒遗像要亲吻，也不想赎除自己的罪孽，只希望到下个城镇运气也许要好一些。"[16]另外一些人则偷扒货物列车流浪各地，"这是一节加工的运牲口车厢，顶上有宽阔的红色木板。车头的慢行钟左右摇摆着。跟我在一起的人很多，这是铁路线上一群蓬头垢面、不买票乘白车的旅客。我感到牲口在碰撞厢板，而且还饱闻了它们散发出的气味。"[17]而这些流浪的人群在途中也不可能得到很好的休息，只要有个容身的地方就可以成为栖身之所，

在铁路的岔道上，我们发现了一些淘汰多年不用的旧棚车，腐

---

13 斯特兹·特克尔：《艰难时代》，王小娥译，中信出版社，2016年版，第 XXV 页。

14 宋兆霖主编：《索尔·贝娄全集》（第12卷），石家庄：河北教育出版社，2002年版，第271页。

15 宋兆霖主编：《索尔·贝娄全集》（第10卷），石家庄：河北教育出版社，2002年版，第228页。

16 宋兆霖主编：《索尔·贝娄全集》（第1卷），石家庄：河北教育出版社，2002年版，第230页。

17 宋兆霖主编：《索尔·贝娄全集》（第1卷），石家庄：河北教育出版社，2002年版，第231页。

烂鼓胀，里面尽是些旧报纸和干草，一只破烂的旧铁桶臭气熏天，里面的废弃物只能招引老鼠，车壁上蒙一层白乎乎的东西，不知道是泥灰还是霉菌。我们就在垃圾中间躺了下来……开始车厢里很空，可是人不断进来，直到深夜，还有人推开车门，在我们身上跨来跨去，商量着哪儿还能睡人……真是个倒霉的夜晚——雨点先是敲打着车厢的一边，后来又敲打着另一边，就像有人在钉一只箱子或鸟笼……我的心像一个球似地堵满我的胸膛，它大得我胸中再也无法容纳，倒不是出于厌恶，我得说我一点也没有感到厌恶，我所感到的是人们普遍的痛苦和悲惨。[18]

然而，流浪者在哪个地方都是不受欢迎的，他们被怀疑，受到拘捕、被关进拥挤的牢房中，即使解除了嫌疑，仍然要被驱逐，警察大声对他们吼叫着："滚出城去。昨天晚上我们给了你们一个过夜的地方，可下次就要定你们流浪罪了。"[19]到 1933 年，全美的流浪者达一百万人，所以，这样的情景在大萧条期间的美国各地每天都在上演着。

在《奥吉·马奇历险记》中，戈曼怂恿马奇和自己一起从加拿大贩运移民入境，两人驾车行驶至布法罗市附近的一个加油站加油时引起警察的怀疑，不得不分头从乡间小路上逃走。在市镇上附近的公路上，奥吉·马奇遇到了黑压压的一大群人，他们属于一个失业者组织，人群中有许多退伍军人，他们爬上一辆辆的老旧的插满旗帜和标语的卡车，正在集合起来打算去和布法罗的队伍会合，准备向奥尔巴尼或华盛顿进军。这就是发生在 1932 年夏天的全国性反饥饿运动中的退伍军人运动，在大萧条期间，许多退伍军人失业，而按照 1924 年联邦国会通过的《退伍费法案》，规定每位退伍军人按照服役天数取得服役证书，退伍费在二十年内付清。那种"认为没有饥饿、无人饿死，而且将来也不会有人挨饿的任何想法，都是十分荒唐的。目前，实际上已经有成千上万的人在挨饿……他们衣不蔽体、缺乏燃料、没有营养，时刻有死去的危险，而且许多人处于垂死状态。"[20]面对生存的困境和饥饿的威胁，退伍军人们要求政府立即支付全部退伍费，在退伍军人同盟美共领导人詹姆斯·福特和伊曼

---

18 宋兆霖主编：《索尔·贝娄全集》（第 1 卷），石家庄：河北教育出版社，2002 年版，第 233-234 页。

19 宋兆霖主编：《索尔·贝娄全集》（第 1 卷），石家庄：河北教育出版社，2002 年版，第 242 页。

20 David Shannon: *Great Depression*, New Jersey: Prentice Hall, 1960, p.29.

纽尔·莱文的领导下，22000 名退伍军人于 1932 年 6 月 7 日在华盛顿会合，要求国会通过年初众议员帕特曼提出的立即支付退伍费的法案。虽然众议院于 6 月 15 日通过了这一法案，但 6 月 17 日却遭到参议院的否决。而时任美国总统的胡佛做出了镇压退伍军人的决定，于 7 月 28 日，由警察总监格拉斯福德率领警察，道格拉斯·麦克阿瑟将军率领军队驱赶退伍军人及其家属，并纵火焚毁了他们的宿营地。这些举着标语的示威群众，在骑马警察高举的警棍和军队的黑洞洞的枪口下畏缩着、败退着。在《奥吉·马奇历险记》中对于这次运动仅在开始时留下了匆匆掠影，这是因为受到作品描写对象的限制，所以不可能抛开主线去详细叙述这次运动的始末，但它却也真实纪录了当时反饥饿斗争中的真实画面。

由于大量失业后备军的存在，仍在经营着的雇主们开始有恃无恐地消减在业工人的工资，把危机转嫁给在业的工人，或者辞退高工资的雇员，雇佣低工资的失业者代替他们。因此，这一期间罢工的主要目的在于反对削减工资，是防御性的，而那些美国在业工人大多数害怕失去工作而没有响应罢工的号召，所以大规模罢工在罢工总数中的比例大大下降，大多数罢工发生在小公司的企业中，在这一时期的罢工斗争中，纺织工人和矿工站在了罢工运动的前列。由于企业主掌握着雇员的命运，致使许多罢工以失败而收场。而美国劳工联合会大搞阶级调和，排斥非熟练工和实行种族歧视，在经济危机开始时，其领导人应胡佛总统之约在白宫会晤，保证同雇主合作，不提出增加工资的要求和不举行罢工，对雇主妥协，对工人阶级进行叛卖，也使得身为劳联会员的工人们在斗争的一开始就处于失败的地位，而他们的这种叛卖行径得到了刚刚兴起的产业工人联合会的强烈反对，产联积极投身于工人运动，在工人运动的低潮期为维护工人的权利努力进行斗争。

结束了在公共事业振兴署的工作后，奥吉经由同为租户的咪咪·维拉斯介绍，参加到新兴的产业工人联合运动中来，结识了产联基层工会的组织者格兰米克。这时正值汽车和轮胎工业声势浩大的罢工斗争爆发时，正如他所见到的一样，人们都争先恐后地踊跃加入工会，这种迫切的情绪几乎可以说是出于本性，由于意识到他们自己的意愿才起来罢工和抗争，目的在于争取正义和公道。人们纷至沓来，要求立即采取行动，来的有满手伤痕的老厨工、印第安人、在旅馆工作的希腊人和黑人女服务员、勤杂工、看门人、衣帽间职工、女招待，以及管道工、仓库管理员、锅炉工、维修工、快餐店职员，以及手持早期世界产业工人联合会[21]工会会员证者，东欧移民妇女等等，其中旅馆业的工人要求十分强烈，认为算账的时刻已经到了，"狗娘养的东西！那班家伙！我们这就等着收拾他们。"[22]但由于产联工会的人手不够，所以只好让他们先填好意见卡，准备好他们的要求和申诉意见。并且由于餐饮业工人是由美国劳工联合会[23]代表的，从法律上来讲，其他工会不得插手，这涉及到双重工会问题，虽然劳联在其章程中也曾提出"在所有文明世界的各国中，在各国的压迫者与被压迫者之间一直存在着一种斗争，这就是资本家与劳动者之间的斗争，这种斗争年复一年的加剧，如果劳动者不能为相互的保护和相互的福利而团结起来，上述斗争势将产生对千百万劳工极为不利的灾难性后果，"[24]但他们一直不鼓励采取激进的态度争取工人的权利，有时甚至出卖工人的利益。指望他们，餐饮业工人显然是毫无希望的。为此，奥吉只能寄希望于诺桑伯兰德饭店大多数雇员加入产业联合会后的改选，但这种希望最后化成泡影，劳联雇佣的打手们在奥吉给女工发放登记卡时对他大打出手，使得他不得不匆匆逃离。与之相对照的则是此前他们领导的南芝加哥的一家纱布绷带厂的罢工斗争的成功，由于格兰米克早期就在这个满是煤烟、歹徒横行的小镇上进行了积极有效的工作，所以经过一夜的忙碌，第二天早上万事俱备，工人们要求的条件拟定完毕，十一点钟开始谈判，当晚就取得了罢工的胜利。

大萧条来临之时，无论是普通民众，还是中产阶级，都无可避免地受到了

---

21 世界产业工人联合会（简称世界产联）是美国工人运动史上一个激进的富于战斗性的组织，后来又演变为典型的无政府工团主义工会。它1905年成立于芝加哥，是从美国劳工联合会分裂出来的，决心团结一切可以团结的力量，特别是最贫穷的美国工人。它把一个企业的雇工不分技术都组织在一起，并采取罢工的方式来达到目的。但是产联运动中经常出现暴力。产联从创立以来一直遭到资方、政府的镇压，受到传统的、保守的中产阶级的排斥，第一次世界大战后逐渐衰落，虽然名义上还存在，但对美国社会和工人运动已没有任何实际影响。

22 宋兆霖主编：《索尔·贝娄全集》（第2卷），石家庄：河北教育出版社，2002年版，第399页。

23 1881年成立的美国劳工联合会是一个影响较大的劳工团体。它是一个按照行业组织起来的技术工人的各个工会的松散联盟。由于第一任主席塞缪尔·龚珀斯非凡的组织才能和长达40年之久的领导，劳联吸收了许多会员。到十九世纪末二十世纪初，劳联已经拥有数百万会员。其主要目标就是继续要求八小时工作日制度，因此在工人运动中一直持非激进立场，劳联的基本路线是，劳工们迫切希望早日加入中产阶级行列，在现行制度下改善自己的经济状况。

24 曹德谦：《美国通史演义》（第四卷），北京：中国社会科学出版社，2002年版，第1619页。

波及。席卷全美的经济危机使一部分人走上了绝路，但大多数人还是勇敢地生活下来，虽然要经受苦难，但只要存有希望，他们都挣扎着、努力着、斗争着，挺过了难捱的漫长岁月。

1.2 大萧条的孩子

米尔斯（Charles Wright Mills, 1916-1962）在《社会学的想象力》中说过，"我们已经看到，如果我们不参照这些男性和女性的日常生活环境得以形成的历史结构，那么就无法了解他们自身和他们成长的历史，了解他们或她们变成了何种人。历史的变革不仅给个人的生活方式赋予了意义，更给它的突出特性——个人的局限性和可能性——提供了意义。"[25]是的，一个人的生命历程不可能完全脱离社会，他（她）必须在文化与社会发展变迁中完成自己的一生。因此，个体生命历程轨迹的变化无疑是会受到他所处的社会背景的影响的，它嵌入在历史的时间和其生命岁月中所经历的那些事件之中，同时也被那些时间和事件所塑造着。那么，大萧条对一个人会造成什么样的影响呢？

大萧条造成的失业和失去收入来源严重地破坏着美国的家庭关系。虽然"许多家庭外表上依然未变，但道德上崩溃了。他们感到没有安全，没有立足点，没有前途。储蓄耗尽，债台高筑且没有还清的希望。于是在经济上采取权宜之计，妇女儿童都参加劳动，而这又进一步破坏了家庭的稳定。申请慈善机关帮助的人也大量增加，但慈善机关资金不足，食物供应量减少，人们常常因付不起房租而被赶出住处。物质的匮乏使身心都受到损害。家庭的平静与和谐消失了，对儿童的影响虽各家不同，但都是有害的。"[26]

在美国，大萧条中的各种艰苦的条件迫使孩子承担了本应由成年人履行的职责，因而使这些孩子应该受到保护的无忧无虑的青春期成为不可能。美国社会学家格伦·H·埃尔德的学术著作《大萧条的孩子们》一书以奥克兰地区1920-1929 年期间出生的儿童为跟踪研究对象，对于大萧条经历对这些研究对象的生命历程各方面进行了纵向的研究，认为大萧条不仅影响到这些孩子们幼年时的生活环境，而且对其成年后的工作生活、成人经历、职业生涯等方面

25 C·赖特·米尔斯：《社会学的想象力》，陈强、张永强译，北京：三联书店，2008年版，第 12 页。

26 欧文·伯恩斯坦：《困乏的年代，1920-1933 年美国工人史》，波士顿：霍顿·米夫林公司，1960 年版，第 331-332 页。

产生了深刻的影响。在这部著作中，埃尔德主要是以中产家庭的孩子们作为研究对象的，他们是从富裕或小康的境况中堕入贫困的，因此大萧条的爆发使他们受到沉重的打击，心理落差感明显，有助于说明大萧条的影响。而在索尔·贝娄作品中，无论是长篇小说中的马奇兄弟，还是短篇小说中的路易，他们都生活在贫困的家庭中，特别是奥吉·马奇从小经受苦难，这也使得他在经济危机期间能够顽强地与生活抗争，活出自己的人生色彩。从某些方面来说，也许贫困家庭的儿童在大萧条期间的经历作为社会学考察研究的样本，在收集资料方面不如中产家庭的孩子容易一些，大萧条对他们产生的影响的对比度也不是很强烈，但实际上他们才更能真正能够代表大萧条的孩子们。下面我们仅以奥吉·马奇的人生经历展开我们的追踪，看看大萧条对他产生的影响以及他是如何在大萧条岁月中生存的。

1.2.1 贫家儿童初长成

在奥吉·马奇幼年时期，他母亲和他们兄弟三人被父亲抛弃，而母亲又是一个没有自己主见的人，所以他认为"我自己的父母对我影响不大，不过我喜欢我妈。她是个头脑简单的女人，我从她那里学到的不是她的教诲，而是她的实际教训。"[27]这时，和他一起生活的有他的母亲，哥哥西蒙和天生白痴的弟弟乔治，房客劳希奶奶和她那条又肥又老的狮子狗温尼。虽然此时距离经济危机的爆发尚有几年的时间，母亲也已经失业了，她整天屋里屋外地忙个不停，既要照顾马奇兄弟三人，又要做好劳希和温尼的佣人。面对生活的敲打，为了给近视的母亲配一副眼镜，刚刚九岁的奥吉只好陪她一起去哈里森街免费诊疗所撒谎，实际上并非必定要撒谎不可，因为作为永久失业人员，奥吉的母亲享受的是美国政府帮助赤贫人民的 MEDICAID 医药保险措施（虽然免费，但质量极差，医生冷眼对待病患者），但当时大家从心底里都认为只有像那样撒谎对付调查人员才能行得通。出于儿童的天性，即使他们这几户居住在波兰人聚居区的少数犹太人被人仇视，只要热闹和有趣，奥吉·马奇仍然和波兰人的孩子们结交朋友，成为玩伴。

为了给家庭增加每天两角五分的收入，在十二岁那年的夏天，奥吉·马奇每天早上把乔治送到弱智儿童班上学之后，就得去赛维斯特的明星电影院干

---

27 宋兆霖主编：《索尔·贝娄全集》（第 1 卷），石家庄：河北教育出版社，2002 年版，第 11 页。

活，为电影院散发广告传单，把广告传单卷成圆筒，沿路插进人家门铃上方的铜传话口里面。第二年放暑假后，这种轻松的活计没有了，他被打发到城北的考布林家帮他们家送报，由于从家中到那里需要坐半个小时的电车，而报纸早上四点钟就得进发报棚，所以他只好搬到考布林家中暂住，每天早晨三点多在考布林的带领下在贝尔蒙特大街的一家小餐馆吃完早餐后就回到发报棚，等着送报车开进小巷，车上的人把报纸踢下车，领到报纸后在八点钟之前将它们全部送到订户家中。此后，上学期间的周末，每当考布林生意人手不够的时候，奥吉和西蒙都到他那里帮忙，或者在伍尔沃思百货商场的地下室，把陶器从大木桶中搬出，扒出里面发霉的稻草，扔到炉子里，或将纸张装进打包机中打包。后来在西蒙的帮助下，奥吉找到了一份在闹市区火车站卖报纸的工作，但由于有的顾客拿走了报纸但是给的钱却不够，而他又没有从另外的途径把损失补回来，所以不长时间他就被辞退了，迎接他的是西蒙的愤怒和劳希奶奶的大喊大叫。这一教训使他认识到："我生来不幸，是个被遗弃家庭的孩子，没有父亲管教就会出乱子，而家里只有两个手无缚鸡之力的女人，根本无法保护我们，使我们免受冻饿、苦难，不致犯罪，以及不惹世人之怒，因此我是犯不起错误的。"[28]

　　在车站报纸售卖点被辞退后，奥吉·马奇感受到了被炒鱿鱼的耻辱，所以便和吉米·克莱恩一起找工作，开始了在行人众多的米尔沃基大街设摊卖货，后来他们受雇于迪弗街区百货商店玩具部做圣诞节临时工，充当圣诞老人的助手售卖惊奇袋，在克莱恩的引诱下，他在货款上做起了手脚，并将偷来的钱给家中的每个人和其他朋友购买了礼物。可是时隔不久，在圣诞节假日结束的时候，他们偷钱的事情就被迪弗商店发觉了，因此，他被劳希奶奶狗血喷头地痛骂了一顿，将自己原来干活挣到的钱赔偿了商店的损失后，他去到布鲁格伦的花圈店给人送货。就在这个冬天，劳希奶奶认为乔治已经长大了，应该进福利院了，西蒙虽然表面上不表示附和，可私下里也深以为然。既然事情已经成为定局，奥吉就抽出了自己全部时间陪着乔治度过在家的最后一个月，用雪橇拉着他到处跑，带他逛公园，到加菲尔德公园的温室里看柠檬花开。母亲在委托书上签字后，在一个冰融雪化的日子里，他陪着母亲把乔治送入了位于芝加哥西区的一家福利院。从那以后，由于乔治的离开，家庭生活氛围变

---

28 宋兆霖主编：《索尔·贝娄全集》（第 1 卷），石家庄：河北教育出版社，2002 年版，第 58 页。

的松散淡漠了，那个昔日在家庭中一言九鼎的劳希奶奶，在奥吉的心目中再也不复往日的权威，而即将爆发的全美经济危机将使奥吉·马奇的生活发生很大的改变。

1.2.2 在大萧条的日子里

1929 年经济大崩溃之前那个暑假，奥吉·马奇开始为艾洪做事情，充任他的听差、秘书、代表、经理人、男伴等角色，他不仅需要侍候身体残疾、行动不便的艾洪，还要陪着艾洪的父亲老艾洪到湖滩去游泳。在这几个月中，他和艾洪的弟弟丁巴特来往密切，在他的台球房中鬼混、装傻，做他的配角，比比拳击，打打台球。在这里的人们不像艾洪接待的人那样谈论的都是生意经，在这里厮混的人中有带血腥味的恶汉、匪帮的新手、偷牛贼、抢劫犯、打手、小流氓、街坊青年、大学生、小赌徒、小歹徒、拳师、退伍军人、逃避家庭的丈夫、出租车司机、卡车司机以及二流运动员等，这些人一般都火气极大，他们往往一言不合就大打出手，所以丁巴特总是护着奥吉，以免他受到不必要的伤害。

这一阶段的奥吉·马奇，正如他自己所说，"我知道自己有强烈的渴望，然而不知道自己到底在渴望些什么"[29]对于他来说，那种天真自然、优美如画、不知不觉的时光已经过去了，可新生活是个什么样子呢，没有人能够明确地告诉他。有一段时间，丁巴特曾经给他讲述过高深莫测的城市中的生活目标，然而他看到的是，为了在父兄面前证明自己的能力，丁巴特寻找到一个名叫奈尔斯·纳杰尔的拳击手，带着他到盐湖城和马斯基根参加比赛，却每次都以失败而收场，第二次在奥吉陪他们一起去参赛时，连回程的车票都不得不退掉以支付青年会的房钱，一路辗转搭便车回到芝加哥。艾洪为了能从保险公司骗到钱并换掉老旧的沙发，不惜自己纵火烧毁了起居室，结果却未令他满意。而这场火灾带给奥吉的收获是他得到了艾洪的那套封面被灭火剂毁坏的哈佛古典名著丛书。在艾洪的父亲去世之后，股票市场大崩溃接踵而来，人人都吓呆了，华尔街一片混乱，经济危机愈演愈烈。艾洪为了顾全面子，孤注一掷地花光了阿瑟所得到的遗产中剩下的那几千块钱，仍然未保住自己的那幢大楼后，已经再也没有能力支付奥吉·马奇的工资，只得辞掉了他。这时的西蒙已经中学毕

---

29 宋兆霖主编：《索尔·贝娄全集》（第 1 卷），石家庄：河北教育出版社，2002 年版，第 121 页。

业，所以慈善机关已经不再向他们家发放救济，家中的积蓄因为银行的倒闭取不出来损失掉了。至于他在拉萨尔街车站的工作，也因工头鲍格要安排给自己那些失业的亲戚们而只能在星期六才有活干，这还是由于他受到鲍格喜爱的缘故，在其他的时间里，他就在一家小杂货店，或者和共产党员赛维斯特一起待在专卖小册子的书店，有时甚至在台球房里混日子。

这时，一个名叫乔·戈曼的窃贼打起林肯大街一家皮货店的主意，拉拢奥吉和布尔巴偷盗了店里的女用手提包，通过乔纳斯将赃物销售出去。做过这件事后，奥吉心中十分不安，此时他已经不再像小时候那样，觉得偷东西是好玩有趣事情，决定以后不再参与这种盗窃的勾当。[30]可后来这件事情还是被艾洪知道了，他规劝道：

"我可不想眼看着你变成个罪犯，你落进这种环境，我认为我应该负一部分责任。你到这儿来连年龄都不够，你还没有成年……尽管你已经成熟的超过实际年龄。我决不让你去干那种事，奥吉。"[31]
"别人连躲都来不及，你还要去找刺激？""别做傻瓜，奥吉，生活才给你布下了一个陷阱，你就失足掉进去了。你们这些在苦环境下长大的小伙子，天生是使监狱常满的料——还有教养院、收容所之类的地方。州当局早就为你们预订好面包和豆子了……要是你也让自己被这种命运所注定，那你就是个大傻瓜了。"[32]

为了使奥吉·马奇不惹麻烦，也因为他惯常需要有个代表、通讯员或可靠助手，艾洪再次雇佣了他，不过因为经济危机给的钱比原来少了许多，1930年2月，当奥吉高中毕业时，艾洪一家三人还合伙送了他一个装有十块钱的钱包。

根据奥吉·马奇家的生活状况，按理说，西蒙和奥吉中学毕业后就应该去做事，可社会上的工作怎么也不好找。由于全社会性的失业状况，他们便得到了市政当局资助的在市立学院继续深造的机会，而学校中挤满了和他们情况相同的学生。不过奥吉可没指望通过学习赢得一个好的前程，他和西蒙在闹市

---

30 此时尚处于大萧条的初发阶段，因羞耻心的作用，马奇决定不再干偷窃的勾当，可以后来随着经济危机的不断深化，在生存的威胁面前，他不得不放下了所谓的自尊，干过从书店偷书的勾当。

31 宋兆霖主编：《索尔·贝娄全集》（第 1 卷），石家庄：河北教育出版社，2002 年版，第 164 页。

32 宋兆霖主编：《索尔·贝娄全集》（第 1 卷），石家庄：河北教育出版社，2002 年版，第 165-166 页。

区一家服装店找到了售卖鞋子的工作,一个星期得工作五个下午,星期天全天工作,这样,西蒙每一周能拿到十五元的薪水,奥吉是十三块半,而这时他们母亲的眼睛差不多已经瞎了,再也不能料理家务,兄弟俩就雇了个女佣照顾她。后来奥吉干脆辍学去了埃文斯顿,沿着有钱人住的特殊路线去推销奢侈品,在这里他遇到了伦林先生,被安排进伦林开的鞍具商店学徒,每周有二十元的收入。应伦林夫妇的要求,他要穿着体面,为此他们给他预支薪水,还亲自给他挑选花呢衣服、法兰绒裤子、方格呢披风、丝绸领带、运动鞋、墨西哥式皮鞋、衬衣、手帕等——为了博得一个通常有英国癖好的高雅顾客的好感,伦林太太还想将奥吉·马奇培养成一个好骑手,在各方面教导他,并要他报名选修西北大学的晚间课程以获得一个学位。这样奥吉的生活开始忙碌起来,他既要去上夜间的课程,在图书馆看书,还要参加伦林太太在顶楼客厅举办的桥牌或麻将晚会,扮演着既像听差又像甥侄的角色。为了让奥吉摆脱威拉的纠缠,伦林太太要奥吉·马奇带她到密歇根州的本顿港去洗矿泉浴度假,没想到在这里奥吉认识了芬彻尔姐妹,并被妹妹埃丝特所吸引,而喜欢上他的却是姐姐西亚,伦林太太劝他打消这种不切实际的幻想。西蒙也找到了自己的女朋友——塞西·弗莱克纳斯,打算在几个月内结婚。

不过随后两个人的希望都落空了。埃丝特根本看不上奥吉,认为他是个被伦林太太包养的小白脸,而伦林太太实际上是想收养奥吉,将他改名为奥吉·伦林,跟他们生活在一起,继承他们的全部财产,伦林先生也十分乐意将他收为养子,并认为这是将奥吉·马奇从疲于奔命的生活中解救出来,是他的天大的福气。遭到奥吉拒绝后,伦林太太就开始威吓他,说他是傻瓜的儿子,坚信他一出大门就会被踩得粉碎,在生存斗争中被碾压成肉酱,所以他不应该拒绝这样的好机会。想到做伦林夫妇的养子将会把自己闷死,所以在街头与克拉伦斯·鲁勃相遇并有了新的谋生途径后,奥吉·马奇回绝了伦林夫妇,返回芝加哥,在南区黑石大街的一幢房子里租了一个房间,开始乘着电车和高架火车四处奔走,到饭店、医院等单位推销油漆,虽然在到处碰壁之后做了几笔小的生意,但也只能维持自己的开销。对于奥吉的选择,西蒙大为不满,因为如果奥吉没有高一点的收入,那么赡养母亲的压力会落到他一个人身上,他还怎么能和塞西结婚呢。而这时奥吉的生活也越来越艰难,他既没有钱也没有精力来打扮自己,晚上睡在没有暖气的房间里,白天利用闹市区公共厕所的免费热水、液体皂和纸巾刮脸，然后在青年会的自助餐厅或廉价的小餐馆吃饭，而且尽可能瞅机会溜掉不去付帐。

就在残冬将尽的一天，当奥吉·马奇一从高架车站出来时，遇到了曾经的老熟人乔·戈曼，他提出了从加拿大偷运移民入境的非法生意。回想起艾洪曾经的教诲，奥吉开始拒绝了，但乔·戈曼说只要奥吉·马奇愿意陪他一起去，在路上驾车时替换他一下，只要开到马西纳泉，他就可以负担全部的开支并给奥吉五十块钱，如果一路陪同到底则支付一百块。对于已经腻烦透了到处奔走推销油漆的奥吉·马奇来说，能够净得五十块钱来缓和自己和西蒙的关系，还能离开这个城市，换一下空气，这也不啻一个走运的机会。于是他就与乔·戈曼一起驾车踏上行程，但他不知道的是他们所驾驶的汽车是乔·戈曼偷来的，在临近拉卡瓦纳加油的时候被警察发现，两人分头逃跑，不久乔·戈曼就被警察抓获，奥吉·马奇混在失业者组织的队伍中，搭乘他们的卡车来到布法罗市中心，找了一家小旅馆住了下来。付清一天的房费和早餐的费用之后，已经不够返程汽车票钱的马奇给西蒙拍了封电报，让他汇点钱过来，但始终没有等到汇款，为了不再在布法罗多耽搁一天，奥吉·马奇购买了去往伊利的车票，晚上投宿一家破旧的小旅馆，第二他就一路步行到俄亥俄州的阿什塔比拉，从这里扒乘上了开往克利夫兰的货车，几经辗转，甚至在底特律被关进牢房待了个一个晚上，最后搭乘一个电影公司推销员的车才回到芝加哥。

然而，他回到家中所面对的情况是，西蒙为了挣到足够的钱跟塞西结婚，迷上了赌球，结果白白被人骗去了两百块，他不仅向艾洪借了钱，还卖掉了自家居住多年的房子，让母亲寄居在邻居克雷道尔家中，最后塞西却嫁给了考布林太太安娜的弟弟五产，介绍人就是克雷道尔。如今家已经不复存在，西蒙和克雷道尔又成了死对头，在这种情况下，让母亲居住在克雷道尔家中已经不再合适，更不用说居住条件还十分糟糕。为此，奥吉只好向街道慈善机关负责人鲁宾求助，希望将母亲安排进盲人之家，为了支付每月十五块钱的费用，奥吉·马奇把伦林太太为自己置办的大部分衣服拿去典当了。安置好母亲后，经由艾洪牵线，他在北克拉克街的豪华犬类服务社开始了新的工作，为狗洗澡、剪毛。虽然处于经济危机时期，富人的生活依然奢华，他们的狗也过的奢侈豪华，犬类俱乐部的会员费竟然比奥吉为母亲付给盲人之家的费用还要高，这使奥吉·马奇受到刺激，产生了刺心的隐痛，觉得自己应该有更大的抱负，想到自己如果有志向，也可以去读夜校，将来做个法庭记录员，甚至梦想重返大学，以便做更大的事情。而路遇佩迪拉的一席话使他对偷书的行为产生不出原来那种强烈的反感，反而认为以此作为挣得读大学资金的手段也不是不可以的，于是他就开始干起来，摆脱了最初的紧张之后，他变得越来越冷静，越来越自如，并且在偷书的过程中发现了自己某种前所未知的匮乏，突然就染上了读书瘾，平时躺在自己的房间里潜心读书，对其他任何事情都视而不见、充耳不闻，在读书过程中扫尽一切沉闷忧郁和凄苦悲伤。这时，消失多日的西蒙找到了奥吉，他在生活中受到了教训，因此，为了钱，他决定和夏洛特·麦格纳斯结婚，以争取到一个煤场的嫁妆。秘密结婚之后，在麦格纳斯家举行的餐会上，夏洛特的堂妹露西对奥吉·马奇产生了好感，为了促成这段姻缘，西蒙不遗余力地帮助奥吉甚至左右着他的行动，奥吉在没有办法的情况下也只好表现出一副乐于遵命的热情的彬彬有礼的态度，一边帮助西蒙经营煤场，一面在工作之余穿梭在各个俱乐部的舞厅，还要想法在没有多少钱的情况下蒙混过关。然而这种成为富家翁姑爷的希望在奥吉·马奇帮助送邻居咪咪到医院抢救之后就破灭了，奥吉由此而产生的焦虑、愤怒、厌恶、狂躁等情绪在咪咪生命得以挽救时就彻底消失了，"如果你像有的人想的那样，认为持续过久的亲密、亲昵和相爱，最终会导致虚假和欺骗，那么被这样抛弃到世界上，即使让人有点伤心，却也不失为一件好事……在现实生活中，你必须毅然走出那同一爱史中的两三个人的小圈子，经风雨，见世面。"[33]

在与露西分手后，奥吉蛰伏了一段时间，靠着咪咪归还自己的钱和她恢复健康后重新工作借给他的钱，潜心在房间里读书，或跟奥伯马克到学校去听讲座，这时他对上大学的心思开始有些淡了，"我可不相信那种冷冰冰的金科玉律，说什么不上大学就不能进入高级的思维领域，要想进入，就得在那些高墙内坐下来专心读书。"[34]到冬天，他就加入了公共事业振兴署的住房调查队，走上街头察看房屋、水电和后院的情况，他有时会发现十几个人挤住在一个房间里[35]，会见到挖在街道下面的厕所和被老鼠咬伤的孩子，"各种各样的人情气味，从沁人心脾的到令人作呕的，都以不同的程度追随着我。凡是你所能想

---

33 宋兆霖主编：《索尔·贝娄全集》（第 2 卷），石家庄：河北教育出版社，2002 年版，第 393 页。
34 宋兆霖主编：《索尔·贝娄全集》（第 2 卷），石家庄：河北教育出版社，2002 年版，第 394 页。
35 这一情节在短篇小说《寻找格林先生》中曾出现过。

到的一切想象、激情、甚至是谋杀，全都包藏在这表面看似单纯、平常的状态之中。"[36]到了冬末，他进入到产业工人联合会基层工会组织，在格兰米克的领导下，投身于繁忙的发展工会成员、了解工人意见、组织展开罢工斗争中去。诺桑伯兰德饭店罢工行动失败后，奥吉·马奇陪伴着西亚去了墨西哥，去追寻自己的爱情，因而远离了美国。

1.2.3　奥吉·马奇的后经济危机岁月

　　奥吉·马奇跟随西亚去往墨西哥，是因为他真的爱上了西亚，因此，十分地宽容她，和她一起驯鹰、捕蛇、抓蜥蜴，"她说上哪儿，我就上哪儿，她要我干什么，我就干什么。仿佛我的整个身子都与她拴在一起了。"[37]但西亚的怪癖越发地严重，两人也未能最后走到一起，加之自己崇拜的苏联政治家托洛茨基在自己前去拜访的前一日被刺杀身亡，奥吉只好离开墨西哥回到芝加哥，途中去平克尼维尔的福利院看望了多年未见的弟弟乔治，回到芝加哥后又立刻去盲人之家看望自己的母亲，在母亲的要求下和西蒙通了电话。这时的西蒙已经是个富人了，他在拍卖中购买了一幢旧的医院大楼，将它改建成一座公寓楼，半年的时间从这幢大楼中赚了五万块钱，接着组建了物业公司管理该楼，现在的他拥有西班牙一座钴矿的大部分股份，还在几个火车站有特许出售炸薯片的摊点。面对西蒙的成功，一直在找寻自己命运的奥吉·马奇想到："我的确羡慕乔治那样，欣然接受自己的命运。但愿我也有个更为明确的命运，那样我就可以停止目前的四处寻求了。我并没有感到自己比西蒙强……我并没有为自己，为坚持要有一个'高级的'、独立的命运而自豪。"[38]

　　这时咪咪和阿瑟生活了在一起，阿瑟依然不肯出去工作，整日沉浸在诗人的幻想中。奥吉·马奇回到南区，从阿瑟那里取回自己的那箱书，在自己的房间里埋头读书，每天都给西亚写信，可是没有收到任何回音，接到的唯一从墨西哥寄来的信件是自己在那里解救的斯泰拉写来的。西蒙给了他一点钱，所以奥吉能够去大学上暑假班，同时争取到帮百万富翁罗贝写书的工作，然而在与

36　宋兆霖主编：《索尔·贝娄全集》（第 2 卷），石家庄：河北教育出版社，2002 年版，第 395 页。

37　宋兆霖主编：《索尔·贝娄全集》（第 2 卷），石家庄：河北教育出版社，2002 年版，第 432 页。

38　宋兆霖主编：《索尔·贝娄全集》（第 2 卷），石家庄：河北教育出版社，2002 年版，第 575 页。

他打交道的过程中，奥吉见识到了罗贝的疯疯癫癫，他几乎每天都在改变他的计划，却从不开始写作，他精神敏感、喜怒无常，实际上是将奥吉·马奇当作了自己伟大构想的一个经常性的倾听对象。

最后，奥吉·马奇又回到欧文斯公寓中自己原来的那个房间，此时的他已经不再年轻，虽然他在追求有意义的命运的战斗中因为没有明确的目标和计划，经常因为自己的善良而不断改变，以致碰得头破血流、牙齿掉落，心灵受到创伤，但他并不后悔。他一直想要弄到一张小学教师证书，因为他喜欢教书这一行，跟孩子在一起，他感到自由自在、快乐无穷，所以他希望能够在结婚成家后办一个学校式的孤儿院，住在郊区的一所大房子里，所有人都像一个让人羡慕的大家庭成员一样陪伴着他，家庭成员之间相互关心、爱护。[39]正当他想要将他的行动方案付诸实施的时候，珍珠港事变爆发，美国对日宣战，他立即被卷了进去，一夜之间，个人的打算都无影无踪了，一切都藏入心底，要等到战争结束后才能正式开始。奥吉志愿参军，然而在墨西哥时骑马使他得了疝气，为此不得不到县医院动手术，痊愈后他启程去事务长和船务助理学校报了名，上课之前他们这些学员先到切萨皮克湾进行为期几个星期的航行训练。回到基地后，他利用休假的时间上岸去看望了这时居住在纽约的斯泰拉，在随船出航的前一个星期他们结了婚，两天后他从波士顿上船出航。不料第十五天的时候运输船在加纳利群岛附近的海面上被鱼雷击沉，最后逃上救生艇只有奥吉·马奇和船上的木匠巴斯肖特——一名科学怪人，巴斯肖特希望在加纳利群岛登岸以从事他的生物学研究，为此而阻止马奇向经过的船只发求救信号并把他打伤绑了起来，奥吉·马奇挣脱后照顾了高烧昏迷不醒的巴斯肖特整整一个晚上和一个白天，在第二天傍晚向经过的英国油轮发出信号，才得以获救，在那不勒斯港被送往医院，六个月后回到纽约。

在大战期间出航三次以后，奥吉·马奇便和斯泰拉到了欧洲。战争结束后，斯泰拉在巴黎的一家电影公司做演员，而奥吉走游走于欧洲各国，成了一个贩卖战争剩余物资的掮客。这似乎离他开始时的理想——想有个较好的命运，找到适当的事做，不做任人摆布的人——越来越远了，但他心中曾存在着的某种希望仍在，理想的种子仍然有待发芽。因为没有物质的保证，精神的东西也就失去了附丽。他认为大自然——包括永恒——永远不能战胜人们的希望和力

---

39 从中可以看出父亲抛弃他们母子四人、乔治和母亲被迫送进福利院的亲人分离对他产生了很大的心灵伤害，所以他要用自己的行动使这种悲剧在以后不再重演。

量，"也许我的努力会付诸东流，成为这条道路上的失败者，当人们把哥伦布戴上镣铐押解回国时，他大概也认为自己是个失败者。但这并不证明没有美洲。"[40]

大萧条对于中产阶级的孩子来说，可能使他们中的一部分或绝大部分从富裕堕入贫困，使他们的性格或人生发生显著的变化，但对于从一开始就在贫穷与困顿中生存的奥吉·马奇来说，只不过是使其贫困的生活时期延长了一段时期，他不会像有的中产阶级的孩子那样退惧畏缩，自怨自艾，而是在大萧条中使自己不断成长，一步步趋近自己的人生目标。对于中产阶级的孩子和奥吉来说，大萧条的经历都是对他们的一种人生锻炼，只不过在这个锻炼过程中奥吉的适应期要短的多，从某种意义上说，其收获也更大。

1.3　贫困的雌性化

"贫困的雌性化"虽然是美国社会学家泰勒·皮尔斯（Taylor Pierce）对二十世纪六七十年代美国妇女儿童饱受失业之苦的社会现象作出的一个概括，但对于大萧条岁月中的大多数女性来说，这种情况更加明显。哥伦比亚大学经济学家埃利·金斯伯格（Ellie Ginsberg）指出："贫困是一个老大难的社会问题，它极沉重地打击着美国妇女。大批生活在贫困中的人们组成以女人为主的家庭。"[41]虽然 1848 年在塞尼卡福尔斯召开了第一次美国女权大会，通过了由斯坦顿起草的《女权宣言》，认为女人和男子一样，有权利和义务以一切正当途径弘扬一切正当的事业，要求妇女获得她们作为美国公民应享有的一切权利，长期以来女性要求自身权益的意识也不断觉醒，但不可否认的是，要想完全消灭男女不平等的社会现象并不是一件很容易的事情，从 1910 年的美国国家统计数据中可以看出，美国超过半数以上的工作妇女的职业是在农场做帮工或在城市当家庭佣人。即使在工厂或其他行业工作，也要受到男女工种之别的限制，女工做的大多是低技术操作、低收入的工作，即使做相同的工作，她们的工资也远远低于男性，1923 年美国政府确立的同工同酬的原则在大萧条时期完全被漠视了。尽管这样，一旦出现大规模的社会动荡时，妇女们仍然

---

40 宋兆霖主编：《索尔·贝娄全集》（第 2 卷），石家庄：河北教育出版社，2002 年版，第 728 页。

41 基里扬诺娃：《美国家庭危机》，杨开唐、王才振译，长沙：湖南人民出版社，1987 年版，第 96 页。

首当其冲地成为牺牲品,那些离婚、分居、被丈夫遗弃的女性经济上十分困难。在大萧条的阴影中,失业、无父和贫穷经常携手光临许多家庭,虽然还有伦林夫人、西亚姐妹那样能够照常宴饮宾朋,优游度假的富家太太、小姐,但对大多数女性来说,无论是失业还是在业,都免不了遭受贫穷。

《奥吉·马奇历险记》的主人公奥吉·马奇从小就生活在一个单亲家庭中,他虽然自以为还记得父亲的模样并认为他是个军人或水手,但是哥哥西蒙告诉他那不过是他的凭空想象,他的父亲只是马什菲尔德市霍尔兄弟洗衣店的一个货车司机,他和母亲认识的时候,母亲丽贝卡正在威尔斯街的一家成衣厂做缝纽扣的女工。后来随着西蒙三兄弟的出生,生活压力不断加大,他抛弃了自己的妻子和家庭,弃家出走,连一张照片都没有留下。失业和伴随着它的贫困是多数美国人难逃的厄运,但按照美国从第一次经济危机时采取的失业救济政策[42],他们一般不援救父母双全的家庭,没有父亲的家庭比有低收入的父亲的家庭所领取的要多一些,在这种压力下,一些家庭的父亲不得不离乡背井,与亲人断绝关系,使妻子能以单身母亲的身份领取儿女的救济金,这种父亲出逃的情况在美国的较低收入阶层中有着一定的规模。索尔·贝娄在作品中没有给出马奇的父亲抛弃妻儿的具体原因,但一个明显的事实是,马奇的母亲被自己的丈夫抛弃了,她是个头脑简单的人,身材高大、性情温和,衣着破旧,患有高度近视,出于爱心而甘愿为家庭做牛做马,整日里忙忙碌碌,只身养活着西蒙、奥吉和一出生就是白痴的乔治这三个孩子,伺候劳希奶奶这位房客。由于长年累月地在厨房操劳,她的手掌上留下了一道道深深的裂痕,由于长期得不到保养,她的眼睛越来越近视,直至最后完全看不到任何景色。

在奥吉·马奇小的时候,劳希奶奶和马奇一家人谈起马奇父亲时,马奇的母亲总是温顺地默默坐着,她也许会想起有关自己丈夫的一些琐事——他的饮食习惯、他的衣着、他爱看的报纸,她只想起这些是因为她的思想总是很单纯,属于那种被强力的爱征服、出于爱心而甘愿做牛做马的女人中的一个,可是对于遭受遗弃她还是深有感触的,比她内心能意识到的更大痛苦已在她的淳朴上添加了几分忧郁。这个孤苦伶仃的女人,为了这个残缺的家庭不断地付出,为了补贴家用,她将自己的房子出租给劳希奶奶,自己成为劳希奶奶的佣人,配眼镜时也只去免费的诊所,还不得不让奥吉撒谎以蒙混过关,当奥吉的

---

42 实际上这一救济政策在大萧条之前就已经实施了,马奇的父亲抛妻弃子也发生在此前不久的几年中。

鼻子被小伙伴打得鲜血直流，被劳希奶奶数落的时候，她丝毫不敢流露声色，只能将奥吉拉进厨房，用她那近视的眼睛仔细地观察着他的受伤情况，一边低声叹气，一边为他敷上伤口。每当遇到伤心事，她从不装腔作态，而是悲从心起，不吵闹也不哭，似乎以一种极端痛苦、骇人的神态，两眼直直地望着窗外，直到别人走近她身边时，才能看清她那满眶的泪水、绿色加深的眼睛、越发红润的脸颊和缺少牙齿的嘴巴。然后爬上床去，对谁都不理不睬，一直到她觉得能够起床下地为止。她没有朋友，出门办事总是穿着男人的鞋，戴着一个黑色的宽顶无沿圆帽，消瘦的脸上架着一幅厚厚的眼镜，走起路来拖拖沓沓，被街坊们视为一个怪人。她对自己孩子的爱是无私的，为了使西蒙和塞西能结婚，她同意他将那个虽然破旧但是承载了他们一家人温馨记忆的老房子卖掉，自己搬到邻居克雷道尔家一间地窖似的小房间暂时栖居，直到后来被奥吉安排进阿辛顿的盲人之家。

　　在美利坚合众国诞生前的殖民地时期，家庭中有时有着非亲属关系的其他人，如访客、学徒、佣人等，当时的家庭不仅是从事生产的场所，而且是佣人、学徒、以及孤儿、没有亲属照顾的老人等社会上无依无靠的人们的住所。直到二十世纪 20 年代，还有相当一部分城市家庭仍然接收非亲属关系的人寄宿在自己家里，这种习俗使年轻人可以生活在"代理"家庭的环境里，同时也使老年人有机会继续作为家长主持自己的家庭而不感到孤独。不过前述的这些寄宿者是出于自愿，而寄宿在马奇家中的劳希奶奶则属于不得不这样做的情况。如果说奥吉·马奇的母亲是被自己的丈夫给抛弃了，那么劳希奶奶则是被自己的儿子们给抛弃了。她的丈夫生前曾是俄国敖德萨市有钱有势的富商，所以对人讲起在敖德萨时的显贵和仆从如云的盛况时她傲气凌人，不可一世。丈夫去世后她由两个儿子抚养，一个在辛辛那提，一个在威斯康星州的雷辛，是当地小镇上的商人，由于她为人专横，儿媳们都不要和她住在一起，无奈中她成为马奇家每周能带来 18 美元租金的房客。在这里她找到了自己的优越感，因为多年来她已经习惯于当家作主，总揽大权，发号施令，指手画脚，运筹策划。她平日里和邻居下棋或玩纸牌时嘴角眉梢现出一副狡诈狠毒的样子，两眼射出锐利的金光。她让克雷道尔去打听能从州、县的哪些单位部门捞点什么好处，时不时地把肉店老板、杂货店主和水果小贩聚集到马奇家的厨房里，要求他们在卖东西时给马奇的家人打折，因为"这家子没个大男人，却有群孩子要养活"[43]。她每每以主人的身份为马奇一家人谋划，认为西蒙有头脑，会出人头地，想把奥吉也培养成一个体面的有身份的人，在乔治长大后代替马奇一家人霸道地做出将他送进儿童福利院的决定。但别人要想让她称心如意简直比登天还难，克雷道尔一家人经常帮助马奇家人，奥吉母亲生病时，克雷道尔亲自给马奇家拉煤，还叫儿子考茨给他们免费配药。可是劳希奶奶却将克雷道尔叫做"那个匈牙利的窝囊废"或者"匈牙利蠢猪"，把考茨叫做"烤苹果"，说克雷道尔太太是只"鬼鬼祟祟的母鹅"，与马奇一家打交道的街道社会福利调查员被她称为"鞋匠的儿子"，骂牙科医生是"屠夫"，肉店老板是"胆小的骗子"。在风和日丽的日子里，她就会穿戴整齐地到公园里散心，在老人亭里与其他人一起谈天说地。然而这样的日子很快就不复存在了，由于强制性迫使乔治离开家庭，使得这个家庭生活由原来的温馨团结变成松散淡漠，西蒙对她不再像以前那样恭敬。随着年岁的增长，老太太越来越变得神经不正常，很难对付，硬是要自己烧自己的饭，把锅子、盘子之类的统统单独分出，供自己专用，还把放在冰箱里的食品和小瓶小罐都盖上纸，用橡皮筋扎好，可是放完就忘记了，一直到发了霉，扔掉后又对奥吉·马奇的母亲大发脾气，指责她把那些东西偷走，在这种情况下，一向为人和善的马奇母亲已经实在不能应付劳希奶奶了。为此西蒙写信给她在雷辛的儿子斯蒂伐·劳希，希望雇佣一个女管家来照顾他的母亲，但斯蒂伐兄弟觉得找个女管家不是办法，他们决定由西蒙兄弟代为将劳希奶奶送进纳尔逊老人院，但这时美国的老人院由于经费不足，很少有办得好的，其中有些老人院就把老年人和精神病患者、不治之症患者同等看待，使老人院成为他（她）们的火坑。这所破烂的纳尔逊老人公寓成了劳希奶奶最后的生命居所，这个自尊心重、事事要强的老太太最终因肺炎病重死在了这所老人院里。

如果将奥吉的母亲和劳希奶奶看成是被某些个人抛弃的话，那么"联邦街的输血妈妈"斯泰卡却是在某种程度上被社会给抛弃了。她有六个孩子，她的丈夫是在法国作战时中了毒气的退伍军人，肺脏比一张纸还单薄，连自己上厕所也有困难。国家发放的救济金[44]对她们一家来说，只不过是杯水车薪，为了养活自己的六个孩子，她在医院里卖血，每品脱大概能挣到十元。面对显失公

---

43 宋兆霖主编：《索尔·贝娄全集》（第 1 卷），石家庄：河北教育出版社，2002 年版，第 15 页。

44 按照退伍军人法规，退伍军人的救济金不是一次性发放到位，而是分期支付的。

平的社会救济制度[45]，她愤愤不平地说：

> 我的这六个孩子，我得卖血才能替他们买鞋子穿。就是一条小小的蹩脚的白色圣餐领带，也是出了两滴血换来的；为了我的瓦佳上教堂不至于给别的姑娘取笑，我得买一快小小的蚊帐一样的面纱，可是他们戈德布拉特公司要了我的血。我就是靠这样过日子的。要是我得靠救济金生活，那早就完了。可是领救济金的人可不少——都是假的！他们没有弄不到手的东西，他们随时都可以到绥夫特阿莫公司当工人包火腿……只是他们宁可躺在懒床上，吃公家的。[46]

她一点也不怕，在这个主要是黑人的救济站里，大声地斥骂黑人，称他们是"肮脏的移民"。而且也付诸行动，由于救济金中不包括她的电费，所以她就将洗好的衣服带到救济站，使用社区救济站的电来熨烫。为了争取舆论的同情，她还提前给报馆打了电话，招来了许多记者。由于生活困难，她的六个孩子一星期上学从不超过一次。此时，这些孩子们都默默不语，脸色发白，好像被锁着一般站在她的背后。即使是救济站的总管尤因先生也制止不了她，正如雷纳所说："她甚至比尤因还了解救济工作……她比他厉害，到时候她比谁都厉害，包括国家和政府。"[47]因为她打的是一场血和肉的生存之战，如果输了，她们一家人就会面临更加严重的生存危机。

相对于以上的女性来说，《记住我这件事》中医生马契克办公室中作为试验对象的那个似乎是妓女的女人更是处于社会底层丧失了尊严的人。马契克医生出于测量性交时伴侣间的反应的目的，从街上随便叫来一个女人，用导线和钩子连上，假装在收集图像，但只是为了寻找刺激，此后却不知道出于什么原因走掉，把她赤裸着晾在检查台上。当十七岁的主人公路易进入马契克医生办公室的时候，这个女人正全身赤裸地躺在检查台上。为了糊口，她不经意间就成为别人玩笑的对象，她已经意识到了这一点，但她弄不清楚如何拆卸身体上面绑着的电线和钩子，所以她不动声色地请路易帮助她将那些钩钩环环拆解下来。当她从作为检查台的皮面桌子滑下来，在路易的帮助下穿戴整齐后，因为腿抽筋，走起路来一瘸一拐的，就让路易将她扶下楼梯。由于她猜测出了

---

45 主要是指大萧条期间美国政府对黑人较为宽松的救济制度。

46 宋兆霖主编：《索尔·贝娄全集》（第 10 卷），石家庄：河北教育出版社，2002 年版，第 240 页。

47 宋兆霖主编：《索尔·贝娄全集》（第 10 卷），石家庄：河北教育出版社，2002 年版，第 241 页。

路易藏在心里的坏念头,所以欲擒故纵地挑起了他的欲望,使他一步一步地落入了她为其设计的陷阱中,将他拐到了威诺纳大街一个只有几件破烂家具的显得空荡荡的房间中,谎称自己要洗澡,哄骗他上床脱掉全部衣服后,冷不防地将这些衣服全部扔出窗外,被早已等候在小巷中一个男人集拢起来,匆匆地跑掉了。这个女人和路易不可能有什么深仇大恨,她之所以想要报复他无非是因为他和马契克医生是熟人,她作为实验对象遭人戏弄最后并没有拿到自己应得的报酬,所以就将医生愚弄她而引起的怒火发泄到了路易头上,而且她串通别人抢去的衣服,在1932的2月那个寒冷的冬季中也可能算得上是一笔小财富。作为生活在社会最底层的被凌辱者,她不惜完全牺牲自己的尊严去求得生存的权利,可当这些被别人当成笑料而践踏时,她就要反抗、要报复,在她实施报复行为的过程中,不谙世事的少年路易就成了可怜的牺牲品。

在大萧条岁月中,不仅失业的女性处于贫困状态中,就是仍然坚持在工作岗位上的女性也同样脱离不了贫困的命运,虽然"人的劳动必定是老天爷想出来的一种交易,为了拯救人,保全人的生命,要不他就会挨饿受冻,他那脆弱的生命就会夭折"[48],但劳动中的工人并没有得到相应的报酬,特别是女性工人,虽然她们有着工作的机会,但低工资往往会使她们难以维持生计。于是南芝加哥纱布绷带厂的工人们在美国产业工人联合会格兰米克和奥吉·马奇的领导下组织了罢工斗争,与资方展开谈判并最终取得了胜利。但诺桑伯兰德旅馆女工争取自己权利的斗争却以失败而告终,支持这一斗争的大多数是工资很低的女工,她们每个小时的工资只有两毛钱,而她们增加工资的要求遭到拒绝,因此,这些身穿蓝色工作服、头戴白帽子的脸色苍白的女工们义愤填膺,站在寝具室的铁桌子、肥皂桶上,尖声叫喊着要罢工。然而一个残酷的现实是这些旅馆业工人早期被发展为美国劳工联合会的成员,而劳联对罢工一向持消极态度,他们与资方暗地里勾结,沆瀣一气,因此,当女工们去向劳联工会的头头反映情况时,劳联的工作人员总是两脚搁在桌子上,一边吃牛肉一边抱着酒瓶子使劲灌,把她们撵出来。而女工们打算罢工的消息被厨师和其他收入较好的人告密到劳工联合会之后,他们闻风而动,指责女工们的行为是不合法的,指责负责联络罢工工人的奥吉·马奇为无故闹事的小流氓,要对他提出违反国会法令的指控,并因擅自闯入旅馆而扣押他。对此,女工们群情激愤:

---

48 宋兆霖主编:《索尔·贝娄全集》(第2卷),石家庄:河北教育出版社,2002年版,第418页。

"呸！去他妈的！胆小鬼！什么是合法的？我们一天才挣一块五毛钱，这算合法吗？付了车费和工会费后还能剩下多少？叫我们吃什么？我们坚决要求罢工！"[49]这次行动被旅馆业中那些收入较好的男性和劳联的打手无情地破坏了，他们对着奥吉大打出手，最后奥吉不得不在女工们的保护下从后门匆匆地逃走，而女工们依然不得不在工资非常低的条件下继续她们繁重的劳动。

　　法国女权主义者西蒙娜·德·波伏娃（Simone de Beauvoir, 1908-1986）在她最重要的著作《第二性》一书中曾经指出，由于女人体力较差，当生活需要体力时，女人自觉认定自己是弱者，所以对自由感觉恐惧，于是，男人就用法律的形式把女人的低等级地位固定下来，而女人还是甘心情愿地服从。所以，除了天生的生理性别外，女性的所有"女性"特征都是社会造成的。而大萧条期间美国女性的"贫困雌性化"无疑也是社会造成的，即使这些女性在某些领域里比男性在工作上更适应、更出色，也不得不接受被盘剥、失业、被侮辱、被抛弃的命运。而 60 年代的女权主义运动本应将美国社会中存在的这种性别压迫现象作为需要扭转的重要方面来展开斗争，对自己在工作和生活中受到的不平等待遇表示愤慨，但一些年轻人却将运动的重点放在了性解放上面，只是在性欲的满足方面做了自己的主人，并在这条歧路上越走越远，分散了斗争的力量，因而使"贫困雌性化"在 60 年代以后情况依然如故，因此，泰勒·皮尔斯才将其作为一种重要社会现象提出来，要求人们予以重视。

1.4　美国梦破灭了吗？

　　尼采（Friedrich Wilhelm Nietzsche, 1844-1900）在《悲剧的诞生》一书中曾经说过："最高贵的美是这样一种美：它并非一下子把人吸引住，不作暴烈的醉人的进攻（这种美容易引起反感），相反，它是那种渐渐渗透的美，人几乎不知不觉被它带走，一度在梦中与它重逢，可是在它悄悄久留我们心中之后，它就完全占有了我们，使我们的眼睛饱含泪水，使我们的心灵充满憧憬。"[50]索尔·贝娄的《奥吉·马奇历险记》就是这样没有剧烈冲突、娓娓道来地把我们带入了大萧条岁月中，不知不觉中悲主人公所悲，喜主人公所喜，同主人公一

49　宋兆霖主编：《索尔·贝娄全集》（第 2 卷），石家庄：河北教育出版社，2002 年版，第 421 页。

50　弗里德里希·尼采：《悲剧的诞生》，周国平译，北京：三联书店，1987 年版，第149 页。

起去追寻应该如是的命运。

《奥吉·马奇历险记》出版后，立即引起了美国评论界的重视，批评和赞扬意见纷呈，但其中值得重视的是伯纳德·马拉默德和莱昂纳尔·特里林的看法。马拉默德赞扬了作品的风格，认为主人公奥吉就像但丁探索地狱的各个层面那样探索了社会的各个方面，但在行动上，奥吉似乎不够积极主动；特里林则认为索尔·贝娄能有机地把通俗和严肃结合起来，取得了喜剧视野的胜利，索尔·贝娄通过作品告诉人们，那些限制人的力量会威胁到自我的完整性，但是，如果像奥吉那样逃避任何界定，没有明确的属性，拒绝在社会上承担任何责任，就谈不上个人命运。其实这两个人都误会贝娄了，作品中的奥吉是受当时的社会现实限制的，并且有一个成长的过程，所以不能一开始就以一个成年人的标准来要求他。他从小就有一个坚定的信念，而这个信念的明确指向需要在社会实践中不断完善和逐步明晰。他的适合自己的个人命运也就是他的"美国梦"，他的民间理想主义，历经挫折而始终不悔。

美国著名的专栏作家沃尔特·李普曼（Walter Lippmann, 1889-1974）曾说过，"美国一直就不仅仅是一个国家，而是一个梦。"[51]自 1776 年摆脱宗主国统治实现独立以来，历代的美国人心中都有一个坚定不移的观念，那就是，只有奋斗才能有收获，不懈努力才能够换来美好生活。这就要求美国民众不能依赖于特定的社会阶级或者其他人的援助，而是靠自我奋斗，不断创新来实现自己的理想，这就是美国文化中的重要观念——美国梦。美国梦是对美利坚民族价值观念和精神信仰的一种概括，是关于自由和机会的思想，是美国的精神力量。所谓自由主要指人性的解放和思想的自由，所谓机会是指人人都有实现自己理想的平等机会。美国建国之前对新的国家的理想"工作——进步"以及建国后普遍形成的美国梦——物质富裕与精神自由，决定了美国社会对金钱和物质利益的重视形成了"美国特色"，并推动了西方乃至世界的发展。在美国社会发展过程中，形形色色的个体的梦[52]孕育着美国梦的普遍性，那就是不管

---

51 何树，李培锋：《追梦美国人》，成都：四川大学出版社，2001 年版，第 1 页。

52 对于各种不同的美国人来说，美国梦是不完全一样的"黑人的民权是美国梦，白人无家可归者温暖的家庭也是美国梦；亚裔人的富足生活是美国梦，拉美裔人的合法身份也是美国梦；当权者在全世界弘扬美国精神是美国梦，百姓在本土继续山姆大叔的辉煌也是美国梦；低收入者增加工资是美国梦，没有住房者反住房歧视也是美国梦；女权主义者要求妇女解放是美国梦，同性恋者要求合法化也是美国梦，如此等等，不一而足。

你出身如何，也不管你有何背景，只要你努力就可以实现自己的梦想。这正如美国作家托马斯·沃尔夫（Thomas Wolfe, 1900-1938）对美国梦解释的那样："任何人，不管他出身如何，也不管他有什么样的社会地位，更不管他有何种得天独厚的机遇……他有权生存，有权工作，有权活出自我，有权依自身先天和后天条件成为自己想成为的人。"[53]在这种梦想的刺激下，几乎每个美国人都有自己的快乐时光和坚定的信念，他们认为，既然国家为每个人提供了均等的机会，个人只要努力，就必然有美好的前途。诚如惠特曼（Walt Whitman, 1819-1892）在《草叶集》所写的那样："我们每个人都是有限的，同时也是无限的，每个人都享有大地赋予的权利，也有权接纳大地的永恒的涵义。"但是，发端于二十世纪 20 年代末的全国性经济危机却使美国人从云端上面摔落到悬崖下，人们陷入了惶恐和幻灭当中，他们对实现"美国梦"的理想已经丧失了信心，认为美国梦已经破碎，已经变成美国噩梦。

　　"美国梦"真的完全破灭了吗？对此，索尔·贝娄从文学的角度对这个问题进行了回答。美国梦作为美国文学最重要的主题之一，贯穿于美国文学的历史，并且内容丰富，不断发展。美国文学对美国梦地描写一般分为两个方面：一是物质方面，主要是对金钱财富、地位荣誉等的追求；一是精神方面，包括对真正的爱情、亲情、自由人格等的追求。根据社会学和实用主义哲学思想，索尔·贝娄并不否定个人为追求成功所做的一些努力，他在作品中写到了大萧条中人性的自私自利，但是，自私是人们与生俱来的维护自身生存、奋争、进取的原动力，是人类自古以来发明、创造的源泉，是促进社会生产力不断革命的积极力量，是社会不断向前发展不断进步的根本动力。可以说，人们正常正当的自私（不妨害他人的自私）是人类文明进化的基石。他还在作品中描写了个人对金钱的追求，这也不能一概否定，金钱能够造成个人的大起大落，在这种情况下，美国人对金钱的崇拜相当直露，因为拥有金钱的多寡几乎就是美国社会中衡量人的社会地位的唯一标准，这构成了美国人的"生存理性"，因此，他作品中的理想化的人物——主人公奥吉·马奇也无法掩饰自己对金钱和财富的向往，希望自己能够拥有金钱使得生活无忧无虑，其他人物更非道德上的君子，因为过度追求彻底的极端的清教徒式的思想和行为方式往往会把人们逼到一个很小的地盘上去，成为"悬崖上的悲壮英雄"，而索尔·贝娄作品人

---

53 姚颖、杨蕴玉：《追求幸福，保护梦想——解读〈追求幸福〉的美国文化》，贵阳：《电影评介》，2008 年第 17 期。

物所处的社会环境并非萨特式的"极限境遇",他们需要有回旋的余地,需要生活下去的资本。

"美国梦"背后的真正动力是什么?一些历史学家认为,就是对财富的渴求和追逐。康涅狄格州立大学历史学教授马修·沃肖尔(Matthew Warshall)在其文章《谁想成为百万富翁——变化中的'美国梦'概念》中指出:"对金钱的追求,是'美国梦'中不变的成分。恰恰是对财富的过度追逐,使'美国梦'也在变味,逐步丧失了对世界各地人们的吸引力。"[54]"诚然,在美国,人们谈话时,几乎所有的话题都是从谈钱开始。如果谈了一千零一个话题,也许只有一个会与钱无关。"[55]因此,不少学者认为"美国梦"对精神层面的追求应该远远胜过对物质的追求。美国历史学家詹姆斯·特拉斯洛·亚当斯(James Truslow Adams, 1878-1949)在《美国史诗》中写道:"这是一片梦想的土地。在这片土地上,每个人的生活越来越好,越来越富裕,越来越充实。每个人根据所具有的能力和取得的成就不同均获得机会。""美国梦远远超过物质范畴,美国梦就是让个人才能得到充分发展,实现自我。"他认为"美国梦不是汽车,也不是高工资,而是一种社会秩序,在这种秩序下,所有男人和女人都能实现依据自身素质所能取得的最大成就,并得到社会的承认,而与他(她)的出身、社会背景和社会地位无关。"[56]对此,索尔·贝娄可能有不同的看法,他认为物质生活同精神财富同样重要,虽然他提出要用艺术拯救世界,但他并不认为自己是个圣人,他希望政治上的自由、民主与经济上的富裕发达同步,而不是失衡。而贯穿美国发展过程始终的"美国梦"在实用主义思想的作用下,特别是在大萧条发生后,既有务实进取的一面,更有了唯利是图的发展歧途,脱离了一开始的物质财富与精神文化并举的初衷。面对社会沉疴,索尔·贝娄并没有完全悲观,他反对的只是失去理性的实用主义追求,确实,名利地位和金钱财富能够使得生命强大和自尊,但精神境界的追求则能提高生命的品质和等级。

> 我们所处的时期是由各方面革命——政治的、科学的、工业的——造就的。以很多历史及客观的形式,我们通过法律摆脱了奴隶制。下一步要靠我们自己。我们每个人都要找到自己可以据其生活

---

54 和静钧:《麦道夫戏弄"美国梦"?》,北京:《世界知识》2009年第7期,第63页。

55 宋兆霖主编:《索尔·贝娄全集》(第11卷),石家庄:河北教育出版社,2002年版,第33页。

56 James Truslow Adams, *The Epic of America*. New York: Simon Publications, 2001, p.404.

的内心法律。没有这种法律，客观的自由只会毁灭我们。因此，真正使我感兴趣的是个人的精神自由问题——这是使我们忍受我们自身人性的力量。

二十世纪 80 年代，英国评论家托尼·坦纳曾经指出：

> 美国文学中有一种持久的梦想——一种没有公式、不受限制的生活是可能的。在这种生活中，你的运动和静止，选择和拒绝，都由自己做主；同时也有一种持久的美国式的恐怖：别人正在使你的生活陷入公式。各种隐而不见的计谋，正在剥夺你思想和行动的自由权利，限制是无所不在的。自我和各种公式——社会的、心理的、语言的——之间成了问题的模糊系统，已经缠住了美国现代作家的头脑。[57]

在这种情况下，文学的任务是挖掘隐藏在人们内心深处的品质。

芝加哥学派在进行社会学研究时，曾将社会关系看作是一种动力学，频繁使用"社会力量"的概念，但他们认为，社会制度、组织团体等方面的要素都不是社会力量的基本要素，对"社会力量"进行深入的研究，必须要追踪到每一个"个体"的层次，把考察的重点放在那些推动人们行动的"动机"以及"态度"、"欲望"、"愿望"上面，而以上要考察的这四个方面内容就构成了汤姆士（William Thomas, 1863-1947）的"四种愿望"学说。此后的帕克等人在研究社会力量时，也不是醉心于描绘社会力量对美国社会各个阶层、阶级结构的作用，而是同样把注意力集中在"态度"等因素的分析上。这一点也为索尔·贝娄所接受，在他的作品中，人是一种关系的存在，主人公如何看待自身与世界的关系，他的愿望和态度决定着他的生活经历和人生轨迹，"环境是重要的，但是它决定不了人的存在，人的存在远远高于环境。"[58]

奥吉·马奇的家庭在大萧条之前虽然过着艰苦的生活，但对于当时尚是儿童的奥吉来说，生活的艰辛并未影响他童年的乐趣，但他反对的是"一切于我有影响的人，都对我集合以待，我一出世，他们便来塑造我，"[59]尽管他反对，

57　于清一：《一个世纪小说家的戏剧情结——解读索尔·贝娄》，沈阳：《艺术广角》，1997 年第 5 期，第 39 页。

58　马修斯·鲁戴恩：《索尔·贝洛采访记》，郭廉彰译，北京：《国外文学》，1988 年第 3 期，第 215 页。

59　宋兆霖主编：《索尔·贝娄全集》（第 1 卷），石家庄：河北教育出版社，2002 年版，第 66 页。

可是在他的生活中，这些要塑造他的人却不管不顾地按照自己的意志一厢情愿地为他打算，想要左右他的人生，塑造一个非我的"自我"。首先以人生导师面目出现的是他家的房客劳希奶奶，这个曾经的俄国敖德萨富商的妻子虽然已经丧失了昔日的荣耀，在丈夫去世后被两个儿子嫌弃，不得不寄居在奥吉·马奇家中，但她很快就夺取了这个家庭的领导权，将奥吉的母亲变成了自己的佣人，她经常向西蒙和奥吉两人灌输她自以为好的为人处世之道，提醒他们"这是个虫鸟相斗、生死竞争的自然界，是个毫无感情、危机四伏的人世间"[60]，所以她要把马奇兄弟培养成能够出人头地的人：不要有爱心，但要有尊敬之心。可以撒谎，但要做个绅士；这样你就可以出人头地。然而，奥吉更相信赫拉克利特的说法：一个人的性格就是他的命运。所以，尽管劳希一再警告并预言等待他的是打工证明、牲畜围场、抢铁铲的苦活、监狱里的石堆、面包和水，还有终生的愚昧和堕落，可始终没有能使他有所省悟，他想要自己掌握自己的命运。此后的人生导师艾洪教给他的是骗局和物欲，但奥吉并不希望像艾洪那样把自己的成功建立在欺骗的基础上，更不认同他对自己雇佣关系的刻意强调，"我不愿做他所说的受命运注定的人。我从不接受命中注定的说法，也不会变成别人要把我造就的样子……他也想左右我。"[61]伦林夫人曾经鼓动起了奥吉·马奇爱好社交、爱好时髦、爱好穿着打扮的兴趣，但他内心深处仍在担忧会丧失掌握自己命运的能力，"我有一种感觉，她是在用她那张满是雀斑、爱管闲事、让人难受的脸，从隔间里朝外窥看，她一心一意想要拉住她需要的人，给他输灌自己的想法。"[62]她们这一群人，"深信她们是完全正确的，她们的思想就像在上面建了罗马城的七座小山那样坚实可靠，她们还要扩大自己的势力，建造起一座永恒之城"[63]，但是，

就在伦林太太在我周围布的网接近竣工时，我便抽身走人了。

促成这一结果的主要原因是她提议要收我为养子。她要我姓名改成

60 宋兆霖主编：《索尔·贝娄全集》（第 1 卷），石家庄：河北教育出版社，2002 年版，第 21 页。

61 宋兆霖主编：《索尔·贝娄全集》（第 1 卷），石家庄：河北教育出版社，2002 年版，第 166 页。

62 宋兆霖主编：《索尔·贝娄全集》（第 1 卷），石家庄：河北教育出版社，2002 年版，第 189 页。

63 转引自周南翼《贝娄》，成都：四川人民出版社，2003 年版，第 113 页。并根据原书中的上下文关系，将"他们"更正为"她们"。

奥吉·伦林，跟他们一起生活，继承他们的全部财产。要看清这背
后究竟是出于什么原因，也许需要比我更锐利的眼光……不过当时
我一直在摆脱她在我身上打的一切主意。我为什么要成为这些自己
都不知道自己是谁的人中的一员呢？说句老实话，这对我来说并不
是一个好命运。[64]

后来，克莱姆·丹波也劝说奥吉应该专心致志于如何出人头地，不应该自甘落
后而应奋发向上，独立不羁等，但是对奥吉·马奇来说，

对于自己被吸纳入某种比我更强大的东西，心里当然有点不满，
我也无从成为一颗独特杰出的星星，吸纳能量，成为世界上一群人
心目中光彩夺目的太阳——给他们的不一定是温暖，而只是普卢塔
克那种光辉。能出人头地，那当然好，让人高兴，可是做太阳神的
儿子？我连做梦都不敢想。我从来都不妄想超越我自己的素质和体
能。[65]

他所面对的就是平淡无奇的生活、无以名状的忧郁，不知就里的羁绊。陷身绝
望的生活，或者因循守旧的生活，都意味着要用默默的容忍来排除意外的发
生。但这也绝非阿尔弗雷德·卡津（Alfred Kazin, 1915-1998）所认为的"渴望
在生活最普通的肌质中拥抱实实在在的生存奇迹，拥抱生活这个伟大礼物，每
一次呼吸都是对这个礼物的顺从、肯定和赞颂，比任何修辞都来的深厚。"[66]
正是由于明确地认识到自己应该扮演的社会角色，所以奥吉不会选择这些人
生导师给自己划定的轨道，"我一直都准备尽可能冒一冒险……我也从来没有
就范。"[67]虽然要逃离的东西也在自己身上打下了印记，但是为了逃避他们为
自己规划好的命运，马奇毫不可惜那些好运的眷顾，甚至自愿去碰壁，从而使
他得以摆脱某种桎梏，使他无论身处什么样的境遇，得以成为他自己，即使社
会和生活已经让他身受重创、变形，几乎扭曲。诚如萨特所说的那样，"如果
存在确实先于本质，人就永远不能参照一个已知的或确定的人性来解释自己

64 宋兆霖主编：《索尔·贝娄全集》（第 1 卷），石家庄：河北教育出版社，2002 年
版，第 211 页。

65 宋兆霖主编：《索尔·贝娄全集》（第 1 卷），石家庄：河北教育出版社，2002 年
版，第 281-282 页。

66 Alfred Kazin, *The World of Saul Bellow*. Contemporaries, Boston: Little Brown, 1960,
p.220.

67 宋兆霖主编：《索尔·贝娄全集》（第 1 卷），石家庄：河北教育出版社，2002 年
版，第 109-110 页。

的行动,换言之,决定论是没有的——人是自由的,人就是自由。"[68]人像一粒种子偶然地飘落到这个世界上,没有任何本质可言,人的生存是第一位的,人首先存在,然后才能确定其意义;对于人来说,只有自我才是真正的存在,人的存在是特殊的、单独的、非重复的,只有揭示人的存在方式,才能理解其他一切事物的意义,只有主观意识才有价值;每个人的自我相互为敌,人始终面对着虚无和荒谬的世界;人不是别的东西,仅仅是他自己行动的结果。上帝死了,人在这个世界上是自由的,人的本质是自己的选择行动造成的,人的选择既没有任何先天模式,没有上帝的指导,也不能凭借别人的判断,人是自己行动的惟一指令者,人的自我价值只有通过选择和行动的绝对自由才能体现出来,人必须对自己的行为负责。

人在自由、选择和责任面前,必定处于孤独、烦恼、绝望的存在状态,这是一些积极的状态,因为他引发了行动。即使人处于焦虑绝望之中,也是"自为的存在",一个人要有所行动,他应该选择他愿意选择的,去重新发现他自己,去了解没有什么东西能够从他的自身中拯救他,每个人都应该在特定的环境中选择自己的行动,造就自己的本质,表现自己的性格和命运,因为生命是孤独的旅程,所以不需要周旋别人的情绪,也不必迎和他人的意愿,而是要回归真实的自我。虽然现实社会生活中有种种危机与险恶、陷阱与深坑,但更大的危险则是落入生存的陷阱中,陷入其他人为自己划定的框子,被美国社会中那些隐而不见的计谋剥夺思想和行动的自由,从而失去独立人格、失去尊严、失去自我、失去生存的价值,失去对个人命运的把握。在奥吉看来,外部自由与成功可以通过个人的努力来实现,但内心的自由绝不能建立在丧失自我个性之上。因此,即使面对金钱财富和舒适生活的诱惑,他仍然听命于自己的内心的安排,在权威与自由的关系上,他选择了做自己命运的主人,毫不犹豫地从那些诱惑的身边离开,去寻找他自己所谓的"足够好的命运",成为托克维尔《论美国的民主》一书中所说的那种"摆脱统一的思想、习惯的束缚、家庭的清规、阶级的观点,甚至在一定程度上摆脱民族的偏见"[69]的美国人。布鲁斯·库克(Bruce Cook, 1932-2003)在与索尔·贝娄的一次访谈中认为:"如果说索尔·贝娄的小说有单一的主要主题的话,那就是在《雨王汉德森》和《奥

---

68 萨特:《存在主义是一种人道主义》,汤永宽等译,上海:上海译文出版社,1988年版,第12页。

69 阿勒克西·德·托克维尔:《论美国的民主》,董国良译,北京:商务印书馆,1997年版,第518页。

吉·马奇历险记》中体现的极为明白的自由主题——自由、生活的多样性及我们所面临的选择。"[70]

奥吉·马奇有着自己的理想，并且这个理想是在他成长的过程中逐步明晰的（也是和他的童年生活经历有关的），为了实现他的理想，他不会去和社会激烈对抗，在不违背基本原则的前提下时不时地还要与现实妥协。现实就是这样，在理想和现实相互矛盾时，现实总是要优先的，作为人是要懂得变通的，虽然他不会像艾洪和西蒙那样为了生存的更加舒适和富裕而不断去聚敛财富，不管别人的死活，但他必须保证自己能生存，因为如果连生存都不能保证的话理想就会变成空谈，绝对的自由是空虚的，他知道财产对于人来说，其总的功能是为着人的生存，但他没有为这一功能所扭曲，没有沦为客体的和物质世界的奴隶，没有把对金钱和财富的追求视为生存的目的，而是坚决捍卫自己的自由和独立。尽管他受到艰难生活所迫，也曾做过偷盗、通奸和走私的勾当，但那些真正恶劣的行为他却从来不碰，虽然在艰难困苦中成长起来的人，往往由于心理的阴影，会导致他变态的偏差，但趋善避恶是人的本性，没有人志愿去追求恶或他认为恶的东西，是行善还是作恶，关键取决于他的知识，因而每个人在他有知识的事情上是善的，在他无知识的事情上则是恶的，奥吉·马奇在这方面显然有自己的见识，所以他既不能"超越人性"，活在空中楼阁之中，不食人间烟火，也不能"缺乏人性"，在社会中毫无原则的卑躬屈膝，毫无顾忌地放纵自我，消极被动地任凭自己沉沦下去，而是保持着不折不扣的"人性"，求得"同化"与"坚持自我"的平衡，从而形成索尔·贝娄平衡社会化的"理想结构"，他才能在来自各个方面让他无法抗拒地投降的巨大压力下，依然以自己的方式高举着个人主义的旗帜。因此，他在社会化的过程中按照自己的自由意志采取了既妥协又斗争的平衡策略，使自己能够一直保持初心，尊重他人选择的自由，以爱心看待世人，不去伤害别人，也不使自己受到伤害，没有在社会的染缸中沉沦下去，而是"将以有为也"。

尽管索尔·贝娄对个人的精神自由问题特别感兴趣，但他并不希望他作品中的人物成为一个伟大的人，尽管伟大的成就并非虚幻，并非不切实际，也并非只有卓越不凡的人才能达成。因为，伟大的成就真实地存在于每一个平凡之人的心底。一个人的成功不在于他出身多么高贵或学识多么渊博，而是要有强烈的个性，其次是高尚的品质，最后才是知识能力。作为美国社会奉行的基本

70　白爱宏：《抵抗异化》，北京：中国社会科学出版社，2012 年版，第 45 页。

原则的个人主义价值观：自主动机、自主抉择、自力更生、尊重他人、个性自由、尊重隐私等[71]虽然包含适者生存的内容，但在自主动机里也有有所为有所不为的选择。虽然震惊世界的经济大萧条造成了人们对"美国梦"的怀疑和幻灭感，致使大部分人转向单纯地对物质生活的疯狂追求，但索尔·贝娄始终相信，在这个世界上，还存在着仁爱、善与美，物质的追求推动了科技和生产力的发展，而这些能够提高人们生命质量的仁爱、善与美则保证了现代美国社会不会走向沉沦，并在一定程度上健康地发展，这也是奥吉所说的人生的直线。考虑到"美国梦"的个人性即它指向美国人个人的成功，索尔·贝娄在他的创作中并没有针对社会制度和政府机构提出什么意见和建议，而是针对社会生活中那些鲜活的生命个体提出了他的"民间理想主义"思想，期望人们自我觉醒、自我拯救。

> 好吧，现在谁会真正指望日常的现实生活消失，苦役或监狱废除；麦片粥和洗衣店取衣单等等全部一扫而光，坚持要把每时每刻都提升到最重要的高度，要求所有的人最最困难的时候，都能呼吸到星星提供的新鲜空气，彻底拆除所有地窖式的砖瓦房屋，扫尽一切沉闷忧郁和凄苦悲伤，而像先知或神祇一样生活？可是人人都知道这种欢庆式的生活只能是昙花一现。因而对此有了分歧。一些人说只有这种欢庆式的生活才是真正的生活，而另一些人则说，只有日常的现实才是。我认为没有争论的必要，我要快马加鞭投奔前者。[72]

所以，民间的理想不是外在于生活的理想，它是同普通人在日常中所表现出来的乐观主义和对生活意义的深刻理解联系在一起的，是对那种平淡的、快乐而又简单的生活的向往，是普通人在寻求财富与争取自由过程中所表现出的公平开朗、健康热烈，并富于强烈的生命冲动，是在了解了生活的严酷真相之后仍然一如其旧地热爱着艰苦生活的英雄主义。

本章小结：对于经历过大萧条时期的美国人来说，20年代末和整个30年代是一段令人难以忘怀的岁月，那段岁月给人们带来的不仅仅是物质的窘困，还有心灵上的折磨，同时也是对那段岁月中人们的一种考验和锻炼，有些人经受不住选择了自杀或沉沦，有的人在经受物质窘困后转向了对物质财富的疯狂追求，还有一些人如奥吉·马奇始终坚守自己的初心，没有在艰难的生活中

---

71 王锦瑭：《美国社会文化》，武汉：武汉大学出版社，1997年版，第46页。
72 Sual Bellow: *The Adventures of Augie March*, London: Weidenfeld & Nicholson, 1954, p.83.

迷失自己。在经济学、历史学和社会学著作中，这些都化为一串串的数字或枯燥的理性的分析描述。索尔·贝娄的作品则将读者重新带回到那已经逝去的大萧条年代，让我们和他一起去结识那一个个的鲜活的生命，去感受他们的喜怒哀乐、痛苦忧伤以及他们为生存而做出的各种努力，并从他们的经历中受到启发，以确定自己如何走好人生的道路。虽然诺曼·波德霍雷茨（Norman Podhretz, 1930-）觉得一整个时期的美国经历不可能在小说中得到确立，认为索尔·贝娄在对待这样重大的期待上做过了头，但新历史主义学者认为历史就是文学，要求人们把历史作为经验予以呈现，索尔·贝娄的创作实践说明，他做到了，他的作品是非总体化的——触及世界时所拥有的那种生活经验的历史，能够从个人的经历中见证出一个历史时期的发展变化情况。同样，如果将索尔·贝娄的这部作品看作是一篇生动形象的社会学调查报告的话，它也同样出色地完成了自己的任务。

第 2 章　50 年代：丰裕社会中的美国悲剧

　　在序言中我们曾提到过，芝加哥学派的社会学研究主要是基于对美国资本主义社会中存在各种社会问题的关注，他们对美国社会的批评性观察和分析，不仅仅是对于某些具体社会现象进行描述，而且涉及到了美国当时主流社会所坚持的某些基本价值观，从文化、文明和人性的角度对它们进行研究分析。但社会学和历史学中的科学模式有时不免走入误区，因此，新历史主义学者海登·怀特指出："真理必须以对事实和文字陈述表现出来，解释必须符合科学模式或科学常规。这一双重确信，使得绝大多数分析家忽略了历史叙事那独特的文学层面。由此无视任何真理都以比喻性术语来传达。"[1]他的论述表现出了历史学家的现象学渴望。索尔·贝娄的作品虽然也对政治、经济和社会潮流提出意见和看法，但是却是从现象出发的陌生化的文学叙事，集中于情节化和叙事施加（narrative imposition），涉及到并且更多地是从文化的深层原因去发掘，提供了一种"隐喻的洞见"和"叙事真理"，《洪堡的礼物》可谓这一倾向的代表性作品，它不仅关涉到细琐叙事（little narratives）以及主角的假定责任，而且表现（或传达）出了反权力主义姿态所必须的理论洞见。

　　在《洪堡的礼物》出版前半个世纪的 1925 年，德莱塞（Theodore Dreiser, 1871-1945）写出了他的代表性作品《美国的悲剧》，小说中贫困家庭出身的青年克莱德·格里菲思被以吃喝玩乐、以自我为中心，只求个人发迹的美国生活方式所腐蚀毒害，为攀附富家女桑德拉，不惜在游湖时将船弄翻，致使有孕在

1　Hayden White, *The Content of the Form: Narrative Discourse and Historical Representation*. Baltimore: Johns Hopkins University Press, 1987, p.48.

身的女友洛蓓达被淹死,成为杀人犯被送上了电椅。金元帝国和美国生活方式腐蚀毁灭了成百上千的像克莱德这样的美国青年,克莱德的悲剧不只是美国青年的悲剧,同时也是腐朽的美国社会本身的悲剧。时隔50年,索尔·贝娄出版了《洪堡的礼物》,告诉人们随着世异时移,原来不择手段追求个人发迹的人在今天已经成为时代英雄和成功者,成为人们效法的榜样,以苦为乐、生气勃勃的时期,充满浪漫主义和理想主义精神的时期已告结束,粗俗的物质主义的风气熏染了整个美国社会,甚至已经渗透到社会的神经末梢,这一时期的凡夫俗子更为感兴趣的是物质的利益,个人的晋升,而且可能的话,与世俗的权势保持着密切的关系。而被美国社会所毁灭的则是不与社会苟合、热爱善与美、坚持理想的知识分子和诗人,"他们的活动本质上不是追求实用的目的,而是在艺术、科学或形而上的思索中寻求乐趣,简言之,就是乐于寻求拥有非物质方面的利益,因此从某种意义上来说:'我的国度不属于这世界'"。[2]而社会整体对浪漫主义、对诗的激情、对诗人和艺术家的戕害才是今日的"美国的悲剧"。

2.1 美国进入丰裕社会

在《洪堡的礼物》中索尔·贝娄写道:"我们没有挨饿,我们也没有受到警察的纠缠,没有因为我们的思想而被关到疯人院去,没有被捕,没有被驱逐出境。我们不是到集中营送死的奴隶。我们未曾遭遇过大屠杀,也没有经历过恐怖惊慌的夜晚。既然我们如此得天独厚,那就应当系统地阐述人类所遇到的新问题。"

那么,他所说的新问题是什么呢?众所周知,在整个三四十年代,美国都是在为摆脱经济危机带来的巨大灾害举全国之力而奋斗着,罗斯福新政的实施给美国带来希望,所以它能够不像德国那样为摆脱经济窘境和社会矛盾一次又一次地发动侵略战争。对国际法西斯宣战后,欧洲和亚洲战场的作战又使美国本土免受战争的破坏,所以,进入二十世纪50年代,美国在摆脱了经济大萧条和赢得了第二次世界大战的胜利后,整个国家进入了经济发展的快车道,经济发展速度和综合国力迅速跃居世界第一位,美元以不可阻挡的势头横

---

2 爱德华·W·萨义德:《知识分子论》,单德兴译,陆建德校,北京:三联书店,2002年版,第12-13页。

扫全世界，开创了全世界的"美国世纪"，从而使它可以傲视群雄，引领西方世界的潮流，被公认为这是"西方世界自 1914 年以来所经历的最幸福、最安定和最合理的时期"[3]，在这种情况下，所谓的新问题就不可能是使人惶恐不安的饥荒威胁和令人谈之变色的法西斯暴行了，而是在丰裕社会中所面临的精神堕落和思想戕害。

其实，在 40 年代后期美国就已经成长为世界强国了，在第二次世界大战中发了财的"运气"展示出"金元帝国"的强大实力：总消费持续增长，工业结构发生变化，以原子能、电子技术、空间技术为主要标志的技术革命使新技术、新能源、新材料大量应用于生产，大大提高了劳动生产率，垄断资本对海外资源的大规模掠夺使资本进一步集中和国际化，跨国公司开始兴起，从而使美国的经济和政治霸权地位更加牢固。1947 年约翰·巩特尔（John Gunther, 1901-1970）出版的《在美国内部》一书中就写道：

> 这样，这里呈现在我们面前的是一个巨大的被称之为'美国'的抽象名词。这里在原子时代的最初令人生畏的年代里，存在着一个国家，一个大陆板块，在历史上受到人类与自然的最大青睐，现在迈着踉跄的步伐第一次为令人信服地树立一个成熟的世界强国的形象而努力着。在这里，与整个世界上所有其他的一切不同的是，这是一个享有下列得天独厚的因素的国家，即理想的地理环境与几乎完美无缺的天然的边缘地带，无以估计的疆域、财富、多样性及生机，一种独树一帜的、并且确实没有任何其他地方享有的民主观念与原则的传统——并且是一个刻意地基于一种美好的观念而建立起来的国家。[4]

诗人阿切博尔德·麦克利什（Archibald Macleish, 1892-1982）为此还写下了《美国就是希望》的诗篇。他看到了一种"新美国的新的美国之梦"：拥有巨大机器的工业国家，无边无际的土地，数量众多而技术熟练的人口，富藏铜矿与铁矿的山脉，研究实验室，数里长的工厂，规模盛大的水坝，以及富有想象力的人民。1950 年，美国 90% 以上的家庭拥有电视机，美国生产的汽车占全世界

3　Morris Dickstein：《伊甸园之门——六十年代美国文化》，方晓光译，上海：上海外语教育出版社，1985 年版，第 27 页。

4　唐纳德·怀特：《美国的兴盛与衰落》，徐朝友，胡雨谭译，南京：江苏人民出版社，2002 年版，第 177 页。

总产量的 65%。经济繁荣、人们收入的增长使得每个美国人都充满了信心，都沉浸在经济腾飞带来的种种便利之中。1959 年美国副总统尼克松（Richard Milhous Nixon, 1913-1994）访问苏联时不无自豪地说："作为世界上最大的资本主义国家的美国，从财富分配的立场观点来看，最接近于实现了在一个没有阶级的社会里所有人经济兴旺发达的理想。"[5]

在《论人类不平等的起源和基础》一文中，卢梭（Jean-Jacques Rousseau, 1712-1778）认为，人类一开始所处的自然状态是平等的，随着生产和技术的发展，推动人类由野蛮走向文明，因为，文明社会的出现是一种进步，但是，伴随着文明的每前进一步，人类的不平等也同样前进一步。究其原因，文明社会带来了人间的罪恶和痛苦，人们一旦进入社会状态中，就会跌落到邪恶和苦难的深渊中去，而这对野蛮状态的平等而言，则又是倒退了一步。在《社会学导论》中，芝加哥学派社会学家帕克（Robert Park, 1864-1944）和伯吉斯（Ernest Burgess, 1886-1966）也曾经对"进步"这一概念进行过深入的探讨，他们探讨的中心是人类对于社会发展基本问题在认识上的矛盾性，或者说涉及人类社会的基本的悖论和荒诞感。他们认为在"进步"使世界变得更加舒适的同时，也使世界变得更加复杂化，使人们最基本的生存环境变得复杂起来，使得社会竞争的失败者的生存变得越来越艰难，随着生存基本底线的不断提升，更快更好的"进步"，对于那些弱势的人群来说，就意味着疾病、绝望和死亡。所以，绝不能在一般意义上去认同"进步"，因为对美国社会整体而言，"零售"的"进步"并不能同步地保证"批发"的"进步"。深受社会学思想浸淫的索尔·贝娄颇有同感，他在作品中对美国社会的"进步"有客观的描述，也直面这种进步给人们带来的困惑。在美国经济表面繁荣的帷幕下，许多和索尔·贝娄一样有着远见卓识人也发现了其中存在的问题，美国作家亨利·米勒（Henry Miller, 1891-1980）从欧洲返回美国时，许多人自豪地对他问道："没有哪个地方像美国，是不？"，然而他却觉得自己"就好像走在一个在土地上播种了疯狂之梦的焦躁不安的巨人的后面，"他犀利地指出："我们的世界是一个纯粹的物质世界。它由享受品与奢侈品构成，或者说是由追求这些享受品与奢侈品的欲望构成的。"[6]是的，诚如美国新左派领导人麦克尔·哈里顿（Michael Harrington,

---

5　唐纳德·怀特:《美国的兴盛与衰落》，徐朝友，胡雨谭译，南京:江苏人民出版社，2002 年版，第 315 页。

6　唐纳德·怀特:《美国的兴盛与衰落》，徐朝友，胡雨谭译，南京:江苏人民出版社，2002 年版，第 191-192 页。

1916-1999）所说的那样，有一个人们熟悉的美国，它在演说中备受拥戴，在电视上、杂志上被百般推崇。它拥有世界上史无前例的最高的大众生活水平。但在二十世纪 50 年代，美国变得让人忧心忡忡，不过它的焦虑也是由于富裕所致，这种焦虑不再是基本人类需求、事物、住所和穿衣的问题了。

> 我们日常生活已经恶作剧到这步田地，我们全神贯注的事物竟是如此低级，语言竟然是如此粗俗，文字也是这样迟钝乏味。我们已经讲过那些愚蠢、沉闷的事情，高级天使只能听到喋喋不休的唠叨，含混不清的胡话和电视广告——诸如此类低劣不堪的事物。[7]

"美国到处都是场所——无谓的场所。所有这些无谓的场所都挤满了人——挤满了空虚的灵魂。所有的人都无所事事，所有的人都在寻找消遣。"[8]而索尔·贝娄要批评的正是制造空虚灵魂的社会。

2.2 波西米亚精神的衰微与洪堡之死

　　索尔·贝娄是在 1975 年完成《洪堡的礼物》一书的，经过时间的沉淀，他更能从客观的角度来审视 50 年代的美国，第二次世界大战后，在 40 年代末期和 50 年代美国在相对稳定的发展中开始进入"丰裕社会"，经济的稳定对于经历过大萧条时期的人们来说具有极大的吸引力，他们十分珍惜这种来之不易的局面，都不想得而复失，虽然外部存在着冷战、朝鲜战争和印度支那等问题，但追求稳定的民众希望维持国内现有状况，因此，这一时期虽然被热核战争的恐怖阴影笼罩着，却又弥漫着一种万事如常，人人安分的气氛，人们乘坐在新奇技术这辆游乐车上，正在学习抛弃过去而生活下去，这使得趋向保守的实用主义思想在美国国民中进一步深入人心，美国进入了一个相对安定的时期。技术至上时代到来之际，背叛和利己主义开始堂而皇之地登上历史舞台，经历了两次世界大战的浩劫之后，科学与理性精神日益成为美国主流文化价值观念，早已从早期清教主义的严苛思想中摆脱出来的美国人在近现代社会中更为关注世俗社会现实的切身利益，于是大众文化在传统的精英文化、上层文化之外发展起来并大行其道，它能够使普通大众获得感性愉悦并融入生活

7　索尔·贝娄：《洪堡的礼物》，蒲隆译，上海：上海译文出版社，2006 年版，第 301 页。
8　唐纳德·怀特：《美国的兴盛与衰落》，徐朝友，胡雨谭译，南京：江苏人民出版社，2002 年版，第 191-192 页。

方式之中。

在大众文化中,禁欲主义被人们彻底抛弃,生存快乐和消费主义则被广泛接受,"艺术家里出资本家倒是个意味深长的幽默想法。美国决定用金钱来测定美学上的矫饰程度。"[9]所以,尤利克认为什么马克思呀,达尔文呀,叔本华呀,奥斯卡·王尔德呀都是一钱不值的东西,他奉劝西特林,如果非要当知识分子不行,就要当一个有骨气的,如赫尔曼·卡恩,米尔顿·弗里德曼,或在《华尔街日报》上看到的那种雄心勃勃的人。而在一个没有了诗和意义的时代,美国的魔力完结了,现代社会是消除了魔力的世界,各种娱乐手段开始挤占文学阅读的市场,狂放与诗的时代宣告结束,波西米亚精神走向衰亡。

波西米亚最初是一个地名,位于奥匈帝国(今属捷克)西部地区吉卜赛人的聚集地,后被用来指那些豪放的吉卜赛人和颓废派的文化人。而波西米亚精神作为一种现代审美文化精神起源于十九世纪的法国,波西米亚提倡艺术至上,充满反叛意识和审美意识,是一种前所未有的"浪漫化、民俗化、自由化"艺术,在这种艺术形式中,蕴涵着一种超凡脱俗的独特与傲岸,一种对自由的渴望与冲动。在美国,"20世纪初以来最主要的城市波西米亚群落——格林威治村,以保证人生自由、艺术、性和自由思想为承诺,吸引了美国知识分子——所有这一切付廉价的租金就能得到。"[10]格林威治村这种充满浪漫气息的艺术氛围吸引着来自全美各地的作家和艺术家聚居于此,浪漫主义诗人冯·洪堡·弗莱谢尔在这里成就他的盛名,在30年代,当时二十二岁的他写出了他的第一部诗集《滑稽歌谣》,成为美国名噪一时的诗人,他的诗篇曾经激励着美国民众满怀信心地去战胜经济危机造成的困难,创造自己美好的生活。而40年代末期随着美国经济走向繁荣,波西米亚方式的生活开始与严密组织的经济秩序相冲突,高房租赶走了那些带着憧憬而来的无名小辈,绅士、愚人和商会开始占领这个村落,格林威治村的文化生命力开始没落,以往浪漫的追求自由的波西米亚艺术风格变得不再合乎时宜了,美国波西米亚式生活的黄金时代终结。于是,艺术家们纷纷离开这个曾经给他们带来灵感和激情的地方,洪堡一家也不得不迁居新泽西州的乡下。

---

9 宋兆霖主编:《索尔·贝娄全集》(第6卷),石家庄:河北教育出版社,2002年版,第487页。

10 拉塞尔·雅各比:《最后的知识分子》,洪洁译,南京:江苏人民出版社,2002年版,第16页。

虽然在 30 年代时，洪堡才情横溢，他的歌谣集风靡一时，他的成功吸引着当时还是威斯康星大学学生的西特林，花了 50 个小时乘坐公共汽车去拜访他，他们一起谈论文学，交流思想，成为亲密无间的朋友，洪堡推荐当时默默无闻的西特林去他任职的大学担任讲师，把他介绍给文艺界的名人。但随着波西米亚精神的衰微，洪堡的声誉在持续十年之久后开始衰落，他遭到了一些文人的诽谤，不得不退隐乡下，可是他仍激情满怀，痴心不改，他痛恨美国物质主义至上的生活现状，希望用艺术来改变社会。所以，他决心参与政治，把希望寄托在赏识自己的开明的民主党候选人艾德莱·史蒂文森（Adlai Ewing Stevenson II, 1900-1965）身上，希望他能够在总统竞选上获胜，他想着一旦史蒂文森当选总统，"知识分子要出头了，民主终于要在美国创造一种文明"[11]，诗人将会成为白宫的座上客，"堂皇富丽、纷纭万状的人类事业必须由非凡的人物来安排管理，"[12]但命运给他开了一个很大的玩笑，获胜当选的是共和党候选人德怀特·艾森豪威尔（Dwight David Eisenhower, 1890-1969），这个曾领导美军打败了德国法西斯的将军，其治国方略与史蒂文森截然相反，他施行"有生气的保守主义"，除了要求懂得现代军事知识外[13]，他需要的是发展经济强国和创造科学技术奇迹方面的人才，世界一流的物理学家、化学家、土木工程师与医生等等，"我们必须知道，只有一个强大且物产丰富的美国，才能够协助维护世界的自由……在认识到经济健全乃是发展军事力量以及促进自由世界和平的重要基础之后，我们将努力帮助各地促进并实施那些能够鼓励生产和有利于贸易的政策"[14]，而诗人在他看来并不具备这方面的才能，史蒂文森的败选使得洪堡希望文学得到美国内阁支持的梦想破灭，他用艺术来改变社会的愿望落空了。文化创作的自然环境被破坏，权力美学和制度环境开始登场，美国社会在文化领域开始铺设销蚀杰出、筛选平庸的大网，洪堡成为被排除在这张网外的一类人，成为被疏离和孤立的精神探索者。

11　宋兆霖主编：《索尔·贝娄全集》（第 6 卷），石家庄：河北教育出版社，2002 年版，第 45 页。

12　宋兆霖主编：《索尔·贝娄全集》（第 6 卷），石家庄：河北教育出版社，2002 年版，第 49 页。

13　当时朝鲜战争尚未结束，加之世界范围内资本主义和社会主义两大阵营的对抗，艾森豪威尔之所以上台与其军人出身有着密切的关系，所以他上台后必然表现出对军事的重视。

14　岳西宽、张卫星编译：《美国历届总统就职演说集》，北京：中央编译出版社，2001 年版，第 289 页。

50 年代，出于称霸世界的全球战略，美国加强了对科学技术的重视，促进了科学技术的迅速发展，但科学技术在推动社会发展的同时，也将美国实用主义哲学的功利性的一面发挥到了极致。

> 现代科学和极权主义都是技术之本质的必然结果，同时也是技术的随从。在为组织世界公众意见与人们的日常想法而准备的各种手段和形式中，也有同样的情形。不仅生命体在培育和利用中从技术上被对象化了……归根到底，这是要把生命的本质在交付给技术制造去处理……在技术观念的统治展开来的时候，个体的个人看法和意见的领域早被弃之不顾。[15]

以人为心中的实用主义要求将与人的生活息息相关的事务和实际问题作为研究对象，从而使其为改善人类的生活状况，为提高人类的生活品味和质量服务。在实用主义者看来，只有那些对人类活动有利的，促进人类行动成功或收到成效的事物，才是有意义、有价值的。从实用主义出发，50 年代的美国统治阶层将技术理性和价值理性对立起来，从这种观念来看，科学技术与诗意和浪漫是相敌对的，它追求严谨的理性，排除想象力，但它与社会现实完全妥协，沉沦于物欲的满足中，而抛弃理想主义和理性原则，从而走向一个极端。然而，技术理性的本质特性属于知识层面的工具理性，如果没有高尚的价值理性对它给予支持和审美关怀，它将最终失去对于人类生活、对于社会进步所具有的积极作用，反而还会对人类社会的发展形成极大的威胁。而这时的洪堡虽然饱经忧患，受到社会的包围、劝诱和威吓，但仍旧始终沉醉在浪漫主义的诗情中，他充满激情和想象，在第三次技术革命风头正劲时一往情深地呼吁人们恢复想象力，因为想象力是经验世界、培养鉴赏力、恢复秩序的途径，而美国社会物质的丰裕和庸俗的追求扼杀了想象力敏感的触角。他试图解决技术进步与心灵哲思的矛盾，希望人们更关注自身的心灵，"假如生命不使人陶醉，那它就不是生命，什么也不是。让生命要么燃烧，要么腐烂，"[16]但是在这第三次技术革命的关键性年代中，由于追求科学，人们认为他们之间彼此不抱幻想，

> 在我们这个时代，上帝已经从我们可视的外部世界隐退了……世

---

15 海德格尔：《诗人何为？》，转引自《海德格尔文集·林中路》，北京：商务印书馆，2018 年版，第429-430 页。

16 宋兆霖主编：《索尔·贝娄全集》（第 6 卷），石家庄：河北教育出版社，2002 年版，第48 页。

间万物仍是如此这般的精美，一如神的旨意，但神的精神已不在其中

起作用……我们大家顶礼膜拜的人类智慧，固然能带来自然科学的进

步，而且，这种科学也是伟大的，但仅仅这点是不完美的。[17]

这种不完美表现为对人文精神的排拒，像洪堡这类诗人就被视为科学技术的
威胁和敌人，与强势发展的科学技术相比，

诗人就像醉汉和不合时宜的人，或者精神变态者，可怜虫；不
论穷富，他们毫无例外地都处于软弱无力的地位。——是不是这样
呢？难道有谁还能比得上波音公司或斯佩里兰德公司吗？还能比得
上国际商用机器公司或美国无线电公司的机器及其巧夺天工的技术
知识吗？是的，一首诗能把你用飞机两小时从芝加哥送到纽约吗？
它能计算出一项空间射程吗？它没有那样的能力。哪里有能力，哪
里就会吸引人。[18]

在古代的西方社会乃至在那个物质困乏或没有极大丰富的大萧条时期，诗是
一种力量，诗人真是有力量的，但是物质生活非常丰富的现在美国呢，诗人只
能为了反衬科学技术奇迹和威力而存在，洪堡不能不同意由金钱、政治、技术
垄断权力，并由它们主宰人们的兴趣，时代要将民众置于社会阶梯的确定位置
上，而一旦进入这个位置，他们就不再关注"人"的价值，因此，洪堡找不到
适合于诗人可以做的其他事情、新的事情和必要的事情。在美国物质化的、实
利化的社会中，科技进步是为了生产更多的先进产品，满足人们越来越高级的
物质享受，政治是为他们服务的。不管是政治家还是普通的民众，会有多少人
静下心来读上一首诗，并从诗中找到鼓舞自己的精神力量呢？答案显然是否
定的，在技术理性统辖一切的社会环境里，在追求奢华享受的喧嚣中，那曾经
充满诗意的文字被务实的美国人当成了疯言痴语，不再能够引起人们的兴趣。
在物质与精神的选择中，诗被放弃了，诗人被放逐了，诚如洪堡所说的那样：
"他们把我挤干了。世界不断地干扰着我……我觉得我仿佛生活在现实的边
缘。"[19]在布伦塔诺新出版的文集中，洪堡那些充满情感的诗句已经找不到丝

17　宋兆霖主编：《索尔·贝娄全集》（第 11 卷），石家庄：河北教育出版社，2002 年
　　版，第 70 页。

18　宋兆霖主编：《索尔·贝娄全集》（第 6 卷），石家庄：河北教育出版社，2002 年
　　版，第 206 页。

19　宋兆霖主编：《索尔·贝娄全集》（第 6 卷），石家庄：河北教育出版社，2002 年
　　版，第 173 页。

头脑清醒的"局内人"
——索尔·贝娄文学创作的"美国性"研究

毫的踪迹，新的时代和这个时代的人们"已经不再需要洪堡了。这样，他的思想、作品、感情便一文不值了。那些充满着对美的召唤的文字，除了耗尽他的心血而外，再也没有任何意义了。"[20]现实生活中确实需要关注民生和实用，但心灵还需要关注情感、关怀生命，关注人与自然以及宇宙万物之间的关系，这才是文学的最高境界，但在权力美学的操纵之下，这种文字被放逐被摒弃了，阿谀奉承的媚俗文字大行其道。

虽然现代真正的知识应当是科学的世界观的垄断，排除一切想象进入客体，诗被拒绝成为知识。但是，"难道在重要的知识发展时，诗真的会落在后面吗？难道思想的想象形式真的属于人类的童年时代吗？"[21]洪堡始终坚持着一个美国诗人的柏拉图式的崇高思想，他不甘心浪漫主义的失败，希望能够重新建立起理想的精神王国，在诗的精神国度里继续着美、善、爱、人道主义的追求。然而他的境况却越来越糟糕，美国不喜欢特殊的价值，也痛恨代表特殊价值的人，整个社会都处于浅薄的浮躁中，绝大多数沉浸在快乐富裕中的人们是不会有痛苦的。"几十年来，在世界各地，居于政府最高地位的，已经几乎看不到真正称得起人的人了。人类必须恢复它的想象力，恢复活生生的思想和真正的生活，不再接受那些对灵魂的侮辱。得立即去做。"[22]为了回到能够重新写诗的良好状态，获得平静的心境，他多方奔走，求得朗斯达夫帮忙设立了一个基金，在普林斯顿大学开设现代诗学讲座，希望通过课堂传播自己的思想，为此甚至不得不违心地说自己已经放弃了该死的波西米亚思想，但这仍然未能取得学校董事会的信任，他们知道，洪堡从骨子里是反对物质至上的，他的自由主义的思想不可能与他们合拍，一旦他有了机会就会不遗余力地推销他的人道主义思想，他们绝对不希望在自己投资的校园里培养出来的学生成为自己的反对者，所以，洪堡被驱逐了，"美国是不再需要艺术和内在的奇迹了，因为它外在的奇迹已经足够了。"[23]是的，美国本身是一宗大投机买卖，很大。它掠夺的越多，给诗人和艺术家剩下的就越少。因此，洪堡的行为势必成

20 宋兆霖主编：《索尔·贝娄全集》（第 6 卷），石家庄：河北教育出版社，2002 年版，第18-19 页。

21 宋兆霖主编：《索尔·贝娄全集》（第 6 卷），石家庄：河北教育出版社，2002 年版，第 458 页。

22 宋兆霖主编：《索尔·贝娄全集》（第 6 卷），石家庄：河北教育出版社，2002 年版，第 321 页。

23 宋兆霖主编：《索尔·贝娄全集》（第 6 卷），石家庄：河北教育出版社，2002 年版，第 19 页。

为滑稽离奇的笑料，他的浪漫主义理想，他的不懈坚持，在大多数人看来就像是一个天真的孩子，一个令人发笑的小丑，一个不谙世事的傻瓜。第二次世界大战以后，科学技术的巨大发展使得生产和经济比过去任何时候都更加依靠知识性的活动，所以即使最反动、最专制的政权也得给大学里的科学家一定程度的自由。这时美国的大学虽然仍然保持着自由意识形态，而且许多教授努力地并真诚地靠着这种意识形态生存，许多知识分子及其政治观点受到学术自治的保护，不受来自整个社会的政治、经济、宗教和文化的限制所约束，但学院的高墙之内毕竟不是世外桃源，这种独立或自治本身包括了限制，美国大学的政治奇迹并非总是在发生，洪堡为诗寻求心灵平静之地选择了普林斯顿，但学院显然不是富有才华的诗人的天然家园，宁静的校园这神圣的净土早已经被俗世的物欲所渗透，普林斯顿将他驱逐于门墙之外。在两大政治集团冷战严重的情况下，洪堡拒绝了去联邦德国进行学术讲座的机会，害怕自己被抓做人质而成为美苏政治集团之间绞力的牺牲品，失去性命，但现在，在美国国内，他同样被"牺牲"了。

在艺术蜕去了神圣的色彩，越来越注重其商业价值，大众文化通俗文化大行其道的时候，洪堡也清醒地认识到，"啊，钱的神通，艺术和它纠合在一起——把金钱作为灵魂的丈夫，这是一种没有人会以好奇心去探讨的婚姻。"[24] 尽管他也希望成功，如果他稍微妥协一下，他就会继续拥有金钱和名望，因为在他死后，他生前的一项小小发明被利用起来，在纽约三马路和爱丽舍田园大街娱乐着人们，只不过同时也搜刮着他们每一个人的钱财。但是活着的时候他是不屑与流俗之徒为伍的，不想让自己彻底沉沦下去，因为他给自己确定的是精神导师的社会角色，他和充斥着物质主义风气的 50 年代美国社会从一开始就是相互敌视的，

> 诗人们必须进行梦幻，而梦幻在美国却不是件轻而易举的事……诗人的力量与兴趣从何而来呢？那是来自梦幻的国度。这些东西之所以会来，正是因为诗人就是他内在的本色，因为一个声音在他的灵魂中鸣响：这灵魂，具有同社会的、国家的、政权的力量相等的力量。[25]

---

24 索尔·贝娄：《洪堡的礼物》，蒲隆译，上海：上海译文出版社，2006 年版，第 378 页。

25 宋兆霖主编：《索尔·贝娄全集》（第 6 卷），石家庄：河北教育出版社，2002 年版，第 393-394 页。

二者之间的矛盾不可调和，冲突也是避免不了的，但作为弱小的个体的诗人面对整个社会这个庞然大物，虽然在精神上有同社会的、国家的、政权的力量相等的力量，但残酷的现实社会并不单是精神的较量，"这个世界有钱，有科学，有战争，有政治，有忧虑，有疾病，有困惑。它具有全部的电压。一旦你拾起了那根高压线，成了什么人物，出了名，那你就无法脱离电流了，你就会被电麻，"[26]洪堡与之斗争未免有些力有不逮，但他并没有妥协，为此，他采取了过分激烈的抗争方式，却并不能撼动社会一丝一毫，反而既伤害了亲人和朋友，也伤害了他自己，从而为自己的艺术生命画上了令人叹息的句号。

在波西米亚精神中，对浪漫和自由的追求是与美国的实用主义相对立的，诗人的力量和兴趣来自梦幻的国度，因此，文学艺术所追求那种浪漫情怀，理想主义，那种不能像股票债券一样放在文件夹中保存的过于真实的思想，那种艺术至上的理念，在"丰裕社会"中变得十分不合时宜，"我们生活在一个对艺术家有着无法克服敌意的科技时代。因此艺术家必须为生活而斗争，为自由而斗争，和其他每一个人一样——为正义和平等而斗争，因为这二者已经受到机械化和官僚化的威胁。"[27]虽然现在的人们也有所谓的"精神财富"，形形色色的世界观，可是没有一种是能够束缚人的，没有一种精神是必不可少的，也没有一种具有真正的力量，更没有一种是可以向灵魂倾诉的。

> 洪堡想把世界装饰得光彩夺目，可是他材料不够。他费劲了心机，只不过才装饰到肚皮上，而肚皮以下，还是众所周知的粗野的裸体而已。他是一个可爱的人，落落大方，有一颗黄金似的心。可是，他的善良依然是人们所认为的过了时的善良，他所用的光辉依然是陈旧得已经极为罕见的光辉。我们需要的则是另一种全新的光辉。[28]

这种全新的光辉就是五十年代美国民众一门心思追逐的"好时光、高工资和高就业"，洪堡和这种新的光辉格格不入，所以为社会所排挤而陷入穷困潦倒的状态。不甘心失败的洪堡出于嫉妒，把昔日的朋友当成了对手，攻击西特林的"百万家产"，攻击他获得普利策奖，并在西特林与女朋友分手之际，利用过

---

26 宋兆霖主编：《索尔·贝娄全集》（第 6 卷），石家庄：河北教育出版社，2002 年版，第 394 页。

27 王宁：《诺贝尔文学奖获奖作家谈创作》，北京：北京大学出版社，1987 年版，第 439 页。

28 宋兆霖主编：《索尔·贝娄全集》（第 6 卷），石家庄：河北教育出版社，2002 年版，第 145 页。

去与西特林结拜兄弟时拿走的一张支票，兑取了六千多元钱，只是为了惩罚西特林不再去看他。他苦苦思索着如何在过去与现在、生与死之间周旋，然而他的苦思冥想并不能使他的头脑变得清醒，反而越来越混乱，最终思想崩溃。由于在生活中屡遭挫折，荣誉不再、尊严失落，挽回昔日的一切成为梦想时，洪堡开始变得喜怒无常、刻薄多疑，他开始酗酒、吃药，加强对妻子的控制，经常幻想妻子凯丝琳对他不忠，怀疑妻子与西特林的关系暧昧，并为妻子幻想出一个子虚乌有的情人——青年评论家马格纳斯科，当凯丝琳与其他男人在一起时稍微有一点亲密举动，他就怒不可遏。在一次宴会上，凯丝琳因为要点着自己手中的香烟，伸手到一个熟悉的男子利特伍德口袋去掏火柴，被洪堡看到后，就万分愤慨地当众将她的胳膊拧到背后，从厨房拖到院子中，用拳头猛烈击打她的肚子，扯着她的头发将她拉进汽车里，后来甚至想要开车撞死她。他的严密监视使她彻底成了不在监狱中的"囚犯"，失去了人身自由，最后凯丝琳不堪忍受洪堡的虐待逃走了，他却进一步猜测她是跟情人在一块，带着枪去寻找那个他头脑中幻想出来的男人，结果被警察当成疯子关进了贝莱坞精神病院。当科技奇迹的光辉照耀着新的乌托邦时，"美国同胞们听着，如果你抛弃了功利主义和人生的正当追求，那你就会像这个可怜虫一样被关进贝莱坞。"[29]从精神病院出来后洪堡一蹶不振，流落街头，像一株被蛀虫蛀蚀一空的灌木一样，彻底枯萎了，最后因为心脏病发作，孤独地死在一家寒怆的小旅馆中。

洪堡生前一直洁身自好，注重名誉地位，不想受到实利主义的腐蚀，不愿意与社会妥协，可却只能做一个荒野里的英文教授，疯人院中的了不起的诗人。而在他经受了社会的折磨，才华已经枯竭，思想完全崩溃，肉体彻底死亡后，美国的报章杂志才对他大加赞赏，使他暂时享受一个具有重大意义的失败者的威望：

> 《时报》对洪堡的死大为震动，给他安排了横贯两栏的篇幅。
> 照片很大，因为洪堡毕竟在愚昧的美国做了一个诗人应当做的事。他追逐毁灭和死亡比追逐女人还要起劲。他一生呕心沥血，终于乘着尘土飞扬的滑梯回了老家——他的坟墓。在九泉之下，他还将苦苦耕耘。是的，艾德加·爱伦·坡也是这样的下场。他是从巴尔的

---

29 宋兆霖主编：《索尔·贝娄全集》（第 6 卷），石家庄：河北教育出版社，2002 年版，第 207 页。

摩的阴沟里捞上来的，而哈特·克莱恩从船舷上跳海自尽，贾雷尔
亡身于汽车之前。还有可怜的约翰·贝里曼是从一座桥上跳下去的。
由于某种原因，这些可怕的事却得到了商业与技术高度发达的美国
的特别赏识。这个国家为它死于非命的诗人而感到自豪。而这些诗
人却证实美国太粗，太大，太多，太坎坷了。美国的现实是如此冷
酷无情，而这个国家反而从中获取令人寒心的满足。当一个诗人，
要干学者的事，女人的事，教会的事。精神力量的软弱在这些殉难
者的幼稚、疯狂、酗酒和绝望中得到了证明。俄尔甫斯感动了木石，
然而诗人们却不会做子宫切除术，也无法把飞船送出太阳系。奇迹
和威力不再属于诗人。诗人之所以受到爱戴，正是因为他们在这方
面无能为力。他们的存在，只是为了反映那种无边的纷乱，为某些
人的玩世不恭辩护。那些人说：'如果我不是一个寡廉鲜耻的下流
坯，不是一个讨厌鬼，不是一个贼和贪得无厌的人，那么，我也不
会取得成功。看看那些善良温顺的人吧，他们虽然堪称我们中间的
精华，但他们却都被挫败了。可怜的傻瓜们！'[30]

在索尔·贝娄以往的作品中，鲜有以主人公的死亡作为结局的，但诗人洪堡显然是属于例外的情况，1952 年，他拒绝了柏林自由大学的讲学邀请，由于当时正处于冷战时期，苏美对立严重，他害怕被苏联国家政治局和人民内务委员会劫持而殒命，但却在几年后因被美国这个实用主义的社会所抛弃，致使其穷困潦倒，心脏病发作得不到治疗，孤寂地身死于纽约的小旅馆中，而西特林的哥哥富翁朱利叶斯则因为有足够的金钱，能够在医院通过手术更换心脏的血管而活了下来。诗意在金钱面前溃败下来，现代的美国金钱已经等同于宇宙力的大小，这就是残酷的现实。洪堡曾经用他的自由精神和浪漫情怀鼓舞了美国人的理想，最后却被这些实现了理想的美国人所嫌弃，洪堡认为文学艺术是拯救社会的有力精神武器，而在有钱人和普通民众看来则是可以随时终止的游戏。他们已经丧失了对造成灵魂空虚的社会采取行动的能力和决心，不仅剥夺了洪堡的私人社会经验，还阻碍了他在社会中发挥作用，时代要求他放弃自我和个人退隐，他们不仅在精神上打败了诗人，使他陷入崩溃状态，也从肉体上消灭了诗人，把洪堡送入了坟墓中。在他生前，他深刻体会到了文化沦落

---

30 宋兆霖主编：《索尔·贝娄全集》（第 6 卷），石家庄：河北教育出版社，2002 年
　　版，第 158-159 页。

为装饰品的刻骨铭心的痛苦，正是因为他对这个社会失望透了，所以沉浸在这种痛苦中去"无事生非"，想要"利用时代赋予他们的机会，揭示人生的意义，表达自己对时代的感受，或者发现了意义，或者找到了自然的真理"[31]，不过当他发现这种机会微茫的时候，他愤怒、疯狂，所以就更不能为社会所容忍，他的死亡是这个社会希望看到的最好结果，尽管"尚有最高超的闻所未闻的诗，就在美国埋葬着，而没有一种见诸文化的传统手段能够着手采掘它。"[32]

2.3 西特林：顺向社会化与精神复归

"美国是一个新开拓的国家，在准备去开发它并向大自然夺取生活的强有力的先锋们看来，国土是自由的。适者生存是新世界文化的基调。美国人的成功哲学，基于个人的机遇和野心"[33]，美国的这种文化氛围和哲学思想，为各人提供了充分选择的自由，它不要你凭空设想，只是需要你按照它规定的原则，迅速适应身边的环境，抓住机会，面对现实一步步地去做。与洪堡在 50 年代以后的失意人生相比，西特林似乎是一个成功人士了，但小说的作者索尔·贝娄却说"查理一点也不成功，他是一个由于'拥有'成功而使自己'远离'成功的人。"[34]之所以这么说，是因为西特林的成功是他顺向社会化的结果，而他的远离成功也是他完全顺向社会化的结果。

任何社会都是由各种各样具体的人组成的，社会是人类生活的共同体，个体的人则是社会系统最基本的要素，社会整体的良性运行和协调发展离不开每一个个体的参与和建设。而在社会的发展中，个人也必须随着社会的发展变化进行社会化。所谓社会化，指的是个体在与社会的互动过程中，逐渐养成独特的个性和人格，从生物人转变成社会人，并通过对社会文化的内化和角色知识的学习，逐渐适应社会生活的过程。因为个体人格不是自然，不隶属于客体的自然的等级结构，不是这个等级结构的一个部分，虽然每个人的个体人格中

31 宋兆霖主编：《索尔·贝娄全集》（第 6 卷），石家庄：河北教育出版社，2002 年版，第 545 页。

32 宋兆霖主编：《索尔·贝娄全集》（第 6 卷），石家庄：河北教育出版社，2002 年版，第 594 页。

33 E·C·波林：《实验心理学史》，高觉敷译，北京：商务印书馆，1981 年版，第 578 页。

34 Hollahan, Eugene ed. *Saul Bellow and the Struggle at the Center*, New York: AMS Press, 1996, p.129.

还存在着普遍的共相的特征，如种族的、历史的、传统的、阶级的、家庭的或遗传的非个体性的特征，但经由社会化的最终结果就是独特人格的形成，即自我自由的实现。索尔·贝娄虽然深受人类学和社会学思想的浸淫，但他的文学创作毕竟不同于社会学研究，所以作品中的人物不可能像社会学研究对象那样去经历从童年到老年、从出生到去世的整个社会化过程，而是选取了他们生命历程中的某一时期，揭示他们在社会化过程中的际遇，遇到的矛盾，做出的选择。

人是社会的组成要素之一，是社会的一份子，没有人能够完全封闭地建构出只属于自己一个人的社会。作为个体的人，要想完成自己的自我实现，就要认真确定自己的社会角色。社会角色是在社会系统中与一定社会位置相关联的符合社会要求的一套个人行为模式，也可以理解为个体在社会群体中被赋予的身份及该身份应发挥的功能。对个体的人来说，只要他是社会的成员之一，就必须承担起自己的社会角色，而确立自我社会角色的过程是个人改变以前的价值标准和行为规范，重新建立起符合社会要求的价值与行为的过程，不管这个过程是主动的还是被动的，也就是人的再社会化。其实，对于索尔·贝娄作品的主人公来说，他们在作品的故事开始前业已形成了自己的世界观，确定了自我的社会角色，当他们的世界观和社会角色与现实社会发生冲突时，作为独立的个体，就需要他们不断地进行自我调整，进行再社会化。因为，在社会中，角色不是孤立存在的，而是与各种社会关系和时代形势的发展相关联的，因此，个人在社会中的角色是动态的，处于变化中的。

从社会角色的获得方式上来说，社会角色可以分为先赋角色和自致角色。先赋角色又被称为归属角色，指的是建立在血缘、遗传等先天的或生理的因素基础上的社会角色，这是个人一出生就被赋予了的。对于索尔·贝娄笔下的人物，他曾经说过，

> 几乎在我所有的作品里，总会出现一个原始的人物，他的教育还没有使他改变，文化和历史环境也还没有使他改变，他身处文明和历史之前。……在这些人身上有某种东西是永远不可改变的，从根本说是不可教的，这种东西是灵魂天生固有的。世界上的各种力量纷至沓来，其目的在于改变我们，假如一个人将自己交出去，听任所有那些力量来改变自己，那么我认为这个人就失去了灵魂；相反，如果他去抵制这些世俗的力量，那么我觉得这个人自身的力量

就能够得到发展并发挥作用。[35]

这些人物灵魂天生固有的品质就像是先赋角色一样，不会随着社会的发展变化而变化。自致角色是相对于先赋角色来说的，是指通过个人的活动和努力而获得的社会角色，是个人活动的结果。人作为社会性的生物，先赋角色固然重要，但在个人的生命中更多的是他们为了在社会中生存和实现自我价值而努力的自致角色。如果索尔·贝娄作品中的洪堡是先赋角色的典型的话，那个西特林则是明显的自致角色，是在社会化后形成的"自我"。洪堡是索尔·贝娄所希望的那种非功利的表现性角色，一个以能够维护美好秩序，表现良好社会行为规范、价值观念、思想道德为目的的社会角色，西特林就曾希望他成为"本世纪最伟大的美国诗人"，能"净化充满陈腐的尘土的意识"，并且教给人们关于"明显缺少的四分之三的生活"[36]。但在 50 年代，美国社会整体的价值观念与思想道德并不契合而是相冲突，它对社会秩序有迎合的一面同时又可能对社会秩序造成破坏。在适应社会的过程中，那个曾经充满了正义感和社会热忱的西特林很快自觉不自觉地扮演了一个功利性的社会角色。

琳达·西格（Linda Sege）在《让一个好剧本变得更精彩》里对推动剧中人物角色的七种动力进行了概括，它们是：生存——活下来的基本需求；安全保障；爱的归属——住所、家庭、团体或某种联系；自尊或他人的尊重——被认可；认识和理解的需求——对知识的寻求；审美——对平衡和秩序感的需求；自我实现。然而，虽然 50 年代以后的美国人不再像大萧条时代那样有着饥饿之忧和随时被警察抓走之虞，但人的生存、自尊和自我实现又受诸多因素的影响和限制：首先，个人受到社会的奴役和限制。自从人类摆脱了茹毛饮血的原始状态以后，人就成了社会化的生存物，个体的人成为社会的一部分，社会中的人是社会的生存，即要与他人产生关系，人的社会性是人与人相互结合形成的共同体，但是个体人格却不是社会的一部分，不服从于社会，个体人格高于社会，社会高于国家，精神高于世界，人的自由的源头在精神之中。其次，个人受到自我的奴役。限制和奴役人的社会产生自人的内在的奴役状态，人受到外在力量奴役的同时又受到内在自我的奴役，追求自由的个人主义有利于张扬人的天性，而自我中心主义则毁灭了个体人格，它将个人主义发展到极端

35 马修斯·鲁戴恩：《索尔·贝洛采访记》，郭廉彰译，北京：《国外文学》，1988 年第 3 期，第 224-225 页。

36 Hollahan, Eugene ed. *Saul Bellow and the Struggle at the Center*, New York: AMS Press, 1996, p.16.

和狂热的程度，诱发的是个人主义的消极的方面。个体的人是孱弱的，而孱弱的个人主义仅在较宽松的社会制度下才能存活，一旦进入现代资本主义社会，遭受到经济力量和经济利益的围剿，顷刻就会覆灭。所以，在现代美国社会中能够如鱼得水的个人主义者都是善于投机钻营，追逐实惠的人。"为什么这个世界上的尤利克们（还有坎特拜尔们）能够那样子摆弄我，就是因为他们清醒地知道自己的欲望。这种欲望也许不高，但却是在完全清醒状态下追求着。"[37]再次，个人受到国家的奴役。国家将自己的强权凌驾于人的生活之上，并倾向于无限制地行使强权，这在现代美国社会也不例外，官僚政治不仅产生于集权制国家，所谓的"民主"国家同样如此，如 50 年代美国政府对浪漫主义的压制、推行麦卡锡主义和权力美学等等。此外，个人还受到财产、金钱和爱欲的奴役。财产对于人来说，其总的功能是为着人的生存，但这一功能在资本主义制度下被扭曲了，它具有了两重作用，既捍卫人的自由和独立，也使人沦为客体的和物质世界的奴隶，从而使财富和金钱丧失功能上的意义，从简单的生存手段蜕变为生存的目的。在个体的人保证生存、追求发展和自我实现的过程中，他们有意无意地落入这些让人受到奴役的陷阱中而迷失了自我。所以，他笔下的人总在寻求自我，一开始与环境格格不入，奋斗无出路，又被迫回到现实，经历了从异化到归化的痛苦过程。这些人物都是充满矛盾和欲望的'反英雄'——有危机感，希望有变化，但还是不可能自己做主。"不过他描写的痛苦是喜剧性的，是黑色幽默。他有一种理论是：当代世界的荒诞不能用悲剧表现，只能用喜剧表现。"[38]但喜剧化的场面中流露出的却是浓重的悲剧感。

俄国哲学家别尔嘉耶夫（Nicolas Berdyaev, 1874-1948）在考察社会时认识到，在这个世界上，高价值的比那些低价值的更孱弱，更微不足道，价值最高的被钉死，价值低的却能够凯歌高奏。新思想、新生活的先驱和创造者往往会横遭迫害，死于无辜，而恪守社会习惯性生活的平庸之辈却节节胜利。在现代美国社会中，最高价值——人的个体人格得不到认可，低价值——国家以及国家所使用的暴力、欺骗、抢劫、杀害却赢得赞许。现代人之所以堕入迷途，是因为他们把力量和卑劣的手段搅混在一起，以为为了实现自己的目的，卑劣的手段也会变成高尚的东西。

---

37 宋兆霖主编：《索尔·贝娄全集》（第 6 卷），石家庄：河北教育出版社，2002 年版，第 497 页。

38 《美国文坛第一人以知识分子身份写作》，上海：第一财经日报，2005 年 4 月 11 日。

艺术家的精神追求与美国社会物质至上主义之间（有）不可调
和的冲突。在一切以金钱为衡量标准，以追求物质享受、赚取最大
利润为目标的社会中，有着崇高精神追求的艺术家处处碰壁，无可
奈何地被异化了。在物欲横流的世界中高雅文化的失落、精神理想
的失败和道德的沦丧是不可避免的。[39]

一般说来，现代美国社会中的个人主义已经成为利己主义的代名词，自由主义
也成为了放纵自我的遮羞布，放任地追求个人自由反而使自我成为社会风尚
的亦步亦趋的追随者，并在放纵和孜孜以求的谋求个人利益中失去了自我，丧
失了个体人格。所以，索尔·贝娄十分看重的是个人的精神自由，《洪堡的礼
物》通过对作品中人物不同命运的刻画，反思了社会"批发的进步"，指出就
是这种进步导致了洪堡的死亡，在个体与社会的关系上，洪堡这个狂热的浪漫
主义诗人在现实世界里到处碰壁；作品同时对美国的个人主义和自由主义进
行了反思，通过西特林等人物的命运遭际提醒人们不要使个人主义和自由主
义走向自己的反面，使自己在暴力、欺骗等无所不用其极的手段中迷失自我。

与洪堡始终追求精神自由的强烈个性人格不同，西特林身上更多地体现
出世俗的特征，他意识到"美国对人类精神是个严酷的考验。如果它使每一个
人都受到挫折，我倒不惊讶。某种更高的权力似乎仍在渺溟之天，灵魂的有知
觉的部分依恃其物质便利在一意孤行。"[40]因此，在 50 年代社会形势发生转变
之际，他的生活态度与洪堡截然相反，当他明白艺术不再能代替现实生活，他
就开始考虑怎样才能明智地对付实用主义的美国，于是，他摇身一变成了为美
国政治制度辩护的"驱士"，自以为是地把艺术当成发财的手段，玩弄手腕，
巴结政客，贪恋女色，广泛结交三教九流，处处逢场作戏，使自己在纽约和芝
加哥混得风生水起。他熟谙名人传记的潜规则——把假的说成真的，把少的说
成多的，放大他们取得成功所付出的代价，极尽吹嘘之能事，这样就通过文字
将那些政客和富商打扮的品德高尚，光彩奕奕，也使他在获得金钱的同时为自
己打开了通向白宫的通道，一跃而成为肯尼迪总统的座上嘉宾。西特林是被社
会推着走的，他看到了社会的表面现象和少部分的内幕，他明白仅凭他个人的
力量，他不可能改变物欲横流、金钱至上和忽视文化、精神空虚的社会风尚，

39 程锡麟：《西特林的思与忧——〈洪堡的礼物〉主题试析》，南京：《当代外国文学》
　　2007 年第 4 期，第 19 页。

40 宋兆霖主编：《索尔·贝娄全集》（第 6 卷），石家庄：河北教育出版社，2002 年
　　版，第 481 页。

所以他不会选择像洪堡那样去与社会对抗，他给自己的定位是一个顺应社会的随遇而安的社会角色，但他的良心并没有完全泯灭，他清楚知道虽然"全世界在凝视着美国人的脸，说道：'别跟我说这些快乐富裕的人在受罪！'然而民主的富足有它自己的特殊困难。美国是上帝的实验。人类的许多旧痛消除了，这使新伤更加突出更加神秘。"[41]尽管他也曾给这个社会些微的推波助澜，对洪堡的困苦窘境避而远之，有自私自利之嫌，但他并非知识分子中的败类——靠着伤害别人往上爬的野心家，这是因为利己是人的本性，不能要求他像圣贤一样做到心地无私。所以，他既是这个社会的受益者，取得了成功，也是这个社会的受害者，因为没有大奸大恶的硬心肠，就每每为社会丑恶所困，既受到流氓混混的打砸和讹诈，又遭到前妻的恶意诉讼和情人的无情抛弃。所以，西特林的顺向社会化是被动的，是随着社会大齿轮转动的一个小小的部件，他注定成不了时代的风云人物。因此，清醒过来后的他接受了俄国伟大作家托尔斯泰（Lev Tolstoy, 1828-1910）提出的告诫，"结束错误和不必要的历史喜剧并且开始率直地生活。"[42]

《洪堡的礼物》与其说是洪堡的生平故事，倒不如称之为《查理·西特林历险记》更为合适。因为他既经历了洪堡岁月，又经历了后洪堡岁月（从 40年代到 70 年代）。在洪堡岁月中，洪堡是他艺术创作的导师和精神上的父亲，由于他的理性和谨慎，他不可能像洪堡那样选择自我毁灭，因此，他选择了背叛，与社会主流合谋，但是这种生活并未给他带来内心的幸福，"然而，我想清楚地表明，我说起话来就像接受到或体验到光的人一样。我指的不是'光线'。我说的是一种'生命之光'，一种难以确切表达的东西，特别是在这样一类描写中，有如此多好斗的谬误的愚蠢的虚妄的人物行动和现象处于突出的地位。"[43]这里所说的"生命之光"与中国明代思想家李贽提出的"童心说"中的童心类似，指的是一种绝假纯真的赤子之心，也可以是社会学所说的先赋角色。在充满秩序与混乱的美国社会中，西特林已经厌倦了他曾经趋之若鹜的时尚，50 年代的他扮演的是一个成功的自致角色，凭借所谓的大众文学而名声鹊起，并得以人前显贵，这种大众文学或大众文化是美国政府在取缔了活生生

---

41 宋兆霖主编：《索尔·贝娄全集》（第 6 卷），石家庄：河北教育出版社，2002 年版，第 213 页。

42 转引自萨克文·伯科维奇：《剑桥美国文学史》（第七卷），孙宏译，北京：中央编译出版社，2008 年版，第 300 页。

43 Saul Bellow, *Humboldt's Gift*. New York: Viking, 1995, p.177.

的人类群体和群体生活之后，不得不发展出来的填补人们生活空虚的东西，它能够使普通大众获得感性愉悦并融入生活方式之中。在大众文化中，禁欲主义被人们彻底抛弃，生存快乐和消费主义则被广泛接受，这种文化先天的缺陷性不仅使它不能成为对公众有益的审美文化，反而成为愚弄民众的反审美文化。因此这里的大众仅仅是统计学意义上的大众，空洞的大众，单纯指接受人数的众多，而没有考虑他们接受的质量和受到艺术感染的程度，只能给观众或读者带来一时性的新奇和刺激，不能给作为受众的大众提供思想上的帮助和营养，不能与他们建立真实的感情联系与共鸣。

在 50 年代以后的美国，"'文化大众'所表现的种种乏味形式的制度化，以及市场体系所促成的生活方式——享乐主义，这三者的相互影响构成了资本主义的文化矛盾，"[44]所以，西特林才越来越"厌烦"并将他所写的东西称为"厌烦文学"，而厌烦是荒废的精力所造成的一种痛苦。也正是因此，他开始怀念童年时代的这种"生命之光"，寻找自己的先赋角色。在 1958 年发表的《尘封的珍宝》中，索尔·贝娄指出，文学的任务是挖掘隐藏在人们内心深处人的品质，但由于人们过分沉湎于物质追求，他的心中就再也没有更高尚的思想，也没有了诗，精神和灵魂处于沉睡状态，因此再也无法与更高等的存在沟通。然而每个人心中都隐藏着力量的源泉，一种内在的才智，一种本能，能够唤醒人的精神和灵魂，令人勇敢地面对世界的腐败和威胁。西特林意识到了自己在这个混乱的社会中过分的经济倚赖和缺乏家庭责任感，"我意识到我惯于弄清楚自己置身于何处，然而我错了。不过，我至少可以这么说：我在精神上有足够的能力而不至于被无知压垮。此刻，我清楚地意识到，我既不属于芝加哥，也没有完全摆脱它。"[45]通过成名、结婚、离婚诉讼、被坎特拜尔纠缠以及和莱娜达姘居，"总之，不管多么令人担惊受怕，我爱好刺激的心灵算是得到了满足。我知道我为这种满足付出了多大的代价。然而，我心灵满足的门槛升得过高了，我必须把它降下去。它超越了限度。我知道，我必须改变一切。"[46]他在思考一个人可能达到的那种值得向往的自我在哪里，开始认识到如果个人主义不能伸张真理，只使得自己闻达或获得荣誉，是没有什么价值的。但是，对西特林来说，"清醒"并不能让他欣然回到到处充满了陷阱的生活现实中，

44　丹尼尔·贝尔：《资本主义文化矛盾》，赵一凡等译，北京：生活·读书·新知三联书店，1989 年版，第 132 页。

45　Saul Bellow, *Humboldt's Gift*. New York: Viking, 1995, p.260.

46　Saul Bellow, *Humboldt's Gift*. New York: Viking, 1995, p.102.

只能使他挤进超然物外的内心世界中去,一方面是他憧憬的超凡的宁静的内心世界,另一方面则是他越来越无法适应的现实社会,无法得到自己想要的东西或人生境界,反而陷入了混乱的婚姻,虚假而危险的冒险经历,以及与混混和坏女人的纠缠之中,而摆脱这一切又是十分困难的,是不由自主的,正如法官所说的那样,"西特林先生,……你多少总是过过某种豪放不羁的生活的,而现在你也尝到了结婚的滋味,家庭的滋味,中产阶级社会地位的滋味,你想中途易辙。我们不允许你这样玩世不恭。"[47]这时他想起了洪堡,现实处境也逼迫得他越来越像当年的洪堡,正当他为摆脱这种窘境而烦恼时,他收到了洪堡的礼物——当年他们共同写作的电影故事以及另一个剧本大纲,从而使他得以脱离不得不为稻粱谋的经济困境。

洪堡虽然去世了,但他用死亡唤起了西特林对人生的重新思考,促使其良心逐渐复归,重新孕育着诗歌的希望。这个礼物比起他留给西特林的那两个剧本提纲来说意义更大、更具有价值。在经历了才思枯竭、离婚官司、情人背叛、恶棍敲诈、合伙人欺骗等人世间的诸多纷扰,在幻灭和绝望中挣扎一番后,西特林逐渐领悟了生命的真谛,从而使自己的灵魂获得了救赎,从思想上重新接近了他"精神上的父亲"。

本章小结:当大多数美国人为自己的国家进入"丰裕社会"而欣喜若狂的时候,索尔·贝娄却把目光投向了历史的裂隙,描绘了这个时代已经拉开序幕的"美国的悲剧",美国50年代的历史是一场"洪堡想在其中睡一夜好觉的噩梦",这时作为"上帝的实验"的美国对"特殊价值"是憎恶的。《洪堡的礼物》所描写的内容既是洪堡的人生悲剧也是西特林的人生悲剧,无论是洪堡的文坛上的失败还是政坛乃至讲坛上的失败,终究是文学的失败,而西特林的"成功"即为失败,也是真正的文学的失败、诗意的失败。在权威与自由的关系上,洪堡选择了自由,而西特林选择了服从国家的权威;在个体与社会的关系上,洪堡选择了对抗,而西特林选择了适应;在文明与自然的关系上,洪堡选择了自然[48],西特林选择了文明。对于洪堡顽强执拗式的自我毁灭,索尔·贝娄曾指出美国就是屠杀诗人们的刽子手。50年代美国的悲剧就在于技术的胜利是以道德的崩坏为条件换来的,国家将自己的强权凌驾于个人之上,推行单一价

---

47 Saul Bellow, *Humboldt's Gift*. New York: Viking, 1995, pp.231-232.

48 这里的自然并非指向地理学范畴,而是指的一种内在的、纯真的状态,即心灵的自然状态,指的人的良知、意识或道德尚未被文明所框梏和败坏,西特林后期回归的就是这种状态。

值观，从而使社会变成了单向度的社会，人变成了单向度的人，这种"批发的进步"是建立在对某些"零售的进步"的损害甚至消灭基础之上的。所以，索尔·贝娄在经历了长期的观察和思考后，让作品主人公西特林开始他的精神回归，以免流于过分的悲观，这也是贝娄对"美国梦"仍然抱有信心，没有放弃希望的表现。

第 3 章　60 年代：时代的耶米利哀歌

　　如果将二十世纪 50 年代称为"平静的年代"的话，60 年代则是"造反的年代"，50 年代的平静可以说是暴风雨来临前的平静，正如上一章所说，50 年代由于政治恐怖使得美国社会变成了单向度的社会，在享受到物质生活便利时，人们在思想上却被压抑了，不能想自己之所想，说自己之所说，日积月累，就像地火奔腾在地下终究需要在沉默中爆发一样，致使紧接着的 60 年代充满了抗议、挫败和暴力。60 年代的美国深陷越南战争的泥潭，刺杀约翰·肯尼迪（John Fitzgerald Kennedy, 1913-1967）、奥斯瓦尔德（Lee Harvey Oswald, 1939-1963）、马尔科姆·爱克斯（Malcolm X, 1925-1965）、小马丁·路德·金（Martin Luther King Jr, 1929-1968）和罗伯特·肯尼迪（Robert Francis Kennedy, 1925-1968）事件，城市黑人区的暴乱以及大学校园中的破坏性的骚乱，造成美国许多城市的没落，生存危机加剧，在这个理想破灭、混乱无序的时代里，曾经为美国丰裕社会而自豪的人们看到了社会衰败的迹象，沉重的压抑、焦虑、困惑和无所适从使许多人在很大程度上对美国领导人或政府丧失了信心，"美国神话"开始消解。以学生抗议者、嬉皮士、年轻人、女权主义者和民权领袖为核心的群体在 60 年代的反抗（造反）运动中发挥了重要作用。在这一时期，因为暴乱、破坏使得人们的生活方式迅速而激进的变更，对美国传统价值观持普遍反感的态度，原来公认的行为准则已经崩溃。但 60 年代的社会运动风潮对美国道德文化产生的巨大冲击具有两面性，其负面作用甚至超过了积极的方面。这些在索尔·贝娄的长篇小说《赫索格》和《赛姆勒先生的行星》或多或少地有所反映，这是一个道德和精神都崩塌了的金钱驱使下极度市侩的现实，作家通过小说主人公的个人经历分别给我们展示了美国 60 年代初和造反运动发生后的美国社会面貌，描写了他们在美国社会现实面前沮丧地隐退，谱写了一曲时代的耶米利哀歌。

莫里斯·迪克斯坦（Morris Dickstein, 1940-2021）在《伊甸园之门——六十年代的美国文化》一书中曾提出："每一个历史时期都有一种有代表性的情感，而通过研究那些不被各种运动的积极参加者所喜爱和熟悉的作家和艺术家的作品，是有可能理解六十年代的情感的。"[1]索尔·贝娄提出"二十世纪 60 年代将被作为疯狂的、暴乱的年代而被人们记住，这个年代与文学和艺术无关。我认为二十世纪 60 年代是美国作家、画家、知识分子政治化的年代（政治化这个词在这里是个贬义词）"[2]。索尔·贝娄现在已经走出了年少时对激进政治的迷恋的状态，他虽然支持变革，但他并不拥护政治运动，反对采用暴力的形式，他认为"这种外在的形式不能保证个人内在的完整性，他更倾向于个人内在的活动，注重在美学、知识、感官享受等方面体验生活，实现自我的价值。"[3]因此，他写的关于美国 60 年代的作品显然是不会被造反的年轻人所喜爱的。就连某些学者也对他颇有微词，如迪克斯坦就认为他"身披希伯来预言家的外衣，轻蔑地把 60 年代看做是一个异教主义复兴的时代，一个重新对自然顶礼膜拜的时代。"[4]

为了推进社会正常的发展，芝加哥社会学派曾提出了"社会控制"理论，这一理论研究一个社会如何能够自发形成一套自我控制机制，因此，他们要求社会学家身兼二任，既是普通社会成员同时更是旁观者，当他们和其他普通人面对同一社会现象时，必须摆脱常人无意识间对社会直观印象的做法，从某种更易于建立清晰逻辑关系的角度去研究和探索它。索尔·贝娄作品中的主人公同样身兼社会实践者和旁观者的双重身份，"高强的超乎平常的观察力，意味着异常置身事外，或该说是双重过程，一方面对其他人的生活过度关注及认同，同时却又保持无比的超然疏离……袖手旁观与完全投入之间的紧绷张力：这就是作家之为作家的特质。"[5]作为社会实践者，他们的忧愁欢喜与社会发展

1 Morris Dickstein：《伊甸园之门——六十年代美国文化》，方晓光译，上海：上海外语教育出版社，1985 年版，译本序言，第 V 页。
2 John Jacob Clayton, *Saul Bellow: In Defense of Man*. Bloomington & London: Indiana University Press, 1979, p.248.
3 周南翼：《贝娄》，成都：四川人民出版社，2003 年版，第 41 页。
4 萨克文·伯克维奇主编：《剑桥美国文学史》（第 7 卷），孙宏等译，北京：中央编译出版社，2004 年版，第 273 页。
5 玛格丽特·艾特伍德：《与死者协商》，严韵译，上海：上海三联书店，2007 年版，第 22 页。

同步，但作为旁观者，他们则是以冷静的目光注视这个自身生活其间的社会、城市、国度。赫索格和赛姆勒既是 60 年代的社会生活的参与者，更是清醒的社会观察家。赛姆勒先生一开始就在这个社会中生活但又与它不相融合，而赫索格则是一个因事继起的旁观者，是和社会保持了一定距离之后的观察家。

3.1　麦卡锡主义的遗毒与赫索格的沉默

索尔·贝娄的长篇小说《赫索格》出版于 1964 年，作品一经面世随即成为美国轰动一时的畅销书。在小说中，索尔·贝娄描绘了大学历史系教授赫索格在现实生活中处处碰壁的故事。在美国社会发生剧烈震荡的 1960 年代，赫索格的个人生活也发生了剧烈的震荡，他的两次婚姻全部以失败而告终，第二任妻子玛德琳更是和他的好友格斯贝奇私通，逼迫他离婚，夺取了他的财产和小女儿的抚养权并将他赶出家门。深受伤害的赫索格想要找朋友倾诉，可刚到朋友家中他又选择了离开；他要报复玛德琳和格斯贝奇，想到自己的小女儿会受到他们的虐待，于是从老宅中取出父亲遗留的手枪，准备杀死他们，但见到他们给小女儿洗澡的情景时又收了手。陷入痛苦与混乱中的赫索格开始给各种各样的人写信，以缓解他精神状态中的癫狂、分裂和濒临崩溃。他写信的对象，既有活着的人，也有已经去世的；有认识的，也有不认识的，既有政界名人，也有亲戚朋友；有男人，也有女人，既给他人写信，也写给自己。但是，这些信只是他的一种倾诉和宣泄自我的方式，他只是将这些信件放在他四处漂泊时随身携带的手提箱里，根本就没有打算把这些信邮寄出去，最后更是陷入了彻底的沉默，"现在，他对任何人都不发任何信息。没有，一个字都没有。"[6]

对于作品的意义，众说纷纭，索尔·贝娄自己曾解释为："不可避免的个人混乱，也就是社会悲剧的写照。"莫里斯·迪克斯坦认为贝娄"充分表达了当时那些失去根基的犹太知识分子的荣誉和痛楚，"[7]赫索格不顾一切地追求别人的同情就是为了克服自身几乎无法忍受的孤独感。浙江大学宋兆霖教授认为作品是反映了现代社会中人道主义的危机，表现了中产阶级知识分子在这种境况下的苦闷与迷惘，还有的人认为"索尔·贝娄通过赫索格在精神混乱中

6　宋兆霖主编：《索尔·贝娄全集》（第 4 卷），石家庄：河北教育出版社，2002 年版，第 438 页。

7　Morris Dickstein：《伊甸园之门——六十年代美国文化》，方晓光译，上海：上海外语教育出版社，1985 年版，第 38 页。

的思考和一封封不曾邮寄出去的信件，揭示二战后，在美国社会生活中存在的种种问题。"[8]另有人则提出"贝娄是把赫索格作为整个中产阶级知识分子的总代表来描写的，充分体现知识分子面对混乱不堪的物质世界感到困惑、迷惘，揭示了美国知识分子的精神危机。"[9]此外，还有一些研究者则认为赫索格的形象是对知识的置疑和对那些缺乏实用知识、不能处理好自我与现实关系的知识分子的嘲讽。[10]厦门大学的刘文松甚至从两性关系的角度肯定了玛德琳的女性自我的实现和对知识的追求。从某种意义上来说，由于他们关注的重点不同，因此形成了各不相同的研究视角，从而对作品进行了多层次多角度的解读。与以上研究者不同，在本节中我们要关注的不是赫索格本人的乱糟糟的家庭关系和婚姻生活，而是将关注的重点放在赫索格为什么要写信，而写了信又为什么不寄出（当然，写给死人的信是无法寄出的），他的沟通障碍是怎样形成的，为什么选择沉默。"在新历史主义者眼中，历史话语与隐喻象征性的文学语言一样，富有意在言外的深蕴，意味着的东西多于字面上说出来的东西。而在说出某些东西的同时，又隐藏了其他一些东西。"[11]我们研究的目的就是要发掘这隐藏了的东西。众所周知，索尔·贝娄的作品往往有着强烈的时代性和历史性，但在《赫索格》中，历史成了不在场的缺席因素，文本好像就只是表现一个简单的故事和刻画一个异于常人的男人，这与索尔·贝娄一直的风格是不相称的，不正常的，因此，事情肯定不会这么简单，如果潜心研究细致发掘，通过"文本历史化"的解析方式，就会从文本叙述的蛛丝马迹中发现这部小说中内涵着的历史因素。

二十世纪 60 年代的美国，到处充满了变革的气息，万物萌发、前途光明的感觉和追求自我解放的冲动，因而形成了"造反的一代"。这种局面的出现是对麦卡锡（Joseph Raymond McCarthy, 1908-1957）和艾森豪威尔时代冷酷和充满无声恐惧的政治气氛的激烈反拨，发源于社会内核本身，发源于五十年代

8　王静：《论索尔·贝娄〈赫索格〉主人公身上的萨特存在主义倾向》，南京：《南京工程学院学报》（社会科学版），2009 年第 1 期，第 36 页。

9　王小红：《思想迷惘的赫索格——美国 60 年代知识分子精神危机的缩影》，福州：《福建广播电视大学学报》，2005 年第 5 期，第 21 页。

10　孙尧：《索尔·贝娄小说中的知识分子问题》（黑龙江大学硕士学位论文），第 16 页。索尔·贝娄在给艾伦·布鲁姆的著作《论美国精神的封闭》写的序言中早已提出了这种说法。

11　凌晨光：《历史与文学——论新历史主义文学批评》，南京：《江海学刊》，2001 年第 1 期，第 173 页。

被忽视但再也不能凭主观愿望加以消除的那些问题。从二十世纪 40 年代末到 50 年代初，美国在全国范围内掀起了以"麦卡锡主义"[12]为代表的反共、排外运动，涉及美国政治、教育和文化等领域的各个层面：黑名单和工会清洗、监禁、大学解雇、麦卡伦和史密斯法案、恫吓持不同政见者和囚禁涉嫌的共产党人。在五十年代"刻板社会"中，"清教主义统治着艺术、家庭关系和社会关系，同时，威胁和恫吓笼罩着公共生活、工商界和专业界"[13]，许多电影导演或演员、工会干部、大学教授，乃至普通民众从他们的工作岗位上消失的无影无踪，被剥夺了一切政治权利或者失去了生命，其时，"一股恐惧的臭气从美国生活的每一个毛孔中冒出来，我们患了集体崩溃症"[14]。

麦卡锡主义的始作俑者并非麦卡锡本人，而是美国众议院的非美活动调查委员会[15]在 1947 年制造的轰动一时的"好莱坞十君子案"。1947 年当非美活动委员会调查好莱坞时，有十名剧作家、导演和演员因拒绝合作而被说成是共产党混进好莱坞的颠覆分子，在证据不足的情况下，又被指控以"藐视国会"的罪名，并于 1950 年被联邦巡回法庭判决罪名成立，分别入狱半年或一年。1948 年尼克松进入非美活动委员会，从反共立场出发，处心积虑地将被钱伯斯构陷的希斯送入监狱，他因侦办"希斯案件"而名声大振，从而在仕途上一帆风顺。时任美国总统的杜鲁门（Harry S.Truman, 1884-1972）为了表示自己的反共立场绝不次于尼克松，随即颁布了一道"忠诚宣誓"的行政命令，要求美国政府的任何任职人员都必须向政府宣誓自己忠于美国。自从尼克松因掀起反共浪潮而成名后，不少人跃跃欲试，想要效法尼克松并超过他，从而在美国历史形成了恐怖的十年。在这些想要以反共而出名的人当中，麦卡锡是他们的急先锋和典型代表，但从实质上说他是一个无原则的投机分子，他的反共既

12　麦卡锡主义是指 1950 年至 1954 年间肇因于美国参议员麦卡锡的美国国内反共、极右的典型代表，它恶意诽谤、肆意迫害疑似共产党和民主进步人士甚至有不同意见的人，有"美国文革"之称，它的影响波及美国政治、外交和社会生活的方方面面。

13　Morris Dickstein：《伊甸园之门——六十年代美国文化》，方晓光译，上海：上海外语教育出版社，1985 年版，第 68 页。

14　Morris Dickstein：《伊甸园之门——六十年代美国文化》，方晓光译，上海：上海外语教育出版社，1985 年版，第 53 页。

15　1938 年创立，以监察美国纳粹地下活动。但是，它却以调查与共产主义活动有关的嫌疑个人、公共雇员和组织，调查不忠与颠覆行为而著名。1969 年，众议院将委员会更名为"众议院内部安全委员会"。当众议院在 1975 年废除该委员会时，其职能由众议院司法委员会接任。

非出于信仰，也非出于感情，而是出于押宝，利用各种不满情绪，散布谣言，疯狂地进行政治投机。尽管他大骂共产党，但他从未读过共产主义的书籍，根本不懂什么是共产主义，对他们也并没有什么真正的仇恨。他的反共只是出于表演的需要，他充当的是一个演员的角色。但这个角色却使其他许多人入戏甚深，由于冷战和朝鲜战争，大多数美国人都处于对共产主义的恐惧之中，麦卡锡的阴谋诡计得逞了，监视、告密和诬陷给许许多多的人带来身心痛苦与灾难。在"麦卡锡主义"猖獗时期，即使美国国务院、国防部等要害部门也不能逃脱被麦卡锡和非美活动调查委员会清查的命运。除了名誉诽谤外，他还开展了禁书运动，1953 年 4 月间，他带领助手对西欧国家的美国大使馆藏书目录进行了清查，将美国创始人托马斯·潘恩（Thomas Paine, 1737-1809）、共产党领袖威廉·福斯特（William Zebulon Foster, 1881-1957）、左翼作家白劳德（Earl Russell Browder, 1891-1973）、史沫特莱（Agnes Smedley, 1892-1950）等 75 位作家的书籍列为禁书，甚至连历史学家史莱辛格（Slazenger）和著名作家马克·吐温（Mark Twain, 1835-1910）的作品也被列入"危险书籍"名单。据估计，经清查被他剔除的书籍有三万种。

在麦卡锡时代，全美国处于一片恐怖的气氛中。成千上万的民主进步人士以至美国政府、军队中的普通成员，遭到迫害，他们的亲属和朋友受到株连，在政治上长期受到压抑。在白色恐怖的笼罩之下，高等学校由于思想活跃和学术风气自由，也就成了重灾区，在高校中许多教师和学者因有"共产主义嫌疑"而被解雇，其他人在他们的同事或学生被剥夺人权时袖手旁观，不敢有一言争辩。伊利亚·卡赞（Elia Kazan, 1909-2003）等人在非美活动委员会前捶胸顿足，发誓效忠，点名出卖，坦白一切，虽然他们坦白的东西不值一提，但一旦被有心人利用，就可能成为使他们丧失名誉和牺牲生命的利器。面对美国的举国疯狂，在罗森堡夫妇（Julius Rosenberg, 1918-1953; Ethel Greenglass Rosenberg, 1915-1953）被杀害后的第二天，法国哲学家萨特毫无掩饰地说"当心，美国得了狂犬病。"在那一时期里，各种诡异的事情层出不穷，人与人之间的关系疏离，人们互相猜疑，互不信任，人人自危。以致曾为麦卡锡主义的兴起创造过政治气候的美国前任总统杜鲁门在其回忆录中也不得不感叹："这种攻势的范围如此广泛，似乎每个人都免不了要受到攻击。这是我们这个时代的悲剧和耻辱。"[16]

---

16 刘绪贻、杨生茂：《美国通史》（第六卷上），北京：人民出版社，2001 年版，第 109 页。

　　麦卡锡信口雌黄，随意诬陷，搅扰的美国朝野上下鸡犬不宁，甚至将手伸向了美国的行政、外交和军队事务，使得他与共和党政府的矛盾不断加深，他甚至不惜与支持他的同一阵线的艾森豪威尔交恶，企图取而代之。而美国军方对他的滥施淫威、胡乱攀附到了再也不可忍受的地步，所以在 1954 年 4 月 22日至 6 月 17 日举行的"兹维克准将包庇共产党阴谋分子"听证会上，他受到陆军特别顾问约瑟夫·韦尔奇（Joseph Welch）将军的揭露和痛斥，同年 12 月2 日参议院通过谴责麦卡锡的决议，使他在政治上彻底破产并于 1957 年 5 月2 日在政治冷遇中因病死去。但麦卡锡的死亡并不意味着麦卡锡主义的终结，尽管艾森豪威尔反对麦卡锡在共和党统治阶级内部制造严重的混乱，担心他的行动会威胁到资产阶级民主制度的生存，但在适应冷战形势和党派斗争需要方面，两人的立场是一致的，所以他不仅对麦卡锡的种种倒行逆施姑息迁就，甚至还推波助澜，即使在麦卡锡死后仍然坚持防止"共产主义渗透"的激进政策。麦卡锡个人已经成为过去，但非美活动委员会对进步思想和左翼人士的调查有增无减，美国国内的思想禁锢的铁幕封闭的依如其旧。这一时期，由于把思想上的激进主义等同于共产主义颠覆，人们虽然能够看清社会中发生的多数丑恶和错误，却不得不眼睁睁地看着它们发生，即使对这些有着强烈的反对情绪，却不能在公开场合甚至私人交往空间中表现出来，对美国现存制度的批评的声音几乎完全窒息了，形成了"沉默的一代"[17]。

　　不在沉默中爆发，就在沉默中灭亡，谎话连篇、人人自危的局面不可能永久保持下去，所以，在经过十年的缄默后，美国的知识分子再也不能忍受下去了，他们不想时时刻刻地绷紧自己的神经，不想再被人无时无刻地监视和猜忌，不想再原谅一切非人的关系和不真实的东西，经受孤独和恶，更不想随时随地被以莫须有的罪名杀害。在这种情况下，1962 年在密歇根大学召开了影响整个 60 年代的学生运动、反战运动、政治运动的 SDS 第一届全国大会，1964 年 9 月至 12 月间，加州大学伯克利分校的学生们发起了声势浩大的言论自由运动，要求取消禁止校园政治活动的禁令，承认学生言论自由和学术自由的权利，从而激发起了美国六十年代的"造反运动"。

　　《赫索格》开始写作于 1960 年，出版于 1964 年，作品的主人公赫索格好像已经接近风暴的中心，但实际情况是赫索格尚处在思想禁锢的余波中，他在

17　"沉默的一代"一词在 1951 年《时代周刊》上首次出现，指这一代美国人在麦卡锡横行时期的沉默及其融入社会秩序的意愿。

个人生活上失败了，被第二任妻子和她的情夫诬为精神有毛病，他自己也有一阵子怀疑过他的精神是否正常，甚至提出"要是我真的疯了，也没什么，我不在乎。"[18]但他并没有患精神病，

> 亲爱的泽尔达姨妈，你当然得护着你的外甥女儿。我只不过是个外人而已……在你们心中，我是玛德琳的好丈夫的时候，我是一个讨人喜欢的人。但突然玛德琳决定要拉倒了——于是我也就突然变成了一条疯狗。连警察局也接到了有关我精神状态的报告，他们甚至还讨论过要不要把我送到精神病院去。[19]

作为一个蹩脚的文化战士，赫索格过着乱糟糟的知识生活，在书中随处可见的意识流和自言自语不过是赫索格作为一个知识分子的精神敏感而已。作为构成人类的良知的知识分子，赫索格依然忠于文明，依然反对极端主义，但是他已经背离了温和、稳健、实用主义盛行的中产阶级。他与命运抗争，追求自由，十分渴望与人交流，诉说自己的痛苦与困惑：

> 我一直手忙脚乱地给四面八方的人写信。也许我希望把一切都变成言词，迫使玛德琳和格斯贝奇有点良心……我必须尽量保持着紧张的不安的状态，没有这种不安，人就不再能称为人了。要是不安没有引起忧苦，那不安就是离开我了。我把信件撒满整个世界，为的是阻止它，不让它逃跑。我要不安保留在人的形体之中，所以我就幻想出一个完整的环境，把它网罗其中。[20]

在这里，赫索格所要保持的不安实际上就是在思想禁锢的政治高压下敢于面对死亡与暴行，维护非世俗的真理和公正标准，不与时俗社会同流合污的生存的勇气——孤立的人的孤立的勇气，为什么？因为他让整个世界压在他身上了。

社会学家爱德华·希尔斯（Edward Shils, 1910-1995）曾经说过，每个社会中都有一些人对于神圣的事物具有非比寻常的敏感，对于他们宇宙的本质、对于掌握他们社会的规范具有非凡的反省力。在每个社会中都有少数人比周遭

---

18 宋兆霖主编：《索尔·贝娄全集》（第 4 卷），石家庄：河北教育出版社，2002 年版，第 13 页。

19 宋兆霖主编：《索尔·贝娄全集》（第 4 卷），石家庄：河北教育出版社，2002 年版，第 54-55 页。

20 宋兆霖主编：《索尔·贝娄全集》（第 4 卷），石家庄：河北教育出版社，2002 年版，第 351 页。

的寻常伙伴更探询、更企求不限于日常生活当下情境，希望接触到更广泛、在时空上更具久远意义的象征。在这少数人当中，有需要以口述和书写的论述、诗或立体感的表现、历史的回忆或书写、仪式的表演和崇拜的活动，来把这种内在的需求形诸于外。穿越当下具体经验之屏幕的这种内在需求，标示了每个社会中知识分子的存在。[21]

赫索格著作等身，长于思考，出版有《浪漫主义和基督教》等论著。他有着知识分子的特点：好写文章和发议论。并且，"他是一个做事不依绳法的人，思考问题时习惯胡乱地先在无关紧要的地方兜圈子，然后才抓住重点。他常常指望用一种逗乐似的策略，在出其不意中把问题的要点抓住。"[22]他的这种策略应该是在麦卡锡和非美活动委员会的文化审查的政治恐怖气氛中锻炼出来的，为的是不容易让人抓住自己的把柄。在与玛德琳离婚之前，他的交流对象是格斯贝奇，但格斯贝奇却联合玛德琳欺骗了他。现在除了和自己的家庭医生埃维德说点心里话外，他很难找到聆听者了，然而与埃维德谈论的问题也只能限于自己与玛德琳之间发生的事情，谈论他作为活生生的人被玛德琳和格斯贝奇搜刮至孑然一身，形单影只。埃维德担心赫索格精神上出了问题，劝他到外地走一走，散散心。可是在第二年三月份从欧洲回到芝加哥时，他的健康状况比十一月份去的时候还要坏。玛德琳则全力以待，将他诬陷为精神病患者，随时准备让警察逮捕可能对她造成威胁的他。而他的婚姻之所以失败，用桑多的话说就是他不像那班在大学里混饭吃的家伙，他是个正人君子，而卑鄙龌龊才是真正的事实，所以他应该忍受，并在现实中找到自己的生存之道。桑多的话说得不错，赫索格是个正人君子，他顽强地、盲目地去做一个好人，虽然他看起来有些自不量力，勇气不够，才智不足，而且他在两性关系方面也存在着一些过错，但他还是真心爱着玛德琳的，为此他失去了妻子和儿子，还有他的日本情人园子。正是出于对玛德琳的爱，所以打不还手，言听计从，即使是这样玛德琳依然态度坚决地抛弃了他，赫索格渊博的知识在格斯贝奇圆滑世故的处世哲学面前败下阵来。在周围的人看来，坚持知识分子立场的赫索格无疑是一个十足的疯子，而在玛德琳和格斯贝奇的眼里，赫索格不过是一个被他们

21 Edward Shlis: *The Intellectuals and the Powers: Some Perspectives for Comparative Analysis*, Form *Comparative Studies in Society and History*, Vol.1(1958-1959), pp.5-22.

22 宋兆霖主编：《索尔·贝娄全集》（第4卷），石家庄：河北教育出版社，2002年版，第24页。

玩弄于股掌之间的可怜的傻子。

在赫索格看来，所有的女性在结婚以前都是他所憧憬的艺术的化身，结婚以后却都成了自己的生活导师，指导他如何介入实际生活，但他是一个不折不扣的笨伯，总是不能处理好这方面的事情。在第二次婚姻失败后，赫索格试图为自己辩护。首先是为自己在婚姻关系中自己所做的努力辩护：

> 在这种年头，要是仿佛不会给自己招来麻烦似的对人行善，一定会被人疑作是脑子有毛病了——患了受虐狂或者是任性症什么的……我没对她还手，大概做对了吧？这也许会使她回心转意。但我得告诉你，在我们吵架时，我的这种逆来顺受态度，却使她大为恼火，仿佛我这是存心用宗教手法来战胜她。我知道你和她谈起过无私无欲的爱，以及诸如此类的高尚情操，但要是她在我身上发现哪怕一丁点这样的气质，她就会怒从心起，暴跳如雷，认为我这只是在装模作样而已。因为在她那妄想狂的脑海中，我已经分裂为我原来的基本组成成分了。[23]

在两人的婚姻关系中，她行使的是超越自我的权力，同时，"玛德琳骗我离开学术界，原来是为了自己想混进去，进去后就砰地一下关上大门，她现在仍在里面，在那儿说我的是非长短。"[24]其次，女性的变幻莫测使得赫索格头晕目眩，他提出了自己对于女性的疑问："当然，要是你认为我真是个危险人物，说谎就是你的责任了……然而，女人的欺骗行径，是个大题目。狡诈隐蔽，在性方面进行欺骗，施展阴谋诡计，自有其乐趣……永远搞不清女人要的是什么，她们到底要什么。她们吃碧绿的生菜，喝鲜红的人血。"[25]

他对知识分子在美国社会中的命运进行了深入的思考。他认为，据托克威尔研究，现代的民主制度将会使犯罪行为减少，但会使个人的罪恶增加。而实际情况应该说是个人的罪恶减少，而集体的犯罪增加。多数这种集体的或有组织的犯罪，其目标正是为了减少出乱子的危险。"在每个社会中，总有一类人对旁人是有危险的。我指的不是那些罪犯，对罪犯我们已经有惩治之法。我指

---

23 宋兆霖主编：《索尔·贝娄全集》（第 4 卷），石家庄：河北教育出版社，2002 年版，第 82-83 页。

24 宋兆霖主编：《索尔·贝娄全集》（第 4 卷），石家庄：河北教育出版社，2002 年版，第 109 页。

25 宋兆霖主编：《索尔·贝娄全集》（第 4 卷），石家庄：河北教育出版社，2002 年版，第 63 页。

的是那班领袖人物。因为通常都是最危险的人物才追求权力。"[26]美国的统治者不想社会出乱子，所以他们选择了麦卡锡主义，赫索格在 1952 年史蒂文森竞选总统时曾经支持过他，

> "像许多美国人一样，我认为我们这个国家的伟大时代也许已经到来，聪明才智终将在公共事务中取得应有的地位，知识分子得其所矣"，但选举的结果却令人大失所望，艾森豪威尔当选后，"一切都还是老样子：好学深思的人轮不到事情做，而那班不学无术的人却掌管一切。"[27]

政府可以"耗费几百亿军费去对抗海外的敌人，却不愿意为恢复国内秩序付出任何代价，让野蛮残暴的行径在自己的大城市里横行泛滥。"[28]当社会越来越富于政治性时，人的个性就会越来越消失了，"被科学改造过了，被巨大的控制力量压服了。臣服在机械化所产生的环境之中，在激进的希望破灭之后，在一个分崩离析而又贬低人的价值的社会里，数字变得越来越有分量而自我变得越来越无足轻重。"[29]在这种情况下，要想不被毁灭，知识分子注定要做那班有权毁灭他们的人的奴隶，对权力俯首帖耳，踏实效忠。赫索格是否做了那班人的奴隶了呢，显然没有，虽然在最后他说："我对现状已相当满意，满足于我的以及别人的意志给我的安排，只要我能在这儿住下去，不管多久我都会感到心满意足。"[30]在这里，使赫索格感到满足的是内在的使人幸福欢欣的某种东西，这种东西能产生一股强大的力量，一种神圣的感情。

作为知识分子的赫索格，想要与别人探讨自己的生活，他要寻求"自我的本质"，曾痛苦地大声疾呼："我感谢上苍给予我一个人的生命，可是这生命在哪儿呀？"但对有些人来说，他的所作所为中有些让人不可理解，这些人包括他的家庭医生、律师、第一任妻子、儿子、自己已经去世的母亲、情人雷蒙娜等。对另一些人如玛德琳、格斯贝奇等来说，他的解释反而促使他们向相反的方面去想，泽尔达姨妈就认为玛德琳受到了赫索格的虐待，"你老是苛求别人，

26　宋兆霖主编：《索尔·贝娄全集》（第 4 卷），石家庄：河北教育出版社，2002 年版，第 75 页。

27　宋兆霖主编：《索尔·贝娄全集》（第 4 卷），石家庄：河北教育出版社，2002 年版，第 94 页。

28　Sual Bellow: *Herzog*. New York: Penguin Books, 1985, p248.

29　Sual Bellow: *Herzog*. New York: Penguin Books, 1985, p247.

30　宋兆霖主编：《索尔·贝娄全集》（第 4 卷），石家庄：河北教育出版社，2002 年版，第 437 页。

事事非依你不可。玛德琳说,你一会儿要她干这个,一会儿要她帮那个,把她都给累坏了"[31],所以他被欺骗、被背叛和被抛弃是咎由自取。正是因为不会被理解或故意误解,他与这些人在沟通上必然存在障碍,而且这种障碍是不可能克服的,甚至给自己带来麻烦(如被认为是疯子关进精神病院),所以他写给他们的信就没有寄出的必要,他给活人写的这些信就越来越变成了一种内心独白。至于他写给上帝、尼采、海德格尔、罗扎诺夫、夏皮罗、默梅斯坦教授、已经病逝的摩根弗洛士博士等人的信,都是对于人生意义和学术问题的探讨,作为一个知识渊博的历史学教授,他虽然在个人生活上搞的一团糟,但他不可能不关注学术的发展、科技的进步,以及这些进步对人类本身的影响,他认为,现代社会中的道德沦丧,良心堕落,已经把勇气、荣誉、真诚、友谊、责任全都亵渎和玷污了,怯懦、颓废和流血充斥着生活,"现代人的个性是无常的、分裂的、摇摆不定的,缺乏古人那种金石不移的坚韧和确信,也不再存在十七世纪那种坚定的思想,那种明确的原则。"[32]赫索格之所以被托尼·坦纳视为仅仅是一种存在,而不是一个人,这是因为在白色恐怖中,人都变成了单向度的人,泯灭了自我个性,赫索格意识到"虽然真理之光从来没有远去,没有人卑微到或堕落到不能进入真理之光的地步",但在这个社会中个人生活是无力的、被驱逐的,"人现在可以享受自由了,可自由本身没有什么内容,就像一个空洞的口号"[33],"我并不以为我的处境安适。在这个时代里,我们都是幸存者,深知我们付出过的代价,因此各种关于人类进步的理论不适合我们的身份。认识到你是个幸存者,你会感到震惊;认识到这就是你的命运,你会潸然泪下"[34],所以,作为一个一直致力于思想史研究的历史学教授,由于害怕因言获罪,已经耽误了他的关于人类前途的《心灵现象学》著作的出版,从而使他的书稿从新作变成了学术遗迹,现在,他十分渴望发表自己的意见,但他需要交流的对象要么是现实中不存在的上帝,要么已经死去的外国人,要么是没有联系方式的学者,所以这些信件注定也无法寄出。赫索格给州长、总统

---

31 宋兆霖主编:《索尔·贝娄全集》(第 4 卷),石家庄:河北教育出版社,2002 年版,第 59-60 页。

32 宋兆霖主编:《索尔·贝娄全集》(第 4 卷),石家庄:河北教育出版社,2002 年版,第 145 页。

33 宋兆霖主编:《索尔·贝娄全集》(第 4 卷),石家庄:河北教育出版社,2002 年版,第 60 页。

34 宋兆霖主编:《索尔·贝娄全集》(第 4 卷),石家庄:河北教育出版社,2002 年版,第 106 页。

写信是对美国现状提出不满，这些见解是非美活动委员会严厉查禁的，除非赫索格愿意把自己送到枪口上去，让权力机构把自己消灭掉，显然，赫索格还没有傻到那种程度，所以这些信件是万万不能寄出的。但是，在人与人互相隔膜的社会中，赫索格太需要倾诉和交流了，于是他曾经认识的人，即使多年没有联系，比如二十二年前曾经为他做过体格检查的海军医生沃德玛·佐卓，也成了他的倾诉对象，甚至他给自己写信，进行自我交流。

　　一封封没有地址的信将《赫索格》整体贯穿起来，这些不能发出的连锁信记录了赫索格的生活悲欢，反映了他对社会对人生的思考，从爱情到道德，从政治到哲学，从经济到自然科学，揭示了美国社会和精神出现的问题，表明当时的美国正处于一个悲哀的时代中，是一个可怕的深渊。有的批评家认为，在这部小说中，赫索格好像仅仅存在于思想领域，只是自身各种念头的综合，一个空的容器，一个意识试验的熔炉，对社会是"不在场"的，但他们恰恰忘记了赫索格所处的时代环境，在一个思想受到禁锢、一不小心就会因言获罪、动辄得咎的美国社会中，现实生活反对"良心法则"，不相容的需求可怕地压垮了许多人的个性，一些知识分子虽然活得诚惶诚恐，但并没有失落自己的责任心，没有停止思考的脚步，赫索格承受着理想主义者、浪漫主义者的痛苦，面对卑鄙龌龊的现实，他不想再忍受下去，不想与现实媾和，而是想要分配道德责任给自己和他人来使得自己的世界具有意义，"我以我超人的记忆力，把所有死去的人和疯子，都监禁起来，连可能忘掉我的人我也不放过，我把他们全都捆绑在我的思想中，而且折磨他们。"[35]在禁锢犹存的环境中，作为麦卡锡主义的潜在受害者，他不甘于社会生活的丑恶，要摆脱平庸，既然这种思考不能以公开的方式发出声音，他又不吐不快，那就在无声的交流中表达出来，"他自己也知道他的涂鸦式笔记和与人通信的方式是怎样荒谬绝伦，可是这并非出于他的自愿。他的怪癖控制着他，"[36]而控制他的怪癖是在思想禁锢的铁幕下被迫形成的，是他确实"在场"的结果。《赫索格》中主人公的个人生活其实只是一个引子，一个引发知识分子发出声音的由头。他意识到了，思想只要一开始消沉，思想首先就会达到死亡。现代美国社会中对思想生命的态度是，不把它看作一件值得人们忧苦的事情，而这种态度已经对文明的心脏造成了

---

35 宋兆霖主编：《索尔·贝娄全集》（第 4 卷），石家庄：河北教育出版社，2002 年版，第 180-181 页。

36 宋兆霖主编：《索尔·贝娄全集》（第 4 卷），石家庄：河北教育出版社，2002 年版，第 25 页。

威胁，所以他希望恢复人们对思想灭亡的恐惧，"那种不明白为什么而生和为什么而死的意识，只会为难自己，和自己开玩笑。"[37]运用写信这种既能够交流又不在场的形式，赫索格将自己的思想表达给不能理解的地方，将兴高采烈的心情留给了自己，他独自一人在想象中与收件人一起分享着精神的乐趣。

> 现在，我们已经目睹了足够的毁灭以考验酒神的精神力量，可是，从毁灭中还原过来的英雄们又在哪儿呢……我正躺在吊床上……脑子里塞满各种各样的思想，焦虑不安，是的，但是也很愉快……真正的愉快情绪，而不是享乐主义者们那种表面上的欢乐，也不是断肠人那种战略性的轻快。我也知道您认为强烈的痛苦能使人高贵，这种使人高贵的痛苦，就像青绿的树木，慢慢地在燃烧……为了能接受这种高级的教育，首先必须活着，您必须比痛苦活得更久，[38]

并能捕捉这些痛苦时刻的永恒，给它们以不同的内容，来完成一次革命。但在现实生活中，赫索格的这种行为不可能不被人误解，被认为简直是疯了，但不同于一开始的时候，他对自己还有所怀疑，现在他明确知道自己没有疯，但他渴望疯狂，所以他又一次大声地说："要是我真的疯了，也没什么，我不在乎。"[39]至于最后他不再发出任何信息，是因为他还有一些事情要做，这时的他距离自己的灵魂和内心从来没有这么近过，所以他希望不要有喧闹声，但他并没有向权力投降，路德村的老房子成为他暂时的精神栖身之所，在这里他安稳情绪，舔好伤口，将要投入新的战斗。

在小说中，第二次离婚使赫索格受到了很大的刺激，激发了他精神状态中的癫狂，他的情况和中国现代作家鲁迅《狂人日记》中的"狂人"有些类似，"狂人"那些异于常人的思想行为致使他在现实生活中受到他人的排挤、敌视，被认为是"有病"。但"狂人"并不是真狂，他是一个"五四"前夜已经觉醒的知识分子叛逆者，他的发狂表现的是他的觉醒与反抗。赫索格的"疯狂"同样如此，如果从周围人的眼光来看，赫索格在这样的年代坚持知识分子的良

---

37 宋兆霖主编：《索尔·贝娄全集》（第 4 卷），石家庄：河北教育出版社，2002 年版，第 352 页。

38 宋兆霖主编：《索尔·贝娄全集》（第 4 卷），石家庄：河北教育出版社，2002 年版，第 409-410 页。

39 宋兆霖主编：《索尔·贝娄全集》（第 4 卷），石家庄：河北教育出版社，2002 年版，第 405 页。

心和责任，无异于一个疯子；从玛德琳和格斯贝奇的角度看，如果不把赫索格诬陷成精神病患者，就不能寻求警察的帮助以防止他的报复；而赫索格自己一开始在多方的重压下，觉得自己就要崩溃了，一度也怀疑自己是不是疯了，但我们从他断断续续写的信件看，逻辑清晰，语义明确，看问题一语中的，就知道他的头脑是十分清醒的，他没有疯，所以，他最后才以调侃的口气再次说"要是我真的疯了，也没什么，我不在乎。"那么，疯子人设的作用在这里就是为异乎寻常的行为找到合理性。赫索格这个他人眼中的"疯子"实际上没有真患上精神病，他在"疯狂"的头脑中苦苦地思索生活的意义，政府的责任，人生的意义等诸多问题，政府的虚伪与当权者的愚蠢、疯狂和自大；民主制度造成更大范围的集体犯罪；科技发展带来物质财富的同时也带来灾难——污染、失业、犯罪、贫富悬殊；人们崇尚物质享受，毫无个性；勇气、荣誉、坦诚、友谊和责任等美德已经消失，虔诚的宗教信仰下掩藏着虚伪等等。

　　　　尽管"生活在伟大的思想和观念中，和现实生活，和美国的现状，并无多大关系。……可是我，是个研究文化史的专家，虽然目前受到感情混乱的障碍……但那种认为科学思想已使一切以价值为基础的理想陷入混乱状态的论点，我拒绝接受……我深信宇宙空间的扩大决不会毁灭人类的价值。深信事实王国和价值标准王国不是永远隔绝的。"[40]

在一个被迫"放弃自我"和"个人退隐"的时代里，对于置身于"角色监狱"中的赫索格来说，他以貌似"人格分裂"的方式，在不断的写信过程中突破"角色自我"而达致"真实自我"，在不断的思考中完成了知识分子的自我救赎。在麦卡锡主义思想余毒尚未得到彻底清算时期，赫索格高举起了思想的大旗，走上知识分子挽救自我的道路，虽然口不能言，但谁也无法阻挡他头脑的思考，并且将这些思考以没有地址的信的形式表达出来，这些信件不仅为赫索格的精神追求提供了"方便的临时演讲台"，展示了赫索格的思想意识，表明了他对政治、经济、学术、爱情、道德、生活的看法和感受，而且使他能够参与无所不包的外部世界，所以看似"沉默的一代"的他实际上又是"造反的一代"。有的美国评论家将赫索格称为"精神过敏的奥德修斯"，认为在追求人类价值的道路上，远古的奥德修斯成功了，而现代的赫索格却失败了，在当时

40　宋兆霖主编：《索尔·贝娄全集》（第 4 卷），石家庄：河北教育出版社，2002 年版，第 144 页。

的美国社会中,赫索格的悲剧是历史的必然。对这种观点,我们很难苟同,这个生活在现实中又不附和时代的疯狂,不随波逐流,努力想要保持个人尊严的现代奥德修斯用他自己的方式反对着社会的疯狂,虽然他越是书写(写信)越显示出他面对现实的无力感,显示出必须经由造反的途径才能扫除白色恐怖,达到理想的国家形态,但在书写的过程中,经历过"自我本质危机"的他发出了寻找生命的呼唤,尽管赫索格生活中不加渲染的事实是如此可怕,社会之恶日益猖獗,但他的信件不是对现实的躲避,而是对现实的正面攻击。虽然他曾认为人"像一场烦扰不休的梦,一团凝聚不散的烟雾。一种愿望"[41],但他毕竟找到了人之所以存在的价值,种种内心的磨难并没有将他摧毁,他在想象中一次又一次用激烈的言辞与或死去或活着的人交流,用口头表述代替直觉认识,寻找着那从来没有远去的真理之光,他以孤立的人的孤立的勇气,打破了美国社会思想领域万马齐喑的死气沉沉的局面,迎来了 60 年代思想解放的春天。

学者柏佑铭在《反证历史:20 世纪中国的文学、电影和公共话语》中曾经指出,文学从不愿意抑或不能用来直接证实历史,其总是通过更幽微曲折的方式来反面见证,而记忆伤痕的见证应该被当成"倒转时光和质疑既定'历史'的枢纽"[42]。通过仔细的研究,我们发现索尔·贝娄的《赫索格》就是反证历史的一个典型作品,要想弄懂和通晓历史的真相,不仅需要内部挖掘,更需要外部联接。作品中赫索格的惶惑、惶恐和无助感则会引领读者去逼问 50 年代直至 60 年代初美国政府的统治措施对美国公民在精神上造成的巨大伤害。二十三年以后的 1987 年,在给布鲁姆(Allan Bloom, 1930-1992)的《美国精神的封闭》一书写的序言中,索尔·贝娄提到他把《赫索格》写成喜剧小说是拿有教养的美国人开玩笑,作品之所以晦涩难懂是在嘲笑书生的迂腐。时过境迁,可能已经处于美国后现代时期的作者不愿再给自己找麻烦,不想让别人再给自己戴上一顶"反对美国"的帽子,于是就说他要表达的观点是高等教育为遇到麻烦的男人提供的力量是多么有限。这似乎与他自己当初的解释相去甚远,如果真要去掉赫索格身上多余的东西,脱下他的面具——学者、犹太人、父亲、情人、浪漫的复仇者、知识分子,脱离了那个人心惶恐的时代背景,那

---

41 索尔·贝娄:《赫索格》,宋兆霖译,上海:上海译文出版社,2011 年版,第 123 页。
42 季进、余夏云:《英语世界中国现代文学研究综论》,北京:北京大学出版社,2017 年版,第 179 页。

还有什么呢？

三十三年后的 1997 年，菲利普·罗斯出版了他的"美国三部曲"的第二部《我嫁了个共产党人》，同样将目光投向第二次世界大战以后的美国麦卡锡主义白色恐怖时期，这部长篇小说不同于贝娄隐晦地反证历史的是，它明确地直接反证历史，描写工人阶级出身的艾拉·林格因为长相像林肯而一夕走红，成了蜚声美国的广播剧明星，他本以为改造美国社会的无产阶级政治理想与他浪漫的资产阶级婚姻生活可以并行不悖，然而由于夫妻之间的分歧，使得投机分子有机可乘，在葛兰夫妇的怂恿下，妻子伊芙向"共产党猎人"控告、诬蔑自己的丈夫一直在从事危害美国利益的苏联间谍活动，在风声鹤唳、草木皆兵、谈共变色，人人自危的白色恐怖中，社会诚信被腐蚀得荡然无存，麦卡锡主义作为战后美国的"反智行动"渗透进社会的每一个细胞中，在当时的美国社会中无处无时不在，一旦被人诬告为异己或颠覆的罪名，就会被"非美活动委员会"不分青红皂白地打入黑名单，什么国家法律、公民权利、人道主义统统被弃置一旁，只有遭受严酷政治迫害的结果，个人的政治生涯、事业、生活甚至生命会随时被扼杀。两部悲剧性作品的主人公同样遭受爱人的背叛，赫索格虽然将思想自由视为生命，但由于不落把柄的谨慎和处处委屈的忍让才使他逃过了劫难，没有像林格一样身死业亡。时过境迁，随着全世界和美国国内政治环境的改善，在世纪末，作家菲利普·罗斯不用再像索尔·贝娄当年一样对美国曾经的白色恐怖遮遮掩掩，直接将历史推到前台，不再需要读者从字缝里去揣摩作者的意图了。虽然文学不能完全与历史划等号，但读了《我嫁了个共产党人》后，我们也就不难明白索尔·贝娄笔下赫索格的有口难言之苦了，可以说菲利普·罗斯用他的作品为《赫索格》做了一个很好的注解。

3.2 造反之后：在爆发之中堕落

对于索尔·贝娄的创作，学术界难能可贵地达成的共识是，他们中许多人都认为《赛姆勒先生的行星》是对那个时代做出反应的少数作品之一，而且这种反应的强烈程度可以与那个时代相媲美，它是对二十世纪 60 年代文化反抗运动进行的道德审判，马尔科姆·布拉德伯利（Malcolm Bradbury, 1932-2000）就说过"《赛姆勒先生的行星》明显是为一个危机年代而作的一部危机作品"[43]，

---

43 Malcolm Bradbury, *Saul Bellow*.London: Methune, 1982, p.78.

它通过青年造反运动之后的纽约给我们描绘了一幅二十世纪 60 年代末的美国场景，对极端主义思想进行了强烈的攻击。但也许多人指控贝娄在这部作品里存在着"大肆宣泄种族主义倾向、对女人的厌恶和清教徒似的褊狭"[44]。但不可否认的是，索尔·贝娄确实通过赛姆勒这个人物三天的经历中许多令人不安的场景表现出了他对 60 年代后期[45]美国社会生活与文化状况的不满，连续不断的非理性的抗议活动，对社会秩序的强烈破坏，性行为的随意性和变态性，大城市中暴力行为的频频发生，青年人迷失了生命方向所在，从而使自己的生活过得颠颠倒倒等等，耳闻目睹的一切都使赛姆勒感到困惑不安。中国学者也认为"贝娄对当时美国社会及文化的批判可以说是富于挑战性的，在一个非黑格尔精神泛滥的语境下明目张胆地以黑格尔的'合理性'思想为尺度对实然存在进行露骨的批判。"[46]其实，在初期的青年造反运动中，索尔·贝娄是持支持态度的，当时，索尔·贝娄从知识分子的社会担当出发，在芝加哥大学多次参与关于社会问题的讨论，例如反战和民权以及种族平等问题，期望通过社会问题的解决来摆脱 50 年代以来压抑的社会气氛，但造反运动参与者的那种非左即右论的偏激思想和实际行动的堕落以及青年人的集体无政府主义则使他感到十分失望，所以，他借赛姆勒的观察和思考把自己要表达的思想表达了出来。当然，同赛姆勒一样，索尔·贝娄不是一个彻底的悲观失望者，他也认为这个世界还有拯救的可能，人们没有必要逃到月球上去。

3.2.1 局外人还是局内人？

《赛姆勒先生的行星》的故事情节并不复杂，讲述了三天的时间里，赛姆勒先生的侄子伊利亚·格鲁纳躺在医院里奄奄一息，为了探望自己的侄子，他在曼哈顿西区来回奔波，一边郁闷地回忆着二战期间他在波兰森林里意外地从纳粹大屠杀的暴行中幸存下来的奇异经历，一边观察着纽约的城市生活。有的论者认为对于美国来说，赛姆勒先生不过就是个局外人，他是个欧洲人，而这些是美国现象，作为一个战后的欧洲移民，他喜欢英国那种有规律的平静生活，尽管身处曼哈顿，周围总是充满喧嚣，但无论发生多么令人气愤的事情，

---

44 James Atlas, *Bellow: A Biography*.New York: Random House, 2000, p.388.

45 根据作品中的叙述，小说中故事发生的时间应该为 1969 年（可参考《索尔·贝娄全集》第 5 卷第 214 页）。

46 张钧：《赛姆勒先生的行星：记忆与历史的争执》，南京：《外语研究》，2011 年第 1 期，第 99 页。

他都不慌不忙，态度冷静，仅仅将自己作为一个不动声色的观察者，用老旧的目光审视着现代纽约社会生活，以一种超自然的、傲慢的语气，对青年人的叛逆以及他在纽约街道上所感受到的纷乱无序作了冗长的议论，他不知道青年人的各种行为是否"只是想征服令人作呕的事的一种联合努力？再不然就是想表示历史上所有令人作呕的事物并非如此令人厌恶？我可不知道。这是不是一次想要使人类的生活'自由化'的努力，同时还想要表示人与人之间发生的事没有什么是真正令人厌恶的？是想证实人类的兄弟关系么？"[47]所以，赛姆勒应该是个局外人，在他与拉尔、苏拉和玛戈特等人谈话时，他自己对自己的身份也不是很清楚："有时我怀疑在这里，在其他人中间，我是否占有任何地位。我自以为我是你们中间的一个，但我又不是你们中间的一个。"[48]因为在整个的民族国家，文明社会的一切都在为发狂寻找无可指摘的依据时，他却"专心致志于那些太不相同和太遥远的事物，在精神方面专心致志于同当前太不相称的那种柏拉图式的、奥古斯丁的十三世纪的东西。"[49]他虽然是一面对时代极其敏锐的反光镜，但无意去积极地改变世界，始终保持冷静的反光镜的角色[50]，他通过自己的观察对美国社会进行批判，但他自身不是批判的对象。

对于上述论断，不少人持相反的意见，笔者亦认为对于美国来说，赛姆勒不是一个匆匆过客，从 1947 年伊利亚把他带到美国时起，他已经移民美国 22 年，尽管他处处表现出一副超然的神态，然而他对他所谴责的一切也十分感兴趣，通过急剧的变化，他知道了瓦霍尔，在贝彼·简·霍尔若名声历久不衰的时候知道了她有所谓真实"生活剧院"，越来越革命的裸体表演的勃兴，狄奥尼瑟斯 69 宇宙飞船的现场连接，披头士的哲学，以及在艺术领域的电子演出和抽象派绘画。这个年代既鼓舞了他，又使他无所适从。尽管他的叙述和回忆时而反顾历史，时而又切入现实，不仅今昔穿插，而且时空交错，但他毕竟生活在 60 年代的美国纽约，所以他每天早晨五点或六点从曼哈顿醒来，就不得不去面对他周围贫富差距巨大和犯罪多发的现实生活，他看到美国的灵魂正

---

47 宋兆霖主编：《索尔·贝娄全集》（第 5 卷），石家庄：河北教育出版社，2002 年版，第 159 页。

48 宋兆霖主编：《索尔·贝娄全集》（第 5 卷），石家庄：河北教育出版社，2002 年版，第 228 页。

49 宋兆霖主编：《索尔·贝娄全集》（第 5 卷），石家庄：河北教育出版社，2002 年版，第 47 页。

50 Jonathan Wilson, *On Bellow's Planet: Readings from the Dark Side*. Rutherford: Fairleigh University Press, 1985, p.144.

在全力应付历史问题，跟某些不可能的事进行斗争，强烈地经历着那些原本为传统所束缚的状况，

> 你必须能看见人类生活中什么在消失，什么继续保留下来……你必须训练自己，你得使自己坚强得足以不致被当地蜕变的结果所吓倒。接受那种崩溃瓦解的现象，容忍那些发了疯似的街道、淫秽的梦呓、畸形怪异的事物出现在生活中，沉溺于不良嗜好之徒、酒徒、性变态者公开在市中心庆祝他们的绝望，你得使自己能忍受那灵魂的纠结、残酷的分裂的景象，你得容忍那权威的种种愚蠢，生意买卖中的欺诈行为[51]

尽管他与时代抵触，不合潮流，却也无法说服别人或改变他们的观点，这是他既有所厌恶又感兴趣的原因所在。人不能永远生活在真空中，赛姆勒先生也不例外，如果他真要想当一个局外人，他就不会去主动关心周围的一切，特别是给警察局打电话报告公共汽车上有人行窃，因此，他是一个美国社会生活的局内人。

3.2.2 青年人为什么要造反？

与50年代相比，60年代的美国更是空前富裕起来，黑人等少数民族在实现他们应享受的平等的道路上取得了很大的进步，老弱病残和失业者获得了空前的社会保障，人均收入以及这一收入实现的购买力达到美国历史的最高点。但是，艾森豪威尔时代实用主义理性掩盖着的许多问题也明显暴露出来，特别是政治和文化方面，美国社会在50年代极右的政治秩序，麦卡锡主义莫须有罪名的迫害，两大政治集团之间冷战氛围对美国民众自由个性的束缚，以及近代以来特别是50年代艾森豪威尔执政期间科技理性至上对原本具有丰富性的人性予以压抑并进行简单化控制，使整个社会陷入"单向度"中，这些都成为60年代"造反运动"的深层原因，正如汤姆·海顿（Tom Hayden）在1962年休伦港民主社会学生大会上的声明中所说：

> 当我们还是孩子的时候，美国是世界上最富有、最强大的国家；它是惟一拥有原子弹、最不畏惧现代战争的国家，它是我们认为将把西方的影响遍布世界的联合国的倡导者。人人自由，一律平等，

---

51 宋兆霖主编：《索尔·贝娄全集》（第5卷），石家庄：河北教育出版社，2002年版，第143页。

民治、民权、民享的政府——我们认为这些美国的价值观非常高尚，我们能够凭借这些原则体面生活。我们中的许多人都在自满情绪中长大。

然而，随着我们的成长，我们遇到了不容忽视的难题，我们的自得遭到了打击。首先是人类堕落这个普遍而可怕的事实，南方反对种族偏见的斗争是其象征，它迫使我们大多数人不再沉默，而是转向激进主义。其次，是冷战这个难以回避的事实，它以原子弹的存在为象征，使我们警醒，得知我们自己，我们的朋友，以及成百万的与我们由于共同的危险而密切相关的不知名的'其他人'，全都命在旦夕。[52]

相对于"新左派"的关注时代重大问题，与父辈在思想观念上断然分裂，嬉皮士则继承了 50 年代"跨掉的一代"的传统，他们反抗二十世纪 50 年代的安静、寂寞的人群的循规蹈矩。他们称美国为种族主义和帝国主义国家，并对中产阶级那种无用的自由主义表现出极大的蔑视，他们遵从自己的感觉和本能，追求愉悦的满足，他们留长发，穿着打补丁的牛仔裤，他吸大麻、吃迷幻药，他们建立群居村，宣讲爱情、和平和美好，更加随意地对待道德和性关系，并将不安分的精力用于对现状进行非暴力反抗。摇滚歌手、披头士乐队等将美国带入危机的战争恶魔和社会弊病写进歌曲，歌唱着彻底的无为感和最大的恐惧。

女性也积极参与到这场造反运动中来，原来她们被社会逼迫着忘却原子弹，忘记集中营，无视腐败，堕入无助的顺从之中，对于她们来说，考虑爱和性比考虑共产主义、麦卡锡和失控的原子弹更容易、更安全。当时，大量的美国妇女在作家贝蒂·弗里丹（Betty Friedan, 1921-2006）等人的领导下，创立了一种新型的女权主义力量。1966 年，美国全国妇女组织成立，进一步动员美国妇女为争取更多的政治权益、就业和教育方面的平等权利以及生育权而斗争。在这场造反运动中，她们要把自己从原来的禁锢中解放出来，表达她们感到的对婚姻、家庭和孩子被压抑的饥渴，而她们中的激进的女权主义者则倡议发动反对军事主义的男权社会的革命。

在 50 年代，随着南部农业劳动人口的不断减少，移居到东北部和西部大

---

52 唐纳德·怀特：《美国的兴盛与衰落》，徐朝友，胡雨谭译，南京：江苏人民出版社，2002 年版，第 457 页。

城市中的黑人们构成了城市的社会底层，他们面对的是种族隔离的状况，民权主义领袖们针对美国存在的限制黑人投票权，将他们排除出美国主流生活的做法表示愤慨，加米科提出，美国城市的黑人区是一个持种族主义的社会中的经济殖民地，尽管黑人是美国的合法居民，但他们在与白人的社会关系中无异于殖民对象。马丁·路德·金（Martin Luther King, 1929-1968）由于在 1955 年成功领导了反对亚拉巴马州蒙哥马利市公交公司种族隔离的抗议活动而名声鹊起，60 年代成为全国性黑人运动领袖，一直领导人们通过非暴力斗争为黑人争取平等的权利，直至 1968 年被杀害。

虽然年轻人想要摆脱现代社会体系的束缚，把现实社会变成自己心目中理想的社会，但青年人的造反运动并未使社会问题得以解决。美国一直提倡繁荣、自由和民主，但在造反运动中，大部分人追求的是自我表现和疯狂发泄而非自我控制，从而导致许多人的心理出现严重障碍，虽然"他们把说'不'视作他们的职责，一种高尚的职责……然而，他们的激进主义毫无内容可言。"[53]对他们来说，狂热构成了兴趣，而狂热是宗教生活的一种低劣形式，是觉得自身被有组织控制的那股巨大力量压倒的人试图去获得自由，他们寻求走向极端的魅力，他们向往的未来世界、乌托邦世界只会带来无节制、色情文化和性变态。对于经济稳定期的美国来说，政府似乎无力也不愿意努力对付繁荣所带来的副作用和自由所带来的黑暗面，同时他们也没有能力把繁荣和自由真正落实到每一个美国人身上，留给人们的则是一个道德和精神都崩塌了的金钱驱使下的极度市侩的现实。造反运动的挫折和失败感使得不少青年人失去了信心，他们怀着沮丧的心情或消极避世，或沉沦堕落。"因为六十年代释放出来的巨大能量仅仅在现存体制的防护层上留下了一个轻微的痕迹，所以这些饱经幻灭感的青年人，正怀着冷漠和绝望的心情，走向一个毫无生机但可能历时短暂的新纪元。"[54]

3.2.3 我们需要离开地球吗？

古典自由主义哲学家约翰·穆勒（John Stuart Mill, 1806-1873）在《论自由》中就曾经说过，"约束是自由之母。个人的自由，须以不侵犯他人的自由

---

53 Cronin Gloria L & Ben Siegel, *Conversations with Saul Bellow*.Jackson: University Press of Mississippi, 1994, p.69.

54 罗德·霍顿、赫伯特·爱德华兹：《美国文学思想背景》，房炜、孟昭庆译，北京：人民文学出版社，1991 年版，第 579 页。

为自由。"对于 60 年代的造反运动，索尔·贝娄其实是有自己的看法的，他把年轻人的道德和他们进行抗议的政治联系在一起，认为他们对文明的破坏应负有一定的责任：

> 就在它最为衰弱的时刻，一向受宠的知识分子却对它群起而攻之——以无产阶级的名义，以理性的名义，以不合理的名义，以内心深处感觉的名义，以性的名义，以美伦美幻、即刻兑换的自由的名义……因为这就等于提出无穷无尽的要求，这个在劫难逃的生物（死亡是其确定无疑的最终结局）如果不能心满意足就拒绝离开这个世界。于是每个人都提出一大堆要求和抱怨，没有任何商量的余地。看不到任何人世间的部门存在着供应不足的问题。[55]

而人们对所谓'自由'无限制的追求和私欲急速膨胀导致的结果就是"情感得不到报答，心灵找不到慰藉。无边无际的虚假；无边无际的可能性；无边无际的向复杂的现实提出的不可能实现的要求"[56]。没有一种革命不是为了正义、自由和生活的尽善尽美而兴起的，但青年人的野蛮的平等主义则把革命引向了它的反方向，原本可以提高人类的力量和能力却使人类堕落了。在这场造反运动中，狂热构成了兴趣，觉得自身被有组织控制的那股巨大力量压倒的人们在试图获得自由的过程中，寻求走向极端的魅力。欧文·豪也认为这群年轻人的造反是想寻求"轻松的欢乐浅薄的享受"，而这种肤浅的"新原始主义"造成了美国的城市动荡和街头暴行的发生。

　　索尔·贝娄不仅批评了造反运动的过分偏激，在《赛姆勒先生的行星》中，也清楚地给我们呈现了这一运动形成的不良后果。"过去相信的，信任的，今天辛酸地被包围在无情的嘲笑之中……人们今天在证明懒散、愚蠢、浅薄、混乱、贪欲是正当的——把往日受到人们尊敬的东西翻了个个儿。"

> 纽约变得比那不勒斯或者萨洛尼卡还糟。从这一点来看，它好像是一座亚洲的、非洲的城市。就连这座城市的繁华区域也不能幸免。你打开一扇嵌着宝石的大门，就置身在腐化堕落之中，从高度文明的拜占庭的奢侈豪华，一下子就落进了未开化的状态，落进了从地底下喷发出来的光怪陆离的蛮夷世界。

55 萨克文·伯克维奇主编：《剑桥美国文学史》（第七卷），孙宏等译，北京：中央编译出版社，2008 年版，第 296 页。
56 宋兆霖主编：《索尔·贝娄全集》（第 5 卷），石家庄：河北教育出版社，2002 年版，第 227 页。

这里有"发了疯似的街道、淫秽的梦呓、畸形怪异的事物出现在生活中,沉湎于不良嗜好之徒、酒徒、性变态者公开在市中心庆祝他们的绝望",在这座城市中,赛姆勒先生看到的是满眼稀奇古怪的幻象,"他看到启蒙运动在取得节节胜利——自由、博爱、平等、通奸!……在这之外,还有那些狂热分子的危险的、横冲直撞的、令人震惊的暴力行为,病情已十分深重。"[57]所以赛姆勒先生为所有人惋惜,心里很痛苦。

在造反运动中,黑人领袖提出了"黑就是美"的口号,号召黑人不再逆来顺受本没有错,但黑色穆斯林和黑豹党等行动主义组织,怂恿一些黑人参加暴力行为,在城市中形成了种族暴乱和破坏财产的事件,而"美国白人新教徒……没有维持好较好的治安,像胆小鬼那样投降,不是一个坚强的统治阶级……跟少数民族的暴民混合到一起,尖声叫着攻击他们自己"[58]。小说中那个在滨河大街公共汽车上肆无忌惮地扒窃的黑人就是黑人暴力运动的实践者,他狂妄自大,"不过他有某种——某种高贵的气派,那身衣服,那副太阳眼镜、那种奢华的外表,以及那种粗野庄严的神态"[59],就是这样一个外表高贵的黑人却从事着偷窃的勾当,他在扒窃一只斜挎着的女用手提包时,中指不慌不忙地,不带一点犯罪的颤动,把包中那个装着救济金卡与信用卡、金刚砂棒、一支唇膏和珊瑚色卫生纸的塑料夹拨到一边,不慌不忙地从钱包中取出了钞票,然后把手提包的环扣合上推回原处,而包的主人一点也没有察觉。当他再一次偷窃那个眼睛近视、身体衰弱的老头时,他明目张胆地使劲地拉着老人的衣服,威吓地拉开他的领带和围巾,取出钱夹,掏出里面的支票和钞票放进自己的口袋,任凭钱夹中的卡片和快照相片掉落到地上。他用显示生殖器的方式威胁看到他作案过程的赛姆勒,对于拍摄到他偷窃行为的弗菲尔不仅要抢夺相机,还拳打脚踢,暴力相向,周围围观的人群根本没有伸手援助的意思。

黑人民权运动中"黑就是美"的观点因为黑人小偷的犯罪和威胁而受到玷污,而女权主义提倡的女性解放则因为一些受过高等教育的女性的放荡而受到歪曲,"在她们厌恶权威之际,她们对谁都不愿意尊敬,甚至连她们自己都

---

57 宋兆霖主编:《索尔·贝娄全集》(第 5 卷),石家庄:河北教育出版社,2002 年版,第 12 页、第 10 页、第 76 页、第 36 页。

58 宋兆霖主编:《索尔·贝娄全集》(第 5 卷),石家庄:河北教育出版社,2002 年版,第 144 页。

59 宋兆霖主编:《索尔·贝娄全集》(第 5 卷),石家庄:河北教育出版社,2002 年版,第 290 页。

不尊敬"[60]，情爱是使人臻于创造的境界，它既存在于感性世界中也存在于观念世界里，但是，现代社会中作为生命源头和生命张力的性不再与情爱有着必然的联系，性欲的变化不居割断了它与个体人格之间的关系，完全落入感性世界的肉体欲望的满足之中，从而使性爱从神圣化和神秘化的境界跌落到粗俗化和低俗化的境地，小说中的安吉拉活力充沛，无拘无束，美丽健康，但她一心想的就是寻欢作乐，"她给男性带去了重要的声明，关于性的强有力的消息。在这个日子和时代人们不得不用喜剧来缓和所有类似这样的强烈的讯息，而她也准备这样。"[61]她的墨西哥之行可以说是这种性解放的实践，她和男朋友一起和另一对交换性伴侣进行性交。从西方历史上看，在封建时代就存在着婚外情以及其他不符合伦理道德的性行为，60 年代以前的美国人也有在家庭之外找情人的现象，但他们总归不敢将这种情况光明正大地公开出来，以前的人们尚且存在着一些道德敬畏，但在 60 年代的美国，有些女性对此不仅不以为耻，反以为荣，对于她们来说，两性关系只剩下了动物性的情欲本能的满足，性满足竟然成为了个性的唯一评价标准，以前在美国被作为禁忌而回避的行为，现在打着恢复人权的旗号公然招摇过市，导致整个美国的性堕落。

赛姆勒和伊利亚一代人都是按照"旧体制"来看待当下的生活的，虽然如今有很多志趣高雅之士发现疯狂是一种高级知识，但他们在这种过度充满活力的革命中，爱上的却是稳定的思想，对于过去的文雅生活和社会秩序乃至家庭关系仍有着一定的留恋之情，不免和年轻的一代形成距离和鸿沟，华莱斯就曾对他说过，"我是不同的一代人。首先，我没什么尊严。完全是一系列不同的已知因素。生就没有恭敬的情感……"[62]，"生根？生根不是现代的想法。这是农民的概念，土壤和根茎。农民就要消失了。这就是现代革命的真实意义，让全世界的农民准备好进入一种新的生存状态。我当然没有根。"[63]他们既没有犹太人应有的宗教情感，也对心中的上帝没有敬畏，而是将美国文化中的金钱至上的原则奉为金科玉律，所以像他这样的青年一代一边反抗父母的思想观

60　宋兆霖主编：《索尔·贝娄全集》（第 5 卷），石家庄：河北教育出版社，2002 年版，第 39 页。

61　宋兆霖主编：《索尔·贝娄全集》（第 5 卷），石家庄：河北教育出版社，2002 年版，第 72 页。

62　宋兆霖主编：《索尔·贝娄全集》（第 5 卷），石家庄：河北教育出版社，2002 年版，第 240 页。

63　宋兆霖主编：《索尔·贝娄全集》（第 5 卷），石家庄：河北教育出版社，2002 年版，第 244 页。

念，一边却在经济上依靠父母。伊利亚的儿女都是传统观念的反对者，他们可以不顾躺在医院中的父亲的死活，只想得到他的钱财。华莱斯耽于幻想，一切以利益为出发点，时时做着自己的发财梦，他为了买飞机拆毁了家中顶楼上的水管，也没有找到父亲藏匿的金钱，对于他给住宅造成的一片汪洋却不管不顾，当自己父亲在医院中走向死亡的时刻，他却驾驶塞斯纳飞机掠过韦斯切斯特的天空，为他的发财大计做前期准备，以致于机毁人伤。守在医院的安吉拉从心底里并不在意父亲的死活，而是希望父亲不要让律师更改遗嘱，把钱捐给慈善机构，免得自己失去继承 50 万美元遗产的权利，为此还和父亲产生了冲突。

赛姆勒以前经常去图书馆，现在那里也不再安全了，在大学生造反运动的高潮时期，那些新潮的穿着波斯长裤、蓄着连鬓胡子的年轻人开始在里面纵火。作为学术圣地的大学校园也被卷入骚动的旋涡，赛姆勒在哥伦比亚大学的演讲遭到了反体制派学生的破坏，他在大庭广众之下受到了学生的攻击和谩骂，"60 年代的激进主义就像是一场原始野蛮的狂欢节，不允许有任何人对它的前提假设持有任何的疑问；青年人没有一丁点儿听听这个虽愤世却斯文老人观点的想法，尽管他的愤世嫉俗并非没有正当的理由。"[64]在造反运动期间，除了真正的犯罪分子外，年轻人的暴动也在威胁着人们，纽约城充满了他们的喧嚣。街头巷尾，许多人把公用电话间当成了小便池，弄得里面臭气熏天，被砸烂的听筒耷拉在电话机的旁边。文明的荒废和环境的破坏，使得地球这个人类曾经栖身的行星已经不堪居住了，"这个地球，作为人类仅有的家园，还将持续多久呢？"[65]

> 他看见月亮离开那个丝泼莱广告牌并不远，圆得像一个交通指示灯一样。这个月球形象或是圆形影像还跟随着他。而我们现在从宇航员拍的照片上知道了地球的瑰丽，地球的白色、蓝色，那种了不起的光辉在漂浮着。一个光辉灿烂的行星。可是是否人们正在做出的件件事情使居住在这里变得无法容忍，使你不自觉地跟所有人合作，来散布疯狂与毒害呢？把我们强行赶走吗？赛姆勒先生认为，作为一种焦土战略并不是太大的浮士德式的抱负。[66]

---

64 Ethan Goffman: *Between Guilt and Affluence: The Jewish Gaze and the Black Thief in Mr. Sammler's Planet*, Contemporary Literature, 1997, 38(4), p.709.

65 宋兆霖主编：《索尔·贝娄全集》（第 5 卷），石家庄：河北教育出版社，2002 年版，第 54 页。

66 Saul Bellow, *Mr. Sammler's Planet*.New York: Viking, 1970, p.135.

人类真的可以放弃并离开自己的家园吗？60 年代美国的太空开发计划似乎给人们开辟了移民月球的希望，人们在真空中可以用塑料建造爱斯基摩人那样的圆顶小屋，在安静的所在居住下来，那些已经把地球变成弹丸之地的威力，能够使人们摆脱监禁。对一般的美国人来说，许多技术在 60 年代已经失去了原有的魅力。然而在一个领域中，科学家和工程技术人员却能够理直气壮地宣称，他们已经大获全胜，这个领域就是对外层空间的探索，1961 年 5 月 5 日，小艾伦·谢泼德（Alan Bartlett Shepard, Jr., 1923-1998）成为第一个乘坐宇宙飞船飞往太空的美国人，1965 年 12 月 15 日各载两名宇航员的两艘飞船完成空间会合，为建立轨道空间站做好了准备。1966 年 6 月 2 日，美国空间计划第一次实现在月球上软着陆，1969 年 7 月 20 日，尼尔·阿姆斯特朗（Neil Alden Armstrong, 1930-2012）成功实现在月球表面行走，为人类迈出一大步。然而在小说中，具有讽刺意味的是，对这种新开拓者的意义的阐述竟然是由印度科学家拉尔来完成的，他将这称之为"一种轰动社会的把戏"。虽然在小说中赛姆勒认为科学技术的发展能够在一定程度上解决当前存在的社会问题，但他也没有完全寄希望于科技的进步，

> 很明显，我们没有办法光靠一个星球来解决问题，也不能拒绝新的经验提出的挑战。我们必须承认人性的狂热性和极端性。不把握住这个机会就会把地球变得越来越像个监狱。要是我们能够飞向天外而不飞，那么咱们就会责怪自己的。我们就会日益受到生活的困扰，正如实际情况那样，人类正在把自己吃掉。[67]

虽然强烈的不满使得许多人想要离开这个业已堕落的地球，去寻找新的活力，但他认为要打破现状首先要找回正义，否则，即使移民到任何一个星球，都不能完全彻底地解决问题。虽然"没有灵魂的专家，没有心肝的肉欲主义者，这种毫无价值的东西以为已经达到了以前从未有过的水平，"但是，"可别认为地球本身是一块扔掉的石头，而是你自己把它从这儿给扔出去——给抛弃掉的某种东西。"[68]"也许文明正在死亡，但其存在着，同时我们有自己的选择，我们可以抛弃它，或者尝试着拯救它。"[69]他期盼着随着旧的污秽不洁和令人沮

67 宋兆霖主编：《索尔·贝娄全集》（第 5 卷），石家庄：河北教育出版社，2002 年版，第 218 页。

68 宋兆霖主编：《索尔·贝娄全集》（第 5 卷），石家庄：河北教育出版社，2002 年版，第 54 页。

69 James Atlas, *Bellow: A Biography*.New York: Random House, Inc. 2000, P.398.

丧的疾病全部清除以后，会出现一个更高大更强健更老练更聪明，更注重营养，能得到更充分的清新空气，更富有生命力并且在种种欲望方面能完全做到自主而有节制的新型人类。

在有些学者看来，《赛姆勒先生的行星》是一部关于创伤与疗伤的小说，认为赛姆勒通过参加以色列与阿拉伯国家的战争，通过对美国社会现状的认同，医治好了自己个人与犹太民族的创伤[70]，但从作品的实际来看美国的现状并不能对赛姆勒起到疗伤作用，他不接受和承认那种认为做多数其他人都做的事就是幸福的观点，不可能做到别人怎么体现他就怎么体现，哪怕是偏见、暴力和性，他的传统理性立场决定了他不可能与现实媾和，而是考虑用什么方式来改变现实。他在与玛戈特讨论阿伦特的"平庸的邪恶"时，认为把本世纪的严重罪行变成平淡无奇的想法不是陈腐的观念，但却有诱人犯罪和为犯罪行为粉饰的意图，"平庸的邪恶"这一信条是汉娜·阿伦特（Hannah Arendt, 1906-1975）在《艾希曼在耶路撒冷》中提出的，在她看来，纳粹对犹太人的大屠杀恐怕所展示的不是什么邪恶，而是现代性，按照这个逻辑，青年人造反对社会造成巨大破坏同样是现代性了。体谅、爽直友好、善于表达、仁慈、体贴、同情——人类的所有这些优美的特质由于舆论的一种特殊转变，现在全都被看作是见不得人的活动了，对罪恶公开坦率似乎要轻松得多，而借口有所帮助的这种罪行真的是罪莫大焉，所以赛姆勒不会用纽约的各种各样的犯罪现象来麻痹自己，而是不无嘲讽地想："美国！你在世界各处大肆宣扬，你是一切国家中最值得向往、最值得仿效的一个国家，"[71]现在看来不过是一个笑话罢了。还有些人认为《赛姆勒先生的行星》描写了现代的"荒原"，其实，索尔·贝娄是很不认同"荒原"这个说法的，在艾略特的《荒原》中存在的都是失去了灵魂的人，以荒原象征战后平庸乏味、充满欲念的丑恶现代社会，通过对伦敦生活的侧面描写，展示了第一次世界大战后整个西方世界一片荒凉、混乱、污秽的景象，说明世界陷入危机，只有依靠上帝才能使荒原得到拯救。而索尔·贝娄作品中的人物却是清醒的，有着自己思想的，即使他们陷入堕落中，还有拯救的可能，而不是像《荒原》那样要从毁灭中重生。

---

70 吴银燕：《〈赛姆勒先生的行星〉中的创伤与疗伤》，沈阳：《理论界》2015 年第 7 期，第 122-128 页。

71 宋兆霖主编：《索尔·贝娄全集》（第 5 卷），石家庄：河北教育出版社，2002 年版，第 17 页。

　　　　也许一个人应该了结自己。当然，要是他能够的话，可是他也
　　　　还感到自己身上有某种重要的东西值得保持下去。某种值得保持下
　　　　去的东西。那是必须继续进行下去的东西，并且我们都知道它是什
　　　　么。灵魂受骗，受了凌辱，被玷污，被败坏，破碎了，被损害了，可
　　　　它仍然知道它所知道的东西。……除非采取一种普遍的自我毁灭的
　　　　行动，人类是不能了结自己的。这甚至也不是由我们来投票表决是
　　　　或者否的事情。[72]

赛姆勒虽然认为世界也许会再一次崩溃的可能，甚至看到了文明的自杀的冲
力在迅猛地向前推进，但他不同意世界末日不可避免的说法，所以贝娄写出了
60 年代的哀歌，不仅是哀叹时代的没落，更是拯救的呼唤。

　　当然，在这部作品中，索尔·贝娄重新涉及到了他多年未曾提起的犹太道
德观，提起了一直被他忽视的大屠杀，形成了人们所谓的他创作生涯的第二次
犹太性转向，有的学者就借此认为《赛姆勒先生的行星》是一部犹太小说，其
实不然，是 60 年代美国青年人造反形成的社会严重动荡和极大破坏引发了他
关于美国社会的思考，在对于这种社会现状的思考过程中，不仅涉及到了犹太
宗教和道德思想，还有其他所谓"旧"的社会道德思想如西方传统文化、美国
清教徒的生活准则等也包括其中，并且，他在这部作品中关注的是人类追求权
力的主题，他指出：

　　　　社会的一切混乱——不仅仅包括美国 20 世纪 60 年代的混乱，
　　　　都起源于人类杀戮的快感和对权力的渴望……然而，由于并不是每
　　　　个人都有杀戮的特权，他们无法创造出自己的精神生活，只能转移
　　　　到对金钱和物质享受的追求上。至于社会的最底层，也有杀人不受
　　　　惩罚的情况，'因为谁对发生的事情都不在意'。[73]

对于 60 年代美国社会中存在的犯罪以及为犯罪、暴力和性狂热寻找"政治正
确性"的借口，无条件支持那些造反的青年人，即使他们有行凶盗窃，杀人放
火，罢课并占领图书馆、教学楼，殴打教授的情况，他也表示了深深的忧虑。
所以，索尔·贝娄写作这部作品的目的不是要宣扬犹太道德，而是希望动荡的
美国社会恢复秩序。

---

72 宋兆霖主编：《索尔·贝娄全集》（第 5 卷），石家庄：河北教育出版社，2002 年版，第 234 页。
73 周南翼：《贝娄》，成都：四川人民出版社，2003 年版，第 213 页。

本章小结：莫里斯·迪克斯坦写过一本关于美国 60 年代的著作《伊甸园之门——六十年代美国文化》，他将 60 年代视为一个解放和文化复兴的时期，但又不试图掩饰其失败之处，并对此抱有谨慎同情的态度，索尔·贝娄前期也对造反运动寄予很大的希望，然而希望愈大，失望愈深，恨之愈切，所以在他的作品中没有给 60 年代留任何情面，而是让读者去直面惨淡的现实和荒谬的人生。本章结合索尔·贝娄的两部长篇小说反映了二十世纪 60 年代美国的社会生活，赫索格的有口不能言，生怕动辄得咎的人生困境使人们觉得必须改变现状，所以这个时代青年人起来造反在最初是符合当时广大美国民众的需求的，但由于年轻人偏好冲动，行为过于激进，将打破铁幕变成了无节制的自我宣泄，将消灭一种伤害变成了另一种伤害，他们在打破过去的弊端的同时也将原来美好的事物一同抛弃了。科技的进步虽然有利于在某种程度上解决社会问题，但人们首先需要的是自救，在公平正义的原则下实现自我的救赎。同索尔·贝娄一样，赛姆勒也不是一个为了恢复或保持社会理性秩序而无视个体生命欲求的彻底的保守主义者，他是思考在何种程度或哪种方式上来解决现存社会问题的思想者，这与芝加哥学派提出的社会学家要保持双重身份、身兼二任的要求是相符的。